"THE EGG OF THE GLAK" HARVEY JACOBS AND OTHERS

グラックの卵

ハーヴェイ・ジェイコブズ他

浅倉久志 編訳

未来の文学
FUTURE/LITERATURE

国書刊行会

THE EGG OF THE GLAK
Edited by HISASHI ASAKURA
2006

目次

装幀　下田法晴＋大西裕二（s.f.d）

グラックの卵

見よ、かの巨鳥を！

ネルスン・ボンド

And Lo! The Bird

by Nelson Bond

時の鳥の天翔ける旅は短く
見よ、かの鳥は飛び立ちぬ
フィッツジェラルド『ルバイヤート』

なぜわざわざこんな手記を書いているのか、自分でもよくわからない。わたしは新聞記者として、まぬけな言葉の濫発でたくさんのタイプ用紙をよごしてきたが、これがそのなかでもいちばん無意味な文章なのはまちがいない。しかし、なにかの仕事で頭のなかをいっぱいにしておくしか手がないのだ。それに、しょっぱなからこの事件に関係してきた以上、記憶にあるかぎりのことを書きとめておいたほうがいいんじゃないかと思う。

もちろん、あの最初の数日間の出来事をいまさら記録してみたところで、どうなるものでもない。だが、それをいえば、なにをやったところでどうなるものでもない。結局、これまでのなにひとつとして、あまり意味がないのかもしれない。よくわからない。いまのわたしはもはや何事にも確信がなくなった。例外的に確信があるのは、これから書くのがばかばかしいほどくだらない物語だということ。もうひとつ、それにもかかわらず、なぜかそれを書かなくてはならないということだ。

さっき、この事件にしょっぱなから関係してきた、と書いた。大笑いだ。そもそもの始まりがどれほどの大昔だったのかは、だれにも見当がつかない。それは時間を測る物差しの選びかたにもよる。

もしあなたがアッシャー大司教の年代記に忠実なファンダメンタリストなら、約四千年前ということになるだろう。もしあなたが、つい二、三週間前まで、うぬぼれかえった人類がそう称していた〝科学的思考〟の持ち主だったら、三十億年前ということになるだろう。

　ことの真相はわたしも知らず、ほかのだれも知らない。だが、わたしに関するかぎり、そのはじまりは一カ月ほど前のある晩だった。うちの新聞の地方記事編集長であるスミティが、わたしを自分のデスクへ手まねきし、不機嫌な声でこうたずねたのだ。

「天文学をかじったことはあるか？」いらいらした口調だった。

「もちろん」とわたしは答えた。「水星、金星、地球、火星、木星、土星、天王星、海王星、それに、もうひとつ、えーと」

「うん？」スミティは眉をよせた。

「それに冥王星」やっと思いだした。「太陽系。太陽から各惑星までの距離はこの順番で遠くなっていきます。学生のころ、天文観測の単位をとったんでね。いまはちょいと錆びついてますが」

「よし」とスミティがいった。「この仕事はおまえにたのもう。アブラムスン博士を知ってるか？」

「何者かぐらいはね。地元の大学の天文台のボス」

「そのとおりだ。よし、いまから博士に会ってこい。特ダネがあるらしい――むこうにいわせるとな」スミティはそうつけたした。

「タクシー？」わたしは希望をこめてたずねた。

「バス」

「天文学の特ダネは、いろんなことを意味するんですよ。彗星が地球に衝突するとか。太陽の熱が冷めてきて、全人類が凍死するとか」

「どこも不景気なんだ」とスミティは肩をすくめた。「郊外路線のバスは真夜中まで二十分おきに出てる」

「それとも、博士は核実験の結果と思える、なにかの気象異常を観測したのかも。もしソ連が水素爆弾を開発したとなると――」

「わかった。じゃ、タクシーだ」スミティはため息をついた。「さっさと行け」


アブラムスン博士は、痩せて顔色がわるく、暗い目つきをした小柄な男だった。握手がすむと、博士はクロガシのデスクの正面にある椅子をわたしにすすめ、電灯の光がどちらの顔にもささないように、自在スタンドの首を曲げてから、白く細い指を組んだ。「さっそくきてくれてありがとう、えーと――」

「フラーティです」とわたしは名乗った。

「それでは、フラーティ。じつはこういうことだ。われわれが新聞経由でニュースを発表することはめったにない。観測結果は学術誌に発表するしきたりで、たいていの場合、それは専門家にしか理解できない。だが、今回はその方法では不適当な気がする。それでは間に合わない。わたしはあるものを天空で目撃した――どうも気に入らないものを」

わたしはタイプ用紙に雌鶏の足跡に似た走り書きをした。

「先生がごらんになったものが？　もしかして新しい彗星とか？」

「それがわからんのだ。それ以上によくわからんのは、その正体を自分が果たして知りたいかどうかもな。しかし、なんであるにせよ、それはこの種の発表手段を必要とするほど異常な現象で、また、おそらく重要な現象であると思われる。わたしの観測報告、それとわたしの不安について、できるだけ早く確認をとるには、新聞社の力を借りてこのメッセージを発表するしかない、と考えたわけだ」

「公表に値するすべてのニュース」と、わたしはいった。「それと、値しないニュースの山。それがわれわれの商売道具です。で、なにを目撃されたんですか？」

むこうは真剣な目でわたしを見つめた。やがて――

「鳥だよ」

わたしはきょとんと相手を見つめた。「鳥？」にやにやしたくなったが、むこうの目つきは真剣そのものだ。

「一羽の鳥」と博士はくりかえした。「それが宇宙のはるか彼方にいる。望遠鏡の向きは冥王星の方角だった。わが太陽系でもいちばん遠くの惑星だ。地球からの距離はほぼ六十億キロ。だが、その距離の彼方に――」博士の口調は真剣そのものだった。「――その信じられないほど遠距離の彼方に、わたしは一羽の鳥を見たんだ！」

たぶん、不信の目つきを読みとったのだろう。博士はデスクのいちばん上の引き出しから二〇×二五センチの光沢印画紙の束をとりだし、わたしの前においた。

「これだ。自分の目で見たまえ」

最初の写真はあまりピンとこなかった。そこに写っているのは、華やかな星空――天文学の教科書によく出てくるような、例の典型的な写真だ。しかし、その上に白鉛筆で四角がひとつ描いてある。二枚目の写真は、その四角の部分の引き伸ばしで、細部が拡大されていた。フィールドが大きくなり、明るく見える。無数のまばゆい星々の光で、写真ぜんたいが銀色にぼやけた感じだ。そのぼやけた背景から浮きだしているのは、巨大な鳥に似た飛行生物の真っ黒なシルエット。

それになんとか理屈をつけようと、わたしはあやしげな説明を試みた。「おもしろいですね。しかし、先生、これまで宇宙空間では、たくさんの黒い斑点が撮影されています。たとえばコールサックとか。オリオン座の馬頭星雲とか――」

「たしかに」と博士は認めた。「だが、つぎの写真を見てくれるかね？」

三枚目の写真をめくったとたん、はじめてわたしはそれを背すじに感じた。希薄で、冷たく、無力な恐怖の吐息、その後の何週間か、わたしと同居することになる吐息だ。そこに出ている星々は、二枚目のフィールドと部分的に重複している。しかし、星々を隠した黒いシルエットが、さっきとはちがっているのだ。上を向いていた翼が、いまは下向きになった。首と、頭と、くちばしの位置も、微妙に、だが、はっきり変化している。

「その写真は」と、感情を抑えた、淡々とした口調でアブラムスン博士がいった。「最初の写真から五分後に撮影されたものだ。変化したその――イメージの外見を考えずに、空間における位置だけを比較すると、視差が示すとおり、そんな短時間にこれほど位置が変化したことから推しても、このイメージを投射した被写体は分速約十六万キロのスピードで飛行しているのにちがいない」

「まさか！」とわたしはさけんだ。「だって、それは不可能です。地球上のどんなものも、そんなスピードでは飛行できません」

「地球上のものはな」とアブラムスン博士はうなずいた。「しかし、宇宙物体は飛行できるし、げんに飛行している。それに、いくら生物に似ているといっても、それは――正体不明だが――宇宙物体なんだよ」

博士は落ちつかなげに言葉をつづけた。「わざわざご足労願った理由は、まさにそれなんだ。このことを特ダネ記事として書いてもらいたい。一刻もむだにできないといったのは、そういうわけだ」

わたしはいった。「そりゃ記事は書きますが、だれにも信じてもらえませんよ」

「かもしれん――最初はな。しかし、公表しなくちゃならん。かりに一般大衆に笑われても、そうしなくちゃならん。いずれは、ほかの天文台がわたしの発見を確認し、わたしの結論を裏づけてくれる。そこなんだ、重要な点は。この先、それがどんな結果につながろうと、それがなにを意味しようと、真実をつきとめなくては。この世界がどんな脅威に直面しているかを知る権利がある」

「脅威？　先生はここに脅威が含まれている、と？」

博士は沈痛な面持ちで、ゆっくりとうなずいた。

「そうなんだ、フラーティ。わたしは脅威の存在を知っている。これらの写真には、たとえきみにはわからなくても、専門の数学者ならピンとくるものがあるんだよ。

その宇宙物体は――鳥か、獣か、機械か、それともなんであろうと――計算可能な軌道上を飛行している。しかも、その飛行方向は――わが太陽をめざしているんだ！」

インタビュー記事の原稿を見て、スミティはあっけにとられた。記事をざっと読みおわると、顔をしかめ、写真を見つめ、もう一度ゆっくり読みなおした。こんどはひたいにしわをよせて。それから、つかつかとわたしのデスクに近づいた。

「フラーティ」腹の虫がおさまらない、といいたげな口調だった。「なんだ、これは？　つまりだな、いったいこれはどういうことだ？」

「特ダネですよ」とわたしは答えた。「編集長から取材を命じられた記事。アブラムスンの記事」

「そんなことはわかってる。しかし――鳥だと！　いったいこの記事はなんだ？」

　わたしは肩をすくめた。「正直いって、よくわかりません。アブラムスン博士は、これが重大ニュースだと思ってるらしい。たぶん……」と、そこでジョークを一発かましてやった。「頭のなかに巨鳥の石ころ《ロック》が詰まってるのかも」

　あいにく、このジョークはスミティには高級すぎたようだ。彼は校正用赤鉛筆で鼻の頭をよごしながら、天文学界、とりわけアブラムスンに対する悪口をつぶやいた。

「まあ、載せるしかないか」スミティはそう決断した。「しかし、われわれがまぬけに見えてもまずい。おふざけ調にしろ。どうしても記事にしなくちゃならんのなら、お笑い路線でごまかそう」

　ということで、われわれはそうした。その記事をなかほどのページへまわし、アブラムスン博士の写真を添え、ユーモラスな特別記事に仕立てたのだ。もちろん、はっきりアブラムスンをからかったりはしなかった。相手は痩せても枯れても天文台のボスだ。しかし、科学的色彩は薄めることにした。空飛ぶ円盤目撃報告や、大海蛇の記事向きのスタイルで、わたしはその記事を書きなおした。

　いうまでもなく、これは大チョンボだった。だが、そこまでいってはスミティに気の毒だろう。これがすべてのニュースをしめくくる究極のニュースだということが、どうしてあのときの彼にわかる？　これが彼ひとりでなく、すべての新聞記者がその生涯にめぐりあえる最大のニュースだと？

　あなたがあの記事をはじめて読んだときのことを思いだして、正直に答えてほしい。あのときのあなたは、それを絶対の真実だと思ったろうか？

まもなくわれわれは自分たちのまちがいに気づいた。あの記事への反応が、迅速で衝撃的だったからだ。あの記事を掲載した〈バナー〉紙が出て一時間とたたないうちに、じゃんじゃん電話がかかりはじめた。

それ自体はべつにめずらしくない。新聞にちょいと毛色の変わった記事が載れば、おつむのおかしい読者がぞろぞろ虫食い穴から這いだしてくる。アブラムスン博士の観測結果を確認してきた地元のアマチュア天文観測家は例外としよう。せっかくの彼の明快な報告も、それとおなじぐらいに真剣だが、はるかに信憑性の低い、肉眼による十人あまりの〝目撃〟報告の前にかすんでしまった。この連中によると、巨大な鳥に似た生物が夜なかに空を横切ったというのだ。そのうち半数は、その鳥のいろいろな特徴を説明した。なかのひとりなどは、その鳥の求愛の鳴き声を聞いた、と主張した。

その物体を目撃した、と電話で知らせてきたもと民間防空監視員のふたりは、どちらも負けず劣らずの確信をこめて、ひとりがB—29爆撃機、もうひとりがソ連の超音速ジェット機だと断言した。オーデュボン協会のある会員は、その鳥をノドアカゴジュウカラと識別した。この男の推測では、ちょうどカメラのシャッターが切られた瞬間、その鳥が望遠鏡の前を横切ったのにちがいないという。あるカルトの巡回説教師は、うちの社まで乗りこんできて、凶暴な喜びをまじえながらこう告げた。これこそは〈黙示録〉に予言されたあの鳥であり、世界の終末はいまにも到来するだろう、と。

これらはいわば少数の過激派だ。なによりも異常なのは、二十四時間以内に編集室へかかってきた電話の主が、変物や過激派ばかりではないことだった。その一部はこのての扇動者でなく、天文学界と人類ぜんたいにとってきわめて重要な情報だった。

第一報を載せた版はAP通信にも送ってあった。すると驚いたことに、アブラムスンの写真のコピーも含めた続報を至急送れという催促が、APから届いたではないか。大手のニュース週刊誌の動きは、もっとすばやかった。さっそく記者たちをこの町へ送りこみ、アブラムスン博士と連絡をとって、続報を取材したのだ。あれが本年最大のセンセーションとなるニュースの皮切りだったのか、とこちらが気づいたときは、もう手遅れだった。

いっぽう、これがなによりも重要なのだが、世界各地の天文学者は、アブラムスン博士が最初にその現象を目撃した空の一点に、それぞれの大きな目を凝らしていた。スミティやわたしの同類はそれをまったくのお笑い草と考えていたのだが、よい観測条件に恵まれた世界各地の天文台から、二十四時間のうちに、つぎつぎと確認報告が飛びこんできたのには驚いた。さらに、数学者たちも、その物体のスピードと軌道に関するアブラムスン博士の推測を裏書きした。太陽系のどの惑星よりも巨大であると思われるその鳥は、冥王星近辺のどこかにいて――一日に二億三千万キロものスピードで、刻々とわが太陽に近づいているのだ！

第一週の末には、その鳥はそこそこ大口径の望遠鏡ならば目撃可能になった。物語は雪だるま式にふくれあがり、その通り道にあるさまざまなガラクタがそこにくっついた。チャールズ・フォート協会――だかなんだか――のメンバーと称する男が分厚い本をかかえて編集室に現れ、その本のなかの一ダースものパラグラフを見せてから、過去数百年間、世界各地でそれと似た暗黒の物体が上空で目撃されたことを説明しようとした。

PTAの中央評議会は、恐怖ジャーナリズムとわが国の児童への悪影響を非難する、物悲しい声明文を発表した。アメリカ愛国婦人会は、この奇妙なイメージこそクレムリンの秘密兵器であり、わが国の政府が早急に対策——とにかくなんらかの急進的な対策——をとることを要請する、という決議文を採択した。また、地元の聖職者協会はわが新聞社を訪れ、貴社が発表した記事は地域共同体の宗教的信仰を根本からくつがえしかねないから、早急に虚報の完全な取り消し記事を掲載せよ、と要求した。

だが、もうこのときには取り消しは完全に不可能だった。第二週の末には、空の黒点は双眼鏡でも見えるほど接近していたのだ。第三週の中ごろには、肉眼でも見える段階に達した。噂がひろがるにつれて、街路には人だかりがして、目のいい連中は、ばかでっかい翼のリズミカルな上下動が見わけられると主張した。有名無名の新聞雑誌に出た何十枚もの写真から、その鳥の姿はなじみ深いものになっていたのだ。

そのばかでっかい翼のリズミカルな羽ばたきは、宇宙の彼方からきたこの生き物の説明不可能な——というか、すくなくともまだ説明されていない——かずかずの謎のひとつにすぎなかった。少数の頑固な物理学者が、空気のない宇宙空間では翼はまったく推進の助けにならず、有翼飛行が可能なのは、その生物を持ちあげて運ぶ気流のある空間だけだと主張したが、これはむなしい抵抗だった。げんにむこうは飛んでいるのだから。そして、ある一派が主張するように、その巨大な翼が地球の科学では想像もつかない星間大気中で羽ばたいているのか、それともべつの一派が主張するように、その翼が光線または量子の束のなかを泳いでいるのか、という問題は、赤裸々で明白な事実を前にすると、まるで意味のないあらさがしだった。げんにあの鳥は飛んでいるのだから。

第四週のはじめ、外宇宙からやってきた鳥はついに木星に到達したが、なんと木星がちっぽけに見えるほどだった——その不気味な黒い闖入者《ちんにゅう》のサイズは、これまで人類が目撃したどんな近隣の天体にも劣らぬ大きさなのだ。

アブラムスン博士のオフィスに、わたしは彼とふたりきりですわっていた。博士は疲れぎみで、すこし気分もわるいようだった。その微笑には説得力がなかったし、その話しっぷりも、むこうの狙いほど軽快には聞こえなかった。

「まあ、とにかく希望はかなえられたよ、フラーティ。わたしは迅速な行動を期待し、それは実現した。ただ、それがなんの役に立つのか、よくわからない。いまやこの世界は危険を認識はしたものの、なんの対策もとれずにいる」

「あの鳥は小惑星帯を通過しました」とわたしはいった。「いまは火星に接近中で、依然として太陽の方角をめざしています。しかし、みんなの疑問はこうです。あんなに大きい鳥が太陽系内に存在しているのに、なぜ天体力学上の大混乱が生じないのか？ 既知のすべての法則からしても、あらゆるもののバランスが狂うはずです。あれだけの巨大な生き物が近づけば、その引力で——」

「きみはまだ古い観念にとらわれているんだよ、フラーティ。目の前にあるのは、奇怪で新しいなにものかだ。どんな法則が〝時の鳥〟を支配しているか、だれにわかる？」

「〝時の鳥〟？ なんだか聞きおぼえのある言葉ですね」

「もちろんだ」博士は悲しげにこう引用した。「『時の鳥の天翔ける旅は短く、見よ、かの鳥は飛び立ちぬ』」

「『ルバイヤート』ですね」記憶をひっぱりだして、そういった。

「そう。ご存じのように、オマル・ハイヤームは詩人であるだけでなく、天文学者でもあった。この現象について、彼はなにかを知っていたにちがいない――それとも推測したのかな」博士は弱々しく空に向かって身ぶりした。「古代人の多くは、あれに関するなにかを知っていたような気がする。ここ何週間か、いろいろ研究したんだよ。宇宙の巨鳥に関する記述がどれほど多くの古文書に含まれているかは、驚くばかりだ――つい最近まで、それらの記述は暗示的だとも、重要だともみなされなかったが、いまではわれわれにとって、より大きく、より深刻な意味を持ってきた」

「たとえば？」

「いろいろの文化神話」と博士はいった。「それに伝説。滅びた種族のかずかずの記録。宇宙のツバメに関するマヤ族の記録、トルテカ族の翼ある蛇《ケツアルコアトル》、ロシアの火の鳥、ギリシアの不死鳥」

「しかし、まだわかりませんよ。あれが鳥かどうかは」

　博士は肩をすくめた。

「宇宙的なスケールを持つ鳥、巨大な哺乳類、翼手竜――そこにどんなちがいがある？　ひょっとすると、あれは人類の知っているどんなものともかけ離れた生物、地球流の用語で命名し、地球流の比喩で表現するしか方法のない生物かもしれん。古代人はそれを鳥と呼んだ。フェニキア人は、『かつてあり、ふたたび生まれてくる鳥』を崇拝した。ペルシア人は、ロックというとてつもない巨鳥のことを書き記した。アラム語の伝説に出てくる巨鳥は、いくつもの世界を支配し――そしてその卵を産む」

「世界の卵を産む？」

「それ以外にあの鳥のやってくる理由があるだろうか？　あの巨大なサイズの持つ意味を、きみは考えたことがないのか？」博士はじっとわたしを見つめた。それから——「フラーティ」と奇妙な口調で問いかけた。「地球とはなんだ？」

「はあ？　われわれの住んでいる世界です。ひとつの惑星です」

「そう。しかし、惑星とはなんだね？」

「太陽系の構成単位のひとつ。太陽をめぐる家族の一員です」

「きみは実際にそのことを知っているのか？　それとも、学校で教えられたことをくりかえしているだけか？」

「もちろん後者。だけど、ほかにどんな考え方があるというんですか？」

博士は不承不承に答えた。「もしかするとこの地球は、太陽の家族とは縁もゆかりもないかもしれん。いいかね、フラーティ、宇宙のちっぽけな一部分、いわゆる太陽系のなかにおける地球の位置を説明するため、いろいろの仮説が考案された。そのどれも、不正確だと立証はできん。だが、その逆に、そのどれもが真実だと立証されたわけでもない。

ここに星雲説なるものがある——地球やその姉妹惑星は収縮中の太陽から生まれた、という仮説だ。つまり、それらは収縮中の親から置きざりにされた太陽物質の小球体で、めいめいの軌道上で冷えていった。最近ではこの仮説がもっと改良され、地球はかつてわが太陽とおなじ軌道をめぐっていた姉妹太陽の物質から生みだされたものだ、という。

また、微惑星説と潮汐説は、どちらもこんな仮定にもとづいている。悠久の昔、もうひとつの太陽がわが太陽のそばを通りすぎたことがあり、太陽系の各惑星は、はるか太古に宇宙空間で起きた、その炎のランデブーから生まれた子供たちだ、と。

これらの仮説のどれにも支持者と反対者が存在する。どれにも肯定論と否定論がある。しかし、どれひとつとして完全に証明されたり、否定されたりしたわけではない」

博士は落ちつかないようすで身じろぎした。「だが、ここにもうひとつ、べつの可能性があるんだ。わたしの記憶に照らしても、この仮説はいままで詳細に説かれたことがない。だが、そこにはいま挙げたどの仮説にも劣らない説得力がある。しかも、いまわれわれが知った事実に照らしてみると、ほかのどれよりも妥当だとわたしには思える。

つまり、地球といくつかの姉妹惑星は、太陽とはなんの関係もないわけだよ。どの惑星も、太陽系という家族のメンバーではなく、過去に一度もそうであったことはない。地球の空に輝く太陽は、たんなる便利な存在にすぎない」

「便利な存在？」わたしは眉をよせた。「いったいどういう便利な存在ですか？」

「あの巨鳥にとってだよ」博士はうかない顔で答えた。「なぜならあの巨鳥こそ、われわれの生みの親だからだ。フラーティ、きみはこんなことを想像できるか？　われわれの太陽は宇宙の孵卵器かもしれん。そして、いまわれわれが住んでいるこの世界は、たんなる――卵かもしれん」

わたしは博士を見つめた。「卵！　ばかばかしい！」

「そう思うか？　では、あのたくさんの写真をながめ、雑誌記事を読み、接近中の巨鳥を自分の目でながめてみたまえ。それでも、われわれの上に降りかかったこの現象以上に信じられない現象が存在すると思うかね？」

「しかし、卵だなんて！　卵ってものは卵形をしてますよ。つまり、長球形を」

「たしかに、一部の鳥の卵は長球形だ。しかし、チドリの卵は洋梨形だし、サケイの卵は円筒形だし、カイツブリの卵は双円錐形。ほかにも紡錘形や槍形の卵だってある。フクロウや哺乳動物の卵は、一般的に球形だがね。地球とおなじように」

「しかし、卵には殻があります！」

「地球にだってある。地殻の厚みは約六十キロ――地球の本体と表層との比率は、あらゆる点で卵とその殻の比率にひとしい。しかも、その外殻はなめらかだ。地球の最高峰はエベレスト山で、約九千メートルの高さ。最深部は太平洋のマリアナ海溝で、約一万一千メートルの深さ。高低差は最大でも二十キロそこそこ。かりに直径三十センチの地球の模型でその凸凹を確かめようとすれば、よほど敏感な指先でないとむずかしい。いちばん高い部分でも表面から〇・二ミリしか隆起してないし、いちばん深い部分でも表面から〇・二五ミリしかくぼんでいない」

わたしは必死に反論した。「しかし、それが正しいわけはないでしょう。先生はいちばん重要な事実を見逃しておられる。卵には生命があります。卵のなかには、やがて孵化するひな鳥がいます。やがて卵はひび割れて、そのなかから――」

わたしはとつぜんいいやめた。アブラムスン博士がうなずくと、時代物の回転椅子が前に揺れて、きしみを立てた。きしむ音が博士のうなずきと一致して、単調なリズムを作りだした。博士の目にも、声にも、悲しみがこもっていた。

「それにしても」と博士は疲れた口調でいった。「それにしても……」

というわけで、それがわたしの書いた第二の特ダネになった。当時のわたしは、きっと大反響がまき起こるだろうと思うほどまぬけだった。いまはもうそんな幻想をいだいてない。だが、それをいうなら、ほかのなにごとについても、以前のようには考えられない。それはあなたにもおわかりだろう。あの巨鳥の到来は、それほどの大事件、まさに空前絶後の大事件であり、ほかのすべてのものをかすませ、無意味にしてしまった。これまでの人類が、世界を震撼《しんかん》させる重要な大事件と考えてきたもののすべてを。

世界を震撼させる、か！

要約しよう。わたしがこの物語をする目的はゼロに近い。だが、ひょっとして、あなたの知らなかった事実がそこかしこにあるかもしれない。それに、こちらはあの問題を考えないようにするため、なにかを——なんでもいい、とにかくなにかをしていたいのだ。

あの不気味な第四週のこと、〝巨鳥〟の確実な接近のことを、あなたはおぼえておられるだろうか。当時、問題の相手の呼び名はとうとうそれに落ちついた。その正体が鳥なのか、それとも翼を持つ獣なのかは依然として不明だが、人間は物事をなじみ深いものとの連想で考え——そして、名づける習慣がある。しかも、巨大な翼を持つ、ほっそりした黒い姿、かぎ爪のついた両足と、長くて残忍そうにカーブしたくちばしは、たしかに獣よりも鳥に似ている。

それに、アブラムスン博士の世界卵仮説も考えに入れなくてはならない。あの仮説を聞かされた人びとは、切実な希望をこめてそれを疑った——だが一方で、それが真実ではないか、と恐れもした。政府の高官たちも、なにか対策はないかと思案した。彼らはアブラムスン博士に意見を求め、博士はこう助言した。この仮説がまちがっていることもありうるが、と認めた上で、もしこの仮説が正しい場合、人類の救済の望みはただひとつ。それは地球内部の生命をなんとか滅ぼすことだ、と。

「わたしの信じるところ」と、博士は大統領が任命した特別緊急対策委員会で発言した。「あの巨鳥は神のみぞ知る大昔に、わが太陽の熱を孵卵器代わりにして、ここへ産み落としていったひな鳥を孵《かえ》しにきたのです。巨鳥の知恵、または本能は、いまや孵化の時期が訪れたことを告げました。巨鳥はひな鳥が卵の殻を破るのを助けにきたのです。

しかし、母鳥が独力でひな鳥を孵さないことは、周知の事実です。母鳥は、卵の殻を割るひな鳥を手助けはしても、自分からその解放行動をはじめたりはしません。母鳥は神秘的な第六感で、どの卵がその内部の生命を育むのに失敗したかを感じとります。母鳥はそのような卵に手をふれません。

みなさん、人類の唯一の希望はそこです。地球の地殻の厚みはわずか六十キロです。われわれは技術者と工学者をかかえています。また、原子爆弾もあります。もし人類が生きながらえようとするなら、人類が寄生している宿主に死んでもらうしか方法はありません。これがわたしの提案する唯一の解決法です。あとはみなさんにおまかせします」

まだ論争中の一同をワシントンに残して、博士は帰宅した。翌日、博士はわたしにこういった。まだ行動の時間が残されているうちに、あの連中がなんらかの断固たる決断に達する見こみはなさそうだね、と。博士は避けられない運命に対して、すでに諦観をいだき、疲れきった渋面で、人類の運命に匙《さじ》を投げたらしい。一度、博士はこういったことがある。官僚政治は究極の運命を実現した。お役所流の形式主義はついに墓穴を掘った。

だが、巨鳥はなおも太陽に近づいていた。二十八日目には地球に最接近し、地球のそばを通りすぎた。わたしにわからないのは――また科学者にも説明できないのは、その巨大な質量がもたらす重力の引きで、なぜ地球がこっぱみじんにならなかったかだ。もしかしてニュートン理論は、結局たんなる理論であって、これという現実性を持たなかったのだろうか。よくわからない。もし時間があれば、いろいろの事実を再吟味して、こうした問題に関する真相を知る手もあるだろう。とにかく、すべてを考慮に入れた場合、人類は巨鳥の接近でほとんど被害をこうむらなかったといえる。高潮や強風は何度かあった。地震の多発地帯は、弱い地震に見舞われた。しかし、それだけだった。

そのあとに猶予期間がやってきた。あなたも記憶しておられると思うが、巨鳥は一直線の飛行を中断し、太陽系でも最小の惑星——水星——の上空で、まる二日間その翼を休めたのだ。しばらくのあいだ、巨鳥はまるでなにかを探しているかのように、水星と太陽のあいだの軌道で大きな円を描いていた。

アブラムスン博士は、巨鳥があるものを探していると信じていた。もはやそこにないため、見つからないなにものかを。博士はこういった。昔の天文学者は、水星と太陽のあいだを公転するもうひとつの惑星があった、と考えていた。十八世紀にいたるまで、夜空の観測者の一部は、その惑星を目撃し、それをヴァルカンと呼んでいた。だが、ヴァルカンは消失した。太陽内部へ墜落したのかもしれない。博士はそう考えている。そのためだろうか、巨鳥はむなしい捜索のあと、まだ無傷で残っているいちばん近くのひな鳥に近づくため、こんどは太陽から外へ向かって羽ばたいた。

あの恐ろしい一日の記憶を、またぞろあなたに思いださせるべきだろうか？　いや、よしておこう。いまこの世にいる人間のなかで、あの日、自分の目で見たものを思いだしたい者はだれひとりいないだろう。巨鳥は水星に近づき、その上空で空中停止した。巨大な翼の黒い影の下で、水星はまるでひと粒の塵のようだった。みんなが街路からそれを見あげた。わたしはもっとくわしく見ることができた。大学の天文台で博士の隣に立ち、望遠鏡でその光景を見ていたからだ。

最初に見えたのは、水星の外殻に走りはじめた細いひび割れだった。つぎに奇妙な液体が膿汁のように瀕死の惑星からにじみ出てきた。見まもるうちに、小さく、ぬらぬらして、骨ばったものが現れた——それは怪物めいた親鳥のみすぼらしい似姿だった。宇宙のように巨大で、時そのもののように歴史の古い生き物が、はかりしれぬほど長い孵化期間を過ごした卵から、ついに現れたのだ。母鳥は巨大なくちばしを伸ばし、ひな鳥がもはや用ずみの卵の殻を剝がすのをてつだっている。ひな鳥が姿を現し、新しく、まだたよりない翼を羽ばたかせながら、これまで孵卵器の役をつとめてきた太陽の灼熱の光線のもとで翼を乾かすのを、わたしはこの目で見た。

そして、いまやこなごなになった水星の残骸が、火葬用の積み薪である太陽のなかへ、らせん軌道を描きながら落下していくのも見た。

人類がついに行動に目ざめたのは、そのときだった。懐疑派たち、これまでアブラムスン博士の計画を〝不必要な経費〟であり、愚行だと罵倒してきた人びとが、ついに沈黙したのだ。利己主義と強欲、政治的な意見の分裂と、部門間の対立は、いまや忘れられた。それらが横行していた世界は、いまや破滅の縁でふるえていた——社会の害虫どもは命がけの戦いにさらされた。

アメリカの平らで不毛な砂漠地帯に、大至急で編成された人類の最大計画——〈オペレーション・ライフ〉の全力が投入された。採鉱者、建設技術者、核物理学者、深部削岩作業の熟練者が、砂漠地帯に集まった。彼らは作業にとりかかり、古今未曾有のスピードで、昼夜兼行の作業をつづけた。いまわたしがこれを書いている瞬間にも、彼らは働きつづけ、飛び去る一分一秒と必死に戦いながら、既知のあらゆる手段と方法を使い、巨鳥の到来しないうちに、地球の中核に宿る生命を抹殺しようとしている。

一週間前に、巨鳥は金星へ移動した。それから七日間、われわれはそこでの事態の進行を観察した。

地球の姉妹惑星を永遠に包みこむもやのベールのために、あまり視界はきかず、ありがたくも長いあの期間、巨鳥がなにをしているかはよく見えなかった。なにをしていたにしても、その期間はありがたかった。われわれは待ち、そして見まもる。そして、見まもりながら、働く。そして、働きながら、祈りを唱える……。

ということで、この物語には真の結末がないわけだ。前にもいったように、どうしてこの出来事のあらましを書く気になったかは、自分でもよくわからない。あっさりと答えは出ないだろう。もしわれわれが成功すれば、この物語を——灼熱のアリゾナ砂漠でくりひろげられた戦いのくわしい記録を——語り伝えるのにじゅうぶんな時が訪れるだろう。また、もし失敗すれば——その場合は、こんなものを書く理由がなくなるだろう。これを読む人間がひとりもいなくなるのだから。

われわれの最大の恐怖の種は、あの巨鳥ではない。もし巨鳥が金星からやってきても、むこうが地球で見いだすものは、静かで、生命のない、反応のない卵の殻だけだ。そして、巨鳥はさらに外を目ざすだろう——われわれはそう信じ、そう祈っている——火星へ、つぎに木星へ、そして、さらにその彼方へと。

それがわれわれの願っている結末だ。まもなく、探り針が地殻を貫通し、地殻の下に達するだろう。そして、地球の内部で眠っている、あの恐怖の怪物の外皮をつらぬくだろう。

だが、もうひとつ、心をさいなむ恐怖がある。あの母鳥が地球へ近づく前に、もしひな鳥が目ざめ、それを包んだ卵の殻から自由を求めようとしたら？　これはアブラムスン博士の警告だが、もしそんな事態が起きたら、掘削作業を電光石火のスピードで進めなくてはならない。もしそのひな鳥が卵の殻をつつきはじめたら、ひな鳥が死ぬか——それとも全人類が破滅するかのどちらかなのだから。

わたしがこの物語を書いているもうひとつの理由はそれだ。考えたくないことを考えないようにするために。なぜなら——

なぜなら、けさ早くから、地球はノックの衝撃を感じはじめたからだ……。

ヘンリー・カットナー

ギャラハー・プラス

Gallegher Plus

by Henry Kuttner

ギャラハーは、窓の外、裏庭があるべき場所を、かすんだ目でのぞいた。そこにぽっかりあいた、理不尽な、ありえない大穴のなかへ、むかむかする胃袋がいまにも墜落していきそうな気がする。でっかい穴だ。しかも、深い。ギャラハーの巨大な二日酔いがすっぽりおさまりそうなぐらいに深い。だが、すっぽりおさまってはくれない。カレンダーを見ようかと考えてから、断念した。あの大酒宴のはじまりから、もう何千年も経過したような気分。ギャラハーほどの大酒飲みにしても、けたはずれのどんちゃん騒ぎだった。

「どんちゃん騒ぎか」ギャラハーは恨めしげにそうつぶやくと、ソファーまで這いずっていき、その上にころがりこんだ。「がぶ飲みのほうが、はるかに表現力ゆたかだよ。どんちゃん騒ぎという言葉を聞くだけで、ドラムとシンバルの音がして、頭が割れそうになる——いろんなものがいっせいにガンガン鳴りだす」弱々しくカクテル・オルガンのサイフォンに手を伸ばそうとしてから、ためらい、自分の胃袋と短いやりとりをした。

ギャラハー　ちょいとひと口だけさ、な?

胃袋　いいかげんになさい！
ギャラハー　毒をもって毒を制する——
胃袋　まったくもう！
ギャラハー　よせったら！　飲まずにいられるか。裏庭が消えちゃったんだぞ。
胃袋　わたしも消えたいよ。

そこへドアが開いて、ロボットがはいってきた。車輪と歯車といろいろな仕掛けが、透明な外皮の下でめまぐるしく回転している。ひと目見て、ギャラハーはぎゅっと目をつむった。脂汗がにじみ出てきた。

「出ていけ。おまえをこしらえた日を呪いたい。その歯車は大嫌いだ」

「あなたには審美眼というものがありませんね」ロボットは心外そうに答えた。「ほら。ビールを持ってきてあげましたよ」

「ほっほう！」ギャラハーはロボットからプラスチックの球形容器を受けとり、ごくごくビールを流しこんだ。冷たく香ばしい迎え酒がのどの奥にしみとおる。「ああ」と、起きなおりながら吐息をついた。「いくらか人心地がついてきたよ。たいしたことはないが——」

「ビタミンB1の注射をしますか？」

「アレルギーがある」ギャラハーは陰気に答えた。「これはのどの渇きという呪いだ。待てよ！」カクテル・オルガンに目をやった。「もしかして——」

「警官があなたに会いにきています」

「なに？」

「警官がひとり。さっきからあっちで待っています」

「へえ」ギャラハーはそう答えながら、ひらいた窓の横の片隅に目をやった。「ありゃなんだ?」

それはある種の奇妙な機械らしい。ギャラハーはとまどった関心とかすかな驚きで、それを見つめた。そのいまいましい物体を作ったのは、自分にちがいない。はみだし科学者の典型的な仕事ぶりだ。ギャラハーは専門教育を受けていないが、なにかの不可思議な理由で、潜在意識に天才の片鱗が宿っている。ちゃんと意識が働いているときのギャラハーは、気まぐれで、いつもたいてい酔っているが、いちおう正常だ。しかし、潜在意識が彼の心を乗っ取ると、なにが起こるかは予断を許さない。いま会話中のロボットを作ったのも、泥酔のさなかだった。それからの何週間か、彼はそのロボットの基本的目的を見いだそうと必死に努力した。とどのつまり、目的は判明したが、とりわけ便利なものでもなかった。だが、ギャラハーは、そのロボットを家においてやることにしたのだ。鏡を探してはその前でポーズをとり、金属製の内臓にうっとり見とれるという、きわめて腹立たしい性癖を大目に見て。

「またやっちまったか」とギャラハーは考えた。口に出してはこういった。「おい、ビールのお代わりだ、このまぬけ。早くしろ」


ロボットが研究室から出ていくと、ギャラハーは小さく丸めていたひょろ長い体を伸ばし、窓ぎわの機械にふらふらと近づいて、ふしぎそうにそれを調べた。いまは動いてない。ひらいた窓ごしに、親指ぐらいの太さの青白い柔軟なケーブルが何本か外へ伸びている。そのケーブルは、裏庭があるべきはずの場所にできた巨大な穴のへりから、三十センチほど下へ垂れさがっている。その末端は……

ふむ！　ギャラハーは一本のケーブルをたぐりよせ、じっと見つめた。ケーブルの末端には穴があいて、その縁は金属で包まれている。ケーブルは中空らしい。奇妙だ。

機械の本体は、全長約二メートルで、動くガラクタの山という感じ。ギャラハーには、間に合わせを使う癖があった。正規の部品が見つからない場合は、手近の品物を――ボタンフックやハンガーなどを――手当たりしだいに代用するのだ。そのため、すでに組み立てられた機械を質的分析するのはとてもむずかしい。たとえば、アンティークなワッフル焼き型の上で、針金の束に包まれて、満ちたりたようにすわっている布製のアヒル。いったいあれはなんだったのだろう？

「今回はいよいよ頭がへんになったらしいぞ」とギャラハーは考えた。「しかし、いつものようなトラブルはなさそうだ。ビールはどうした？」

ロボットは鏡の前で、自分の腹部を熱心に見つめていた。「ビール？　ああ、ここです。ちょっと自分の姿に見とれていたものですから」

ギャラハーはロボットに悪態をつきながらも、プラスチック容器を受けとった。目をぱちぱちさせて窓ぎわの機械を見つめ、わけがわからないというように痩せた長い顔にしわを寄せた。この最終製品は――

ロープのような中空のチューブが、もとは屑かごだったでっかい送り変速装置から出ている。いま、その機械は密閉されているが、そこにつながる自在アームつきの電気スタンドが、小型発電機か、それに似たもののなかまで伸びている。「ちがうな」とギャラハーは考えた。「発電機ならもっとでっかいはずだ、ちがうか？　あーあ、専門教育を受けてればな。とにかく、どうすればこの正体がわかる？」

そこには灰色の四角い金属製ロッカーも含めて、もっともっとたくさんの部品があった――ギャラハーは見当はずれの頭をかかえて、その寸法を概算してみた。十三・六立方メートルという答えが出たが、明らかにまちがいだろう。そのボックスは、縦横高さとも四十五センチずつしかないのだから。ロッカーのドアは閉じていた。さしあたってギャラハーはそれを無視し、むなしい調査をつづけた。もっと奇妙な仕掛けもある。いちばん末端にあるのは、縁に溝のついた回転盤だ。直径は約十センチ。「ところで最終生産物は――いったいこれはなんだ？　おい、ナルキッソス」

「わたしの名前はナルキッソスではありません」ロボットが不満そうに答えた。

「おまえを見るだけでうんざりだよ。ましてや名前なんか思いだせるか」とギャラハーはどなった。「とにかく、機械は名前なんか持つべきじゃない。こっちへこい」

「なんです？」

「これはなんだ？」

「機械です」とロボットはいった。「とてもわたしの美しさにはおよびませんが」

「おまえよりも役に立つだろうさ。なにをする機械だ？」

「土を食べます」

「そうか。それで裏庭の大穴の説明がつくな」

「裏庭はもうありませんよ」ロボットは正確にそう指摘した。

「ある」

「裏庭は」ロボットは混乱したようすで、トマス・ウルフの引用をした。「裏庭であるだけでなく、裏庭の否定でもある。それは裏庭と非裏庭の空間での出会いだ。裏庭は有限でひろがりのない土、それ自身の否定によって規定される事実である」

「おまえは自分がなにをしゃべってるかがわかってるのか？」とギャラハーはそうたずねた。本心から知りたかった。

「はい」

「わかった。よし、これからは会話のなかによぶんなオマケを入れないようにしてくれ。ぼくが知りたいのは、自分がなぜこんな機械を作ったかだ」

「なぜわたしにたずねるんですか？　わたしは何日も前からスイッチを切られたままでした——いや、何週間も前から」

「そうだったな、思いだしたよ。あの朝、おまえは鏡の前でポーズをとって、ぼくにひげ剃りをさせなかった」

「芸術的完全性の問題ですよ。わたしの機能的な顔は、あなたのそれよりもはるかに統一がとれていて、ドラマチックですから」

「よく聞けよ、ナルキッソス」ギャラハーはかろうじて自制をたもった。「ぼくはある答えを見つけようとしてるんだ。おまえのくそいまいましい機能的なお脳は、それを理解できるか？」

「もちろんです」ナルキッソスは冷たく答えた。「でも、お役に立てません。けさ、あなたはわたしのスイッチを入れ、それから泥酔状態の睡眠にはいられました。わたしは部屋のお掃除をして、いつもの二日酔い状態であなたが目ざめたとき、わざわざビールをお持ちしたのです」

「じゃ、わざわざお代わりをお持ちして、もう黙っててくれ」

「警官をどうするんですか？」

「そうか、忘れていた。あー……会ったほうがよさそうだな、考えてみると」

ナルキッソスは、柔らかな足音を立ててひっこんだ。ギャラハーはぞくっと身ぶるいしながら窓に近づき、信じられないほど巨大な穴をながめた。なぜ？　どうやって？　脳のなかを家探ししてみた。もちろん、なんの役にも立たない。その答えを知っているのは潜在意識だが、そいつは脳内へ厳重に監禁されている。とにかく、なにかちゃんとした理由がなければ、自分があんな機械を作るはずはない。いや、そうだろうか？　あの潜在意識め、奇妙でゆがんだ種類の論理の持ち主だからな。そもそもナルキッソスを作った目的も、ビール瓶のスーパー栓抜きのつもりだったのだ。


警官の制服をぱりっと着こなした筋骨たくましい青年が、ロボットに案内されて部屋にはいってきた。「ギャラハーさん？」とたずねた。

「そう」

「ギャロウェイ・ギャラハーさん？」

「こんども答えは『そう』。で、なんのご用です？」

「召喚状を受けとってください」警官はそういうと、折りたたんだ紙きれをギャラハーにさしだした。

文面はややこしい法律用語の迷路で、ギャラハーにはほとんど意味がとれない。「デル・ホッパーってだれ？　聞きおぼえのない名前だが」

「担当者じゃないんで」と警官はそっけなく答えた。「召喚状は交付しました。本官の役目はそこまで」

警官は出ていった。ギャラハーはその紙きれを見つめた。なんのことやら。

やがて、ほかにもっとましな思いつきもないので、ある弁護士事務所にテレビ電話をかけ、法律記録部門に連絡をとって、ホッパーの弁護士の名前を調べた。名前はトレンチ。会社の顧問弁護士だ。トレンチは電話係の秘書を何人も雇っていたが、脅しと悪罵と哀願の力を借りて、ギャラハーの電話はようやく彼女たちのボスにつながった。

テレビ画面で見るトレンチは、短い口ひげをたくわえた、白髪まじりの、痩せた冷たい感じの男だった。声はやすりで削ったように鋭い。

「ギャラハーさん？　そうだね？」

「ちょっと」とギャラハー。「たったいま、召喚状がきたんだが」

「ああ、受けとったか。それはよかった」

「なにが？　こっちはまったくわけがわからない」

「おや、そうかな」トレンチは疑わしげにいった。「では、こういえば記憶がもどるだろう。依頼人は気が優しいから、名誉毀損や、脅迫や、傷害のかどできみを訴えるつもりはない。彼は返金を望んでいるだけだ――さもなければ、受けとった金額の対価物を」

ギャラハーは目をつむり、身ぶるいした。「の、望んでいる？　ぼくが……あー……ぼくが彼の名誉を傷つけた？」

「きみは彼をこんなふうに罵倒した」トレンチは分厚いファイルを参照しながら、「がにまたのゴキブリ、鼻つまみのネアンデルタール、それに、不潔な牛、または不潔な蛆《うじ》。どれも侮辱的な呼び名だ。その上、きみは彼をけとばした」

「いつのことです？」ギャラハーは消え入りそうな声を出した。

「三日前」

「それで——さっきの返金とは？」

「千クレジット。それを彼は内金としてきみに支払った」

「なんの内金として？」

「きみが彼から委託された仕事の内金だ。その仕事の詳細はよく知らない。とにかく、きみはその委託契約を履行しなかったばかりか、返金を拒否した」

「おやおや。ところで、ホッパーとはだれです？」

「ホッパー企業の——デル・ホッパー、事業家兼興行主だ。しかし、そんなことは先刻ご承知だろう。では、ギャラハー君、法廷でお会いしよう。それと、はなはだ勝手だが、いまのわたしは多忙でね。きょうも訴追事件がひとつあって。被告は長期の禁固刑を受けることになると思う」

「その被告はなにをやったんです？」ギャラハーは弱々しい口調でたずねた。

「単純な暴行事件」とトレンチは答えた。「では、失礼」

彼の顔が画面から消えた。ギャラハーは手のひらでおでこをたたき、ビールをくれと絶叫した。デスクの前にすわり、冷却装置内蔵のプラスチック容器からビールをすすりながら、思案顔で郵便物を調べた。なにもない。手がかりなし。

千クレジット……。そんな金を受けとったおぼえはない。だが、現金出納帳には出ているかも——出ていた。数週間前の日付の下に、こう書いてある——

D・Hより受領——委託契約——内金——一〇〇〇クレジット

J・Wより受領――委託契約――内金――一五〇〇クレジット
太っちょ《ファティ》より受領――委託契約――内金――八〇〇クレジット

合計三三〇〇クレジット！　しかも、銀行通帳のどこにもそんな金額の記録はない。あるのは、七〇〇クレジット引き出しの記録だけで、残高は約一五〇〇クレジット。

ギャラハーはうめきをもらし、もう一度デスクを調べた。インクの吸い取り器の下に、これまで気づかなかった封筒が見つかった。中身はデバイス・アンリミテッドという会社の――普通株と優先株をとりまぜた――株券だ。添え状の内容は、四千クレジットを正《まさ》に受領したこと、その支払いに対して、ご依頼どおり、ギャロウェイ・ギャラハー氏宛てに株券が発行されたこと――

「こりゃひどい」ギャラハーはうめいた。ぐるぐる渦巻く頭をかかえ、ビールをあおった。三重のトラブルだ。D・H――デル・ホッパー――から、なにかの仕事をたのまれ、千クレジットを受けとっただけではない。J・Wという頭文字のだれかからも、おなじような依頼で千五百クレジットを受けとった。それに、太っちょというケチンボのよこした内金が、たった八百ドル。

なぜだ？

それを知っているのは、ギャラハーのとんでもない潜在意識だけだろう。あのいまいましい利口者は、うまく取引をまとめ、金を巻きあげ、ギャラハーの銀行口座をからっぽにし――そしてデバイス・アンリミテッドの株を買った。くそっ！

ギャラハーはもう一度テレビ電話をかけた。まもなく画面に出た懇意な株屋の顔にほほえみかけた。

「アーニー？」

「やあ、ギャラハー」アーニーはそういいながら、デスクの上のテレビ画面をながめた。「どうかしたか？」

「どうしたもこうしたも。進退きわまってる。なあ、最近ぼくは株を買ったか？」

「もちろん。デバイス──略称DUをね」

「じゃ、その株を売りたい。早いとこ、金が必要なんだ」

「待ってくれ」アーニーはいくつかのボタンを押した。いま、株式相場の数字がアーニーの壁の上を横ぎっていることを、ギャラハーは知っていた。

「どうだ？」

「だめ。底が抜けた。四クレジットでも買い手なし」

「ぼくはいくらで買った？」

「二十」

ギャラハーは、傷ついたオオカミの唸りを上げた。「二十？　そんな株を買わせたのか？」

「やめとけ、と忠告したさ」アーニーは疲れた口ぶりでいった。「その株はいま暴落中だ、と教えた。建設工事の計画かなにかが遅れて──くわしいことは知らんがね。だが、あんたは裏情報を知ってるという。こっちはどうすりゃいい？」

「この頭をたたき割ってくれりゃよかったのに」とギャラハーはいった。「まあ、しかたがない。すんだことだ。ほかになにか株を持ってたっけ？」

「火星ボナンザが百株」

「いまの相場は？」

「百株ひっくるめて二十五クレジットなら売れる」

「いったいあのラッパはなんの音だろう？」とギャラハーはつぶやいた。

「はあ？」

「これから見せられるものが、怖くてたまらない」

「知ってる」アーニーがうれしそうにいった。「ダニー・ディーバーだな。キップリングの詩の」

「そう」ギャラハーはうなずいた。「ダニー・ディーバー。あれをぼくの葬式でうたってくれ」通話を切った。

なぜだ。あらゆる聖なるものと、俗なるものの名にかけて、なぜDUの株なんかを買ったんだ？

いったい、ホッパー企業のデル・ホッパーになにを約束したんだ？

J・W（千五百クレジット）と太っちょ（八百クレジット）とは、いったい何者だ？

裏庭のあった場所に、どうしてあんなにでっかい穴があいたんだ？

なぜ、なんの目的で、ぼくの潜在意識はあのはた迷惑な機械を作ったんだ？

ギャラハーはテレビ電話の番号調べのボタンを押し、ダイヤルをまわしてホッパー企業を検索してから、その番号にかけた。

「ホッパーさんとお話がしたい」

「お名前は？」

「ギャラハー」

「当社の法律顧問のトレンチさんにおかけください」

「もうかけたよ」ギャラハーはいった。「聞いてくれ――」

「ホッパーさんはご多忙です」

「じゃ、こう伝えてくれ」ギャラハーは破れかぶれでいった。「お望みのものがここにある、と」

ようやく効果が現れた。ホッパーの姿が画面に焦点を結んだ。バッファローのような大男だ。たてがみに似た半白髪、無情な漆黒の瞳、くちばしに似た鼻。ホッパーは画面に大きなあごを突きだして、こう呼ばわった。「ギャラハーだと？　たったいま、あいつに――」そこで急に口調を変え、「トレンチに電話したのか、ええ？　それで目がさめたろう。その気になれば、きみを刑務所送りにできるんだぞ、わかったか？」

「えーと、たぶん、たぶん――」

「たぶんもくそもない！　仕事を依頼した奇人発明家のひとりひとりに、わたしがじかに会いにいくとでも思うのか？　きみがその分野のピカイチだという話を耳にタコができるほど聞かされてなければ、とっくに差し止め命令をたたきつけていた！」

発明家？

「じつをいうと」ギャラハーはものやわらかに切りだした。「病気で――」

「嘘をつけ」ホッパーは荒々しくいった。「べろべろに酔っぱらっていたくせに。きみに酒を飲ませるために金を払ったんじゃないぞ。忘れたのか、あの千クレジットはたんなる前金で――九千クレジットがそのあとに入ってくるのを？」

「いや……いや、その、あの……九千？」

「その上、早くできた場合はボーナスがつく。さいわい、いまからでもボーナスは受けとれる。まだ二週間しか経ってない。だが、あれを完成したとはきみも運がいいぞ。もうすでにふたつの工場からオプションがかかった。それに、いまスカウトたちが全米をめぐって、適当な候補地を物色中だ。その機械は小さいセットにも使えるのか、ギャラハー？　それだと、大口の得意先だけでなく、小口消費者からも確実な利益が得られる」

「ちょ、ちょっと」とギャラハーはいった。「あのう――」

「そこにあるんだな？　これからすぐに見にいく」

「待ってください！　もうすこし、あっちこっちに手を加えたほうが――」

「わたしがほしいのはアイデアだ。アイデアが満足のいくものなら、あとは簡単。いまからトレンチに電話して、あの召喚状を取り消させよう。じゃ、すぐ行くからな」

ホッパーが通話を切った。


ギャラハーは金切り声でビールを注文した。「それとカミソリ」部屋から出てきたナルキッソスに、そうつけたした。「のどを切りたい」

「なぜ？」とロボットはたずねた。

「おまえをたのしませるためにだ、ほかにどんな理由がある？　早くビールを」

ナルキッソスはプラスチック容器を持ってきた。「なにをそんなにあわてているんです？　よくわかりません。なぜわたしの美しさをうっとりと鑑賞しないんです？」

「カミソリ」とギャラハーは陰気な声でいった。「カミソリのほうがずっとましだよ。三人の依頼人。あとのふたりはぜんぜん思いだせないが、むこうはぼくになにかの仕事をたのんだ。それがなんの仕事かも思いだせない。まったくもう！」

ナルキッソスはじっと考えてから助言した。「帰納法でやってごらんなさい。あの機械は――」

「あれがどうした？」

「つまり、あなたはなにかの仕事を依頼されると、いつも酒を飲んで酔っぱらいます。潜在意識が万事を支配して、その仕事をやってくれる状態になるまで。それからあなたはしらふにもどる。今回起きたことも、明らかにそれでしょう。あなたはその機械を作りあげた、ちがいますか？」

「そうだ」ギャラハーはいった。「だが、どの依頼人にたのまれた機械なんだ？　いったいなにをする機械なのかさえ、見当がつかない」

「機械を動かしてみれば、わかるんじゃないですか」

「なるほど、そんな手もあったか。けさのぼくはどうかしてるな」

「あなたはいつもどうかしてます」とナルキッソス。「それに、とてもぶかっこうだ。自分の完全な美について考えるたびに、わたしはいつも人間が気の毒になります」

「うるさい、だまってろ」ギャラハーはそうどなってから、ロボットと口論する無意味さをさとった。謎の機械に近づき、もう一度調べてみた。なにひとつ記憶がない。

スイッチが目についたので、それを入れてみた。機械が〈セントジェームズ病院〉を歌いはじめた。

「――おれはだいじな女に会いにいった
あいつは大理石の上に寝かされてええ――」

「わかったぞ」ギャラハーはとほうもない挫折感におそわれながらいった。「だれかに蓄音機を発明してくれとたのまれたんだ」

「待った」ナルキッソスが教えた。「窓の外をごらんなさい」

「窓か。いいとも。どうした？　ありゃ――」ギャラハーは窓台にしがみつき、息をあえがせた。両膝ががくがくする。だが、これぐらいのものは予想しておくべきだった。

問題の機械から伸びた何本かのチューブは、信じられないほど伸縮自在だった。それがたっぷり十メートルの深さはありそうな穴の底まで伸び、草を食む電気掃除機さながら、不規則な円を描きながら、あたりを掃いている。その動きがあまりにも速いため、ギャラハーに見えるのは、ぼやけた影だけ。まるで舞踏病に罹って、その病気を蛇たちに感染させたメデューサの頭を見ているようだ。

「あの回転運動をごらんなさい」ナルキッソスがギャラハーによりかかりながら、思案深げにいった。「大穴を作ったものはあれじゃないですか。土を食べてますよ」

「ああ」科学者は体をひきながら、同意した。「なんのためだろうな。土……ふーん。生原料か」彼は機械を見つめた。機械はまだ歌っている。

「――この広い世界のどこを探したって
こんなに心の優しい男は見つからないぜ」

「電気接続」ギャラハーは物問いたげに片目を上げた。「ただの土くれが、前には屑かごだったもののなかへはいっていく。それからどうなる？　電子衝撃？　陽子、中性子、陽電子――そんな言葉の意味がわかればなあ」わびしい口調でつけたした。「ああ、大学教育さえ受けていたら！」

「陽電子とは――」

「教えないでくれ」ギャラハーは哀願した。「どのみち、意味がよけいにこんぐらがるだけだ。陽電子がどんなものかは知ってる。ただ、名前と現物が一致しない。こっちが知ってるのは内包的な意味だけなんだ。それは、とにかく言葉じゃ表現できない」

「しかし、外延的な意味なら表現できますよ」とナルキッソスが指摘した。

「ぼくの場合はだめだ。ハンプティ・ダンプティがいったように、問題はどっちが主人になるかだよ。ぼくの場合、それは言葉だ。こっちはくそいまいましい言葉に怖じ気づく。その外延的な意味をつかめない」

「ばかばかしい」とロボットはいった。「陽電子には完全に明確な意味があります」

「おまえにとってはな。ぼくにとってのそれは、魚のしっぽと緑のあごひげを生やした小さい男の子の群れみたいなもんだ。だから、自分の潜在意識がなにをやっていたのか、見当もつかない。ここは記号論理学が必要だが、記号のほうが……もう黙っててくれ」ギャラハーは低くうなった。「とにかく、なぜぼくが意味論のことでおまえと議論しなくちゃならない？」

「議論をはじめたのはあなたです」とナルキッソス。

ギャラハーはロボットをにらみつけてから、謎の機械のそばまでひきかえした。機械はまだ土を食いながら、〈セントジェームズ病院〉を歌っている。

「なぜあいつはあの歌をうたわなきゃならないんだ？」

「あなたも酔っぱらうと、いつもあの歌をうたうじゃないですか。できれば酒場で」

「それじゃ解答になってない」ギャラハーはそっけなく切りかえした。彼はその機械を検分した。いまは円滑でスピーディな運転中で、いくらか熱を放散し、なにかの煙が出ている。ギャラハーは潤滑バルブを見つけ、オイル缶から油をさした。煙が消え、ちょっぴり焦げ臭いにおいも消えた。

「なんにも出てこない」ギャラハーは、しばらく頭をひねったすえにいった。

「あれは？」ロボットが指さした。

　ギャラハーは高速回転中の溝つき円盤を調べた。その真上、円筒形のチューブのなめらかな外皮に、小さな開口部がひとつ。だが、その穴からはなにも出てこないようすだ。

「スイッチを切れ」とギャラハーはいった。ナルキッソスが命令に応じた。バルブがぴったり閉じて、溝つき円盤も回転をやめた。そのほかの活動もやんだ。音楽もやんだ。窓の外に伸びる長い触手が回転をやめ、静止状態の長さまで縮んだ。

「ふーん、最終生産物はなにもないらしいぞ」とギャラハーはいった。「こいつは土を食べ、それを完全に消化するだけだ。ばかばかしい」

「そうでしょうか？」

「そうだよ。土のなかにはいろいろな元素が含まれている。酸素、窒素——ニューヨークの地盤は花崗岩だから、アルミニウム、ナトリウム、珪素——いろんなものが。こいつは、どんな物理的変化でも、化学的変化でも説明できない」

「つまり、なにかが機械から出てくるべきだ、ということですか？」

「そう」とギャラハーはいった。「ひとことでいえば、そのとおり。もしなにかが出てくれば、気がらくになるんだがな。たとえ泥でもいい」

「音楽が出てきますよ」とナルキッソスが指摘した。「もしも、あのわめき声を音楽と呼べるなら」

「どれほど空想をたくましくしても、そんな恐ろしいことを考える気になれない」ギャラハーは断固として否定した。「ぼくの潜在意識がちょっぴり調子はずれなのは認める。だが、それなりの論理はある。たとえそれが可能だとしても、土を音楽に変えるような機械は作らない」

「しかし、この機械はほかになにもしないんでしょう、するんですか？」

「いや。えーと、待てよ。いったいホッパーはぼくになにを作ってくれとたのんだのかな。工場だとか、観客だとか、いってたようだが」

「彼はもうすぐやってきます」とナルキッソス。「じかに聞いてごらんなさい」


ギャラハーは返事もしなかった。ビールのお代わりを請求しようと考えてから断念し、カクテル・オルガンを使い、何種類かのリキュールで気付け薬を調合した。そのあとは、よく目立つラベルにモンストロと名前が記された発電機の上に腰かけた。だが、満足できずに、こんどはバブルスと名づけた小型発電機の上に腰を落ちつけた。

いつもギャラハーは、バブルスに腰かけているときに頭が働くのだ。

アルコールの蒸気でぼうっとしていた脳に、気付け薬が注油をしてくれたらしい。最終生産物のない機械——土が虚無のなかに消えていく。ふーむ。物質は、奇術師の帽子のなかへ飛びこんだウサギのように、あっさり消えたりなんかしない。どこかへ行ったはずだ。エネルギーか？

そうではないらしい。あの機械はエネルギーを作りだしはしない。むしろその逆で、電力を消費している証拠に、コードとソケットがついている。

したがって――

なんだ？

べつの角度から考えよう。ギャラハーの潜在意識、つまりギャラハー・プラスは、なんらかの論理的理由であの機械を作った。その理由は、三千三百クレジットの入金が示すとおりだ。べつべつの依頼人が三人、合計でそれだけの金額を払った。なにかを――ひょっとすると――べつべつの機械を三台作るために。

あの機械はそのなかのどれに該当するのか？

ひとつの方程式として考えてみよう。依頼人のそれぞれを、a、b、cとする。機械の目的をxとしよう――もちろん、機械そのものではない。そうすれば、a（または）b（または）cイコールxとなる。

いや、待てよ。aという記号はデル・ホッパーを表すわけじゃない。ホッパーが望んでいるものを象徴しているわけだ。しかも、ホッパーが望んでいるものは、必然的に、また論理的に、あの機械の目的ということになる。

謎のJ・Wにも、おなじく謎の太っちょにも、それがいえる。

もっとも、太っちょの場合はいくらか謎がすくない。たいしたものではなくても、手がかりがひとつある。もしJ・Wが記号bで表現されるとすれば、太っちょはcプラス脂肪組織。脂肪組織を記号tで表せば、その答えは？

のどがカラカラだ。

ギャラハーは、鏡の前で恍惚状態のナルキッソスを呼びさまし、ビールのお代わりを持ってこさせた。両足の踵をバブルスに打ちつけながら、むずかしい表情になった。髪の毛がひと房、両眼の前に垂れさがってきた。

このままだと刑務所入り？

うっ！　いや、どこかになにかの解答があるはずだ。たとえばＤＵの株。なぜギャラハー・プラスは、その株が暴落しているのを知りながら、四千クレジットもつぎこんだのか？

その答えが見つかれば参考になるかも。ギャラハー・プラスは、目的もなしになにかを作ったりはしないのだから。とにかく、デバイス・アンリミテッドとはなんだ？

ギャラハーはマンハッタンの人名録をテレビ画面で調べてみた。さいわい、デバイスはニューヨーク州の企業で、マンハッタンにいくつかのオフィスがあるとわかった。一ページ大の広告が画面に現れた。

デバイス・アンリミテッド
当社はなんでもござれ！
RED5-1400-M

よし、テレビ電話の番号はわかった。ひとつの前進だ。ＲＥＤを呼びだそうとしたとき、ブザーの音が聞こえ、ナルキッソスが不機嫌に鏡へ背を向けて、ドアをあけにいった。まもなくロボットは、バッファローなみの巨体のホッパー氏を案内してきた。

「待たせてすまん」とホッパーはよくひびく声でいった。「運転手が信号無視をやらかしおって、警官に足止めを食った。やつをくそみそに罵倒してやったよ」

「運転手を？」

「警官をだ。さて、機械はどこだね？」

ギャラハーは唇をなめた。ほんとにギャラハー・プラスは、この小山のようにでっかい男の尻をけとばしたのだろうか？ そのことはあまり考えたくない。

窓のほうを指さした。「あそこです」これでいいのか？ 土を食う機械を注文したのは、ホッパーなのか？

大男の目が驚きでまんまるくなった。ちらとギャラハーにいぶかしげな視線をよこしてから、問題の機械に近づき、あらゆる角度からそれをながめた。つぎに窓の外へ目をやったが、そこに見えたものにはあまり興味がなさそうだった。大男は当惑した渋い表情で、ギャラハーをふりかえった。

「これがそうなのかね？ まったく新しい原理というわけか？ いや、きっとそうなんだろうな」

依然として手がかりはない。ギャラハーは弱々しい笑みをうかべた。ホッパーはこっちを見つめている。

「よろしい」とホッパーがいった。「で、この機械を実際にどう利用するんだ？」

ギャラハーは必死に手がかりを探しもとめた。「実演したほうがいいでしょう」あげくの果てにそう答えると、研究室を横ぎり、スイッチを入れた。とたんに機械が〈セントジェームズ病院〉を歌いはじめた。ケーブルが触手のようにぐーんと伸び、土を食べはじめた。円筒部の穴がひらいた。溝つき円盤が回転をはじめた。

ホッパーは待っている。

しばらくして、ホッパーがたずねた。「それで？」

「これは——お気に召しませんか？」

「どうして答えられる？　この機械がなにをしているのかさえわからんのに。スクリーンはどこにもないのか？」

「あります」ギャラハーは完全にめんくらっていた。「あの円筒のなかに」

「なんのなかだと？」ホッパーのげじげじ眉が黒い両の瞳の上でくっついた。「あの円筒のなか？」

「まあね」

「いったい——」ホッパーは呼吸困難におちいったようだった。「あんな奥へスクリーンをしまいこんで、なんの役に立つ？　X線の目でもついているというなら、ともかく？」

「X線の目が必要なんですか？」ギャラハーはさっぱりわけがわからず、そうつぶやいた。「X線の目のあるスクリーンがご希望だった？」

「まだ酔ってるな！」ホッパーはどなった。「でなければ、頭がおかしい！」

「待ってください。ひょっとして、かんちがいしたのかも——」

「かんちがいだと！」

「ひとつだけ教えてください。ご注文はどういうものでした？」

ホッパーは三回深呼吸してから、ひややかな、歯切れのいい口調でこういった。「わたしがきみに注文したのは、スクリーンに、前後左右、どの角度からでも歪みなしに見える立体映像を映写する方法だ。きみはできると答えた。前金として、わたしはきみに千クレジットを支払った。しかも、ただちにその装置の製作にとりかかれるよう、ふたつの工場とオプション契約を結んだ。それにふさわしい劇場を探すため、スカウトたちを全国に派遣した。家庭用テレビにつけるアタッチメントの販売キャンペーンまで計画していたんだぞ。では、ギャラハー君、わたしはこれから顧問弁護士に会い、きみにたっぷりお灸をすえろ、と伝えておく」

　ホッパーは腹に据えかねたようすで帰っていった。ロボットはそっとドアを閉め、もどってくると、なにもたのまれないうちからビールをとりにいった。ギャラハーは手をふって断った。

「カクテル・オルガンを使おう」ギャラハーはうめきをもらし、強いカクテルを作った。「ナルキッソス、そのくそ機械のスイッチを切れ。ぼくにはその気力もない」

「とにかく、ひとつだけはわかったじゃないですか」ロボットが力づけた。「あなたの作った機械は、ホッパーの注文品じゃなかった」

「うん、たしかに。あの機械を注文したのは……あー……J・Wか、それとも太っちょだ。そのふたりが何者なのか、どうすれば調べがつく？」

「あなたには休息が必要です」とロボット。「もっとのんびりして、わたしの美声に聞きほれなさい。なにかを朗読してあげましょう」

「なにが美声だ」ギャラハーは自動的に、うわの空でいった。「錆びた蝶番《ちょうつがい》みたいにギシギシ鳴ってるくせに」

「あなたの耳にはね。わたしの聴覚はちがいます。いわせてもらえば、あなたの声は喘息やみのカエルですよ。あなたはわたしの姿を正しく見られないだけでなく、わたしの声を正しく聞くこともできない。まあ、そのほうがよかったかもね。へたをすると、恍惚のあまり気絶するでしょうから」

「ナルキッソス」ギャラハーはがまん強くいった。「こっちは考えごとをしてるんだ。たのむから、そのブリキ缶のふたを閉めてくれないか？」

「わたしの名前はナルキッソスじゃありません。ジョーです」

「じゃ、さっさと改名しろ。待てよ。DUを調べるつもりだった。電話番号は？」

「RED五の一四〇〇のMです」

「ああ、そうだったな」ギャラハーはテレビ電話をかけた。先方の秘書は親切だったが、あまり有益な情報は得られなかった。

DU、つまり、デバイス・アンリミテッドは、一種の持ち株会社の名称だ。この会社は全世界に連絡網がある。依頼人がなにかの仕事をたのんできた場合、DUは代理人をつうじて適当な人物と連絡をとり、有利な契約を結ぶ。DUが出資者となって事業を運営し、歩合で手数料を受けとる仕組みだ。それはおそろしくこみいった仕組みらしく、ギャラハーには歯が立たなかった。

「そちらのファイルにぼくの名前が記録されてませんかね？　そうか……じゃ、教えてくれませんか、J・Wとはだれです？」

「J・W？　あいにくですが。フルネームがわかりませんと」

「それがわからない。しかも、重要な問題なんだ」ギャラハーは必死に訴えたすえ、ようやく目的を果たした。DUの内部で頭文字がJ・Wではじまる人物はひとりしかいない。フルネームはジャクスン・ウォーデルで、現在は木星の衛星カリストにいる。

「いつからそこにいるんですか？」

「彼はカリスト生まれです」秘書はあっさりと答えた。「生まれてこのかた、地球を訪れたことはありません。ウォーデルさんは、おたずねの人物ではないと思います」

ギャラハーもそれに同意した。太っちょのことをたずねてもむだだと判断し、弱々しいため息とともに接続を切った。さあ、これからどうする？


テレビ電話が鳴った。画面に現れたのは、ほっぺたがまんまるで頭の禿げた、ぽっちゃり型の男で、心配そうに眉を寄せている。ギャラハーの顔を見て、むこうは安心したらしく、笑い声をひびかせた。

「ああ、いたね、ギャラハーさん。さっきから一時間ほど、あんたに連絡をとろうとしてたんだ。接続のぐあいがわるくてな。いや、よかった。とっくにそっちから連絡があるはずだと思ったのに！」

ギャラハーの心臓はひとつ鼓動をうちそこなった。太っちょ――きっとこの男だ！ ありがたいことに運が向いてきたぞ！ 太っちょ――八百クレジット。内金。なんの内金？ あの機械の？ あれはこの太っちょの問題の解答なのか、それとも、J・Wの問題の解答なのか？ ギャラハーは熱をこめて、短い祈りをささげた。土を食い、〈セントジェームズ病院〉を歌うあの機械が、どうかこの太っちょの依頼品でありますように。

かすかなパチパチという雑音とともに、映像がぼやけ、ちらついた。太っちょが急いで訴えた。

「どうも接続がおかしい。しかし――できたのかね、ギャラハーさん？ 方法を見つけてくれたか？」

「もちろん」とギャラハーは答えた。この男の鼻づらをうまくひっぱりまわし、なにを注文したかのヒントを聞きだしさえすれば――

「そりゃよかった！ この何日か、DUから電話がかかりづめなんだ。なんとか返事を先延ばしにしてきたが、いつまでも待っちゃくれない。カフがきつい圧力をかけてきてな。あの古い法規がじゃまになって——」

画面が消えた。

ギャラハーは無力な怒りにかられ、あやうく舌を嚙みきりそうになった。いそいで回路を閉じ、研究室のなかを歩きまわった。ある予感で神経が張りつめている。いまにテレビ電話がかかってくるだろう。太っちょがかけなおしてくる。そうにきまってる。こんどのギャラハーが相手にぶつける最初の質問はこうだ。「あんたはだれ？」

時間が過ぎていく。

ギャラハーはうめきをもらし、確認のため、さっきかかってきた相手の番号を電話局に問い合わせてみた。

「あいすみません。先方はダイヤル電話機からお掛けになりました。ダイヤル電話機からの通話は追跡できません」

十分後、ギャラハーは罵りを中断し、もと芝生の飾り物だった鉄製の犬の頭から帽子をとり、ドアに向きなおった。「ちょっとでかけてくる」とナルキッソスに声をかけた。「あの機械から目を離すなよ」

「わかりました。片目をね」とロボットは答えた。「もう片目は、わたしの美しい内部をのぞくのに使います。なぜカフが何者かを調べないんですか？」

「なに？」

「カフ。あの太っちょが、そんな名前を口に出したじゃないですか。カフがきつい圧力をかけてくる、とか——」

「なるほど！　やつはたしかにそういった。それと――なんといったっけな――古い箒《ほうき》がじゃまだとか――」

「法規ですよ。法律のことです」

「法規の意味ぐらいは知ってる」ギャラハーはうなるようにいった。「ぼくはよだれを垂らしたバカじゃない。とにかく、まだいまのところはな。カフといったっけ？　よし、もう一度電話してみる」

番号簿には六人のカフが出ていた。ギャラハーはそのうち半数を性別で除外した。㈱カフ・リンクス製造も除外した。残りはふたり――マックスとフレデリック。まずフレデリックに電話すると、目の飛びだした、やせっぽちの若者が出た。見たところ、まだ投票権もなさそうだ。ギャラハーはその若者に殺意のこもった挫折の視線を投げただけで、電話を切った。切られたほうのフレデリックは、いま電話をかけてきて、悪魔のように顔をゆがめ、無言で切った相手はどこのどいつだろうと、それから半時間も考えつづけた。

だが、まだマックス・カフが残っている。それが問題の男なのはほぼ確実だ。まもなくギャラハーは百パーセントの確信をいだくことになった。マックス・カフの執事が彼の電話をダウンタウンのオフィスへまわし、そこの受付係が、カフさんは〈アップリフト社交クラブ〉で午後をお過ごしになっておられます、と告げたのだ。

「はあ、なるほど。ところで、カフっていったいだれ？」

「と、おっしゃいますと？」

「つまりさ、なにをしてる人？　彼の商売は？」

「カフさんは商売をなさっておられません」受付係の女性はひややかに答えた。「市会議員でいらっしゃいます」

おもしろいぞ。帽子を探したギャラハーは、それがすでに頭の上にあるのに気づき、でかけるぞと声をかけたが、ロボットは返事しなかった。「もし太っちょがまたかけてきたら、本名を聞いといてくれ。いいな？　それと、あの機械から目を離すなよ。もしかして、突然変異かなにかを起こすかも」

未処理事項はそれでぜんぶのはずだ。ギャラハーは家を出た。涼しい秋風が、頭上の大通りから枯葉を運んでくる。二、三台の空中タクシーがゆっくり上空を通過したが、ギャラハーがつかまえたのは路面タクシーだった。実地検分といこう。なぜか、マックス・カフに電話しても、あまり効果はないような気がする。この相手には巧妙な扱いが必要だ。とりわけ、むこうが〝きつい圧力をかけてくる〟からには。

「どちらまで？」

「〈アップリフト社交クラブ〉。場所を知ってるかい？」

「いや。だけど、調べりゃわかる」運転手はダッシュボードの上のロードマップをつけた。「ダウンタウン。ずーっと南だ」

「じゃ、たのむ」ギャラハーはそういうと、クッションにもたれ、憂鬱な気分にひたりこんだ。なぜどいつもこいつも捕まえにくいんだ？　幽霊依頼人でもあるまいに。だが、太っちょはぼやけた名無しのまま——顔を見ただけだし、その顔も見おぼえがない。J・Wが何者かは、依然として不明。デル・ホッパーだけは姿を見せてくれたが、見たくなかったというのが本音だ。召喚状がポケットのなかでガサゴソと音を立てた。

「ぼくに必要なのは」とギャラハーは独白した。「一杯の酒。そこが問題だ。いつまでも酩酊状態ではいられない。そんなに長つづきはしてくれない。ああ、くそ」

まもなくタクシーがとまったのは、以前はガラス煉瓦の豪邸だったらしいが、いまは煤けてわびしい建物の前だった。ギャラハーは車を下り、運転手に金を払い、斜路を登った。〈アップリフト社交クラブ〉という小さな表札が出ている。ブザーが見あたらないので、ドアをあけてなかにはいった。

たちまち、コルダイト爆薬のにおいを嗅いだ軍用馬のように、鼻の穴がひくついた。アルコールの香りだ。伝書鳩の本能で、ギャラハーはバーへ直行した。大広間の一方の壁に接してつくられたバーは、椅子と、テーブルと、人間とでいっぱい。バーの片隅では、悲しげな顔の男がピンボール・マシンで遊んでいた。ギャラハーが近づくと、その男は顔を上げ、ギャラハーの行く手をふさいでこうたずねた。「だれかを探してる?」

「ああ」とギャラハーは答えた。「マックス・カフ。ここにいると聞いたんで」

「いまはいない。あの男になんの用?」

「太っちょのことで」ギャラハーはイチかバチかでそういってみた。

ひややかな目が彼を見つめた。「だれ?」

「あんたは知らないだろう。だけど、マックスならわかる」

「マックスはきみに会いたがってるのか?」

「もちろん」

「だったら」とその男は疑い深げにいった。「いまは〈スリー・スター〉にいるよ。いつものはしご酒のはじまりだ――」

「〈スリー・スター〉？　場所は？」

「十四丁目のブロードウェイ寄り」

「ありがとう」ギャラハーは名残惜しげにバーを見やりながら、外へ出た。いまはだめ――まだだめ。まずその前に仕事だ。

〈スリー・スター〉は安酒場で、壁にはきわどい写真が何枚も飾られていた。どれもちょっぴり意外なポーズの立体写真だ。ギャラハーは考え深げにそれらを観察してから、店内を見まわした。客はあまりいない。カウンターのいちばん端にすわった巨体の男に目を引かれた。襟にクチナシの花をさし、薬指に大きなダイヤの指輪をはめている。

ギャラハーはそちらへ向かった。「カフさん？」

「そう」大男はそういうと、まるで木星の自転のように、スツールの上でゆっくりと向きを変えた。かすかに体を揺らし、ギャラハーに目をやる。「どなた？」

「ぼくは――」

「いいんだ」カフはウィンクしながらいった。「ひと仕事のあとは本名を名乗るな。察するところ、高飛び中か、ええ？」

「はあ？」

「遠くからちょいと見ただけでも、見当がつく。きみは……きみは……おや！」カフは体を前に折り、鼻をひくつかせた。「もうすでに飲んでるな！」

「飲んでるというのは」とギャラハーは苦い思いでいった。「控えめな表現です」

「じゃ、つきあえ」と大男は誘った。「いま、Eまできてる。エッグフリップまで。ティム！」となった。「この相棒にもエッグフリップ！　急げ！　Fもたのむ」

　ギャラハーはカフの隣のスツールに腰をかけ、相手をしげしげと見つめた。市会議員はややご酩酊のようすだ。

「そう」とカフがいった。「アルファベット順が、ただひとつの正しい飲み方さ。はじまりはA――アブサン。あとは順々に一杯ずつ。ブランデー。コアントロー、ダイキリ、エッグフリップ――」

「そのあとは？」

「Fさ、もちろん」カフはちょっぴり意外そうな顔をした。「フリップ。きみのグラスがきたぞ。乾杯といこう！」

　ふたりは飲んだ。「ところで」とギャラハーはいった。「ここへおじゃましたのは、じつは太っちょのことで」

「だれ？」

「太っちょ」ギャラハーは意味ありげにウィンクしてから説明した。「ご存じでしょうが。最近のあなたが圧力をかけてる相手。法規のことで。おわかり？」

「ああ！　あいつか！」カフはとつぜんガルガンチュアのような大笑いをひびかせた。「太っちょだと？　そりゃいい。実にいい。太っちょはあいつにぴったりの呼び名だ。たしかに」

「本名にはあんまり似てないかも」とギャラハーはかまをかけてみた。

「ぜんぜん。太っちょか！」

「彼の名前のスペルはeでしたっけ、それともi？」

「その両方だ」とカフは答えた。「ティム、フリップはまだか？　おや、もう出した？　じゃ、乾杯といこうぜ、相棒」

ギャラハーはエッグフリップを飲みほし、フリップにとりかかった。名前がちがうだけで、中身はおんなじ。さて、これからどうする？

「太っちょのことだけど」と思いきっていってみた。

「うん？」

「いまはどんなぐあいです？」

「質問には答えない主義だ」カフはとつぜんしらふにもどった。鋭い目つきでギャラハーを見つめた。

「きみはあの連中の仲間か？　はじめて見る顔だが」

「ピッツバーグ。この町へきたら、クラブへ寄れといわれたんで」

「さっぱりわからん」とカフはいった。「まあ、いいさ。どうってことはない。ちょうど未処理事項がかたづいたところで、こいつは祝い酒だ。フリップを飲みおわったか？　ティム！　ジンだ！」

ふたりはGの部でジンを、Hの部でホースネックを、Iの部でアイ・オープナーを注文した。「こんどはジャズボ」とカフが満足そうにいった。「ここは、Jではじまる酒を置いてる、この町ただ一軒のバーなんだ。そのあとはアルファベットをぴょんぴょん飛ばさなくちゃならん。第一、Kではじまる飲み物なんて知らんからな」

「キルシュヴァッサー」ギャラハーはうわの空でいった。

「キ——なに？　なんていった？」カフはバーテンにどなった。「ティム！　キルシュヴァッサーはあるか？」

「いや」とバーテンは答えた。「おいてないよ、議員さん」

「じゃ、おいてる店を探す。利口者だな、相棒。いっしょにこい。きみの力が必要だ」

ギャラハーは素直についていった。カフが太っちょのことを話したがらない以上、まずこの男の信用をかちとる必要がある。最善の策は酒をつきあうことだ。だが、あいにく、アルファベット順のはしご酒は、風変わりなカクテルの連続で、そう簡単ではなかった。ギャラハーはすでに二日酔いに苦しんでいた。しかも、カフの酒量は底なしらしい。

「L？　Lはなんだ？」

「ラクリマ・クリスティ。それともリープフラウミルヒ」

「やったぞ！」

マティーニにもどって、ほっとした気分だった。オレンジ・ブロッサムのあとで、ギャラハーは頭がくらくらしはじめた。Rの部でルート・ビヤーを提案したが、カフは聞きいれなかった。

「じゃ、日本酒《ライスワイン》」

「よし。ライス――待て！　Nを飛ばしたぞ。もう一度Aからやりなおし！」

ギャラハーが市会議員を思いとどまらせるまでには、ずいぶんひまがかかった。ようやく成功したのは、ンナ・ガ・ポというエキゾチックな名前にカフが魅了されたからだ。ふたりは先へ進んだ。サゼラックからテールスピン、アンダーグラウンズ、そしてウォッカ。Wはもちろんウィスキー。

「Xは？」

アルコールのもやごしに、ふたりはおたがいの顔を見つめた。ギャラハーは肩をすくめ、周囲を見まわした。どこをどうやって、この豪勢な、設備のいい会員制クラブへはいったのか？　ここは〈アップリフト〉じゃない。それはたしかだ。まあいいか――

「Xは？」とカフがしつこくたずねた。「ここまできて期待を裏切るなよ、相棒」

「お代わり《エキストラ》のウィスキー」ギャラハーは頭の冴えを見せた。

「それでいこう。あとふたつ。Yとそれに……それに――Yのあとはなんだっけ？」

「太っちょ。思いだしましたか？」

「あの太っちょスミスか」カフはそういうと、げらげら笑い声をひびかせた。すくなくとも、その名前はスミスと聞こえた。「やつには太っちょが似合いさ」

「ファースト・ネームは？」とギャラハーはたずねた。

「だれの？」

「太っちょの」

「知らんな」カフはくくっと笑った。給仕がやってきて、市会議員の腕にふれた。

「お会いしたいという方が見えています。外で待っておられますが」

「わかった。おい相棒、すぐもどってくるからな。どこへ行けばわたしに会えるか、みんなに知られてるんだ――とりわけここさ。帰るなよ。まだYが残ってる。それに……それに……それにもうひとつが」

カフは姿を消した。ギャラハーは飲みかけのグラスをおき、立ちあがって、ふらつきながらラウンジへ向かった。電話ボックスが目についた。衝動的になかへはいり、研究室を呼びだした。

「また飲んでますね」画面でこちらを見るなり、ロボットのナルキッソスがいった。

「そのとおり」ギャラハーはうなずいた。「ぼくは……げぷっ……ぐでんぐでんだ。しかし、とにかく手がかりはつかんだぞ」

「警察に護衛をたのんだほうがいいですよ」ロボットがいった。「おでかけになった直後に、どこかのごろつきが三人やってきて、あなたに会わせろと」

「どこかのなんだって？　もう一度いってくれ」

「ごろつきが三人」ナルキッソスは忍耐強くくりかえした。「リーダーはのっぽの痩せた男でした。格子縞のスーツで、髪は黄色、前歯の一本が金歯。ほかのふたりは――」

「人相なんかどうでもいい」ギャラハーはどなった。「いったいなにがあった？」

「いや、それだけ。あいつらはあなたを誘拐にきたんです。あなたがいないので、やつらはあの機械を盗もうとしました。わたしが追いだしました。ロボットとしては、けっこうタフですから」

「やつらはあの機械をこわしたのか？」

「わたしのことは？」ナルキッソスは哀れっぽく訴えた。「このわたしのほうが、あんなガラクタよりもはるかに大切なのに。わたしの怪我は気にしないんですか？」

「うん」ギャラハーはいった。「怪我をしたのか？」

「もちろん、しません。しかし、すこしぐらいは気にしたらどうです？」

「い、い、い、い、い、い、い、い、い、やつらはあの機械をこわしたのか？」

「そばへも近寄らせませんよ」とロボット。「あなたなんかくそくらえだ」

「また電話する。いま必要なのはブラック・コーヒーだ」

ギャラハーは通話を切り、立ちあがり、ボックスからふらふらと外に出た。マックス・カフがもどってきたところだ。市会議員のうしろには三人の男がくっついていた。

そのひとりが、あんぐり口をあけて立ちどまった。「なんてこった！　こいつですよ、ボス。これがギャラハー。こいつを相手に飲んでたんですか？」

ギャラハーは目の焦点を合わせようとした。男の姿がはっきりしてきた。のっぽの痩せた男で、格子縞のスーツに黄色の髪、前歯の一本が金歯。

「やつを眠らせろ」カフがいった。「早く。声を上げないうちに。ほかのだれもがここへこないうちに。こいつがギャラハーか、ふーん？　利口者だな、ええ？」

ギャラハーはなにかが自分の頭をめがけて近づくのを感じ、カタツムリが殻のなかへひっこむように、電話ボックスのなかへ退却しようとした。できなかった。回転するまぶしい閃光に目がくらんだ。気が遠くなった。

この社会文化の問題点は、成長過度と外皮硬化だ。夢のなかでギャラハーはそう考えた。文明は、たとえていえば花壇のようなもの。個々の植物は、文化の各構成部分で、成長は進歩に相当する。長らく成長のとまっていたテクノロジーという名のスイセンが、根もとへビタミンB１の濃縮液をかけられた結果、つぎつぎに戦争が起こり、必要にかられて、強制成長がはじまった。だが、どんな世界も、部分の集合が全体と等しくなければ、満足できるものにはならない。

スイセンの成長で、べつの植物が日かげになり、寄生傾向を発達させた。その植物は自分の根を使うのをやめた。スイセンにからみついて、その茎や葉をよじのぼった。その寄生性のつる植物に相当するのが、宗教や、政治や、経済や、文化だ。つまり、新時代に解放されて空高く上昇する、科学というまばゆい彗星に引き離された、成長ののろい、流行遅れのしろものだ。大昔の作家たちはこんな理論を述べていた。未来には——彼らの未来には——社会形態がもっとちがったものになるだろう。宇宙船の飛びまわる時代には、水増し株や、汚職政治や、ギャングといった非論理的な社会的慣行《モーレス》は消え去るだろう、と。だが、そうした理論家たちは、物事をはっきり見とおしていなかった。たとえば彼らは、宇宙船をはるかな遠未来の乗り物と考えていた。

しかし、自動車がキャブレターを使わなくなる前に、レイは月面へ着陸したのだ。

二十世紀初頭の世界大戦は、テクノロジーに強力なはずみをつけ、その成長がいまもつづいている。だが、不幸にも、生活の大半は延べ仕事時間とか、通貨の固定基準とかに縛られている。唯一の相似物は、ミシシッピ・バブル（一七一七年、ミシシッピ川下流域の開発のため、スコットランドの銀行家がはじめ、失敗した投機的事業）や、その同類だ。結局、それは混沌と再編成、古い基準から新しい基準へと不安定な変化のつづく時代であり、ひとつの極端からもう一方の極端へとゆれ動くシーソーそっくりだ。法律業務があまりにも複雑化した結果、専門家たちはペダーセン計算機やメカニストラ人工脳などを使って、こじつけの議論を進めるようになった。しだいにそれは前人未踏の記号論理の世界へ迷いこみ、そして——結局——完全なナンセンスにおちいった。殺人犯は、供述書にサインしないかぎり、刑をまぬかれることができる。かりにサインしても、動かぬ法的証拠に疑いをさしはさむことができる。判例は符丁もどきだ。その狂気の迷宮では、行政者たちが過去の具体例に——法律の先例に——依存するが、それらはしばしば彼らに不利なかたちにゆがめられる。

万事がこんな調子で進行する。いずれは社会学もテクノロジーに追いつくかもしれない。だが、いまはまだそこまでいかない。経済のギャンブルは、これまでの世界歴史で達成されたことのないレベルに達した。この大混乱を整理するためには、おおぜいの天才が必要だ。いまに自然の補償作用というか、突然変異によって、そんな天才が出現するかもしれない。だが、そんな満足すべき結果に到達するまでには、長い歳月の経過を要する。いまギャラハーも気がついたが、いちばん生存確率の高い人間とは、大量の適応性と、オールラウンドの実用的知識と非実用的知識を持ち、ほとんどあらゆることに通暁した人間だろう。早くいえば、植物、動物、鉱物に関する——

ギャラハーは目をあけた。ほとんどなにも見えない。そのおもな理由は、テーブルの上に顔をくっつけているからだとわかった。ギャラハーはかなりの努力ですわりなおした。べつに縛られてはいない。いまいる場所は、照明の不十分な屋根裏の物置らしい。こわれたガラクタがあたりに散らばっている。天井にはぼうっと光る蛍光灯がひとつ。それに戸口。だが、戸口の前にはあの金歯の男が立っている。テーブルの向かい側にはマックス・カフがすわり、ウィスキーをゆっくりグラスについでいるところだ。

「ぼくにもくれ」弱々しい声でギャラハーはいった。

カフがこっちを見た。「目が覚めたか？　すまん、ブレイザーが強くなぐりすぎた」

「まあ、いいさ。どのみちノビてたかも。アルファベット順のはしご酒には降参」

「ハイホー」カフはそういうと、いまついだグラスをギャラハーの前に押しやり、もうひとつのグラスに自分の分をついだ。「あれでなくちゃな。きみがわたしにくっついてきたのは、利口だった——あの連中が絶対に思いつかない場所だ」

「生まれつき利口なんだよ」ギャラハーは謙虚に答えた。ウィスキーで元気が出てきたが、頭のなかにはまだもやがかかっている。「あんたの……あー……仲間、つまり、あのごろつきどもは、あれより前にぼくを誘拐しようとした、そうだろう？」

「まあな。だが、きみは留守だった。きみのロボットが――」

「すてきなロボット」

「うん。ところでブレイザーから聞いたが、新しい機械を組み立てたんだってな。それをスミスにぶんどられたくない」

スミス――太っちょか。ふーん。ジグソー・パズルがまたばらけたぞ。ギャラハーはため息をついた。

カードをうまく切れば――

「スミスはまだあの機械を見てない」

「知ってる」とカフがいった。「こっちはやつのテレビ電話を盗聴していた。やつがDUでこんな話をしたことを、スパイのひとりがさぐりだしたんだ。その仕事には、ある男を雇った、と――わかるか？　だが、スミスはその男の名前を明かさなかった。こっちにできるのは、スミスを尾行して、やつの電話を盗聴することだけだった。やがて、やつはきみに連絡をとった。そのあとは――つまり、あの会話がこっちの耳にはいったわけだ。きみはスミスに、機械ができた、といった」

「それで？」

「その会話を聞いて、さっそくブレイザーたちがきみに会いにいった。前にも話したが、スミスにあの契約を渡したくなかったからだ」

「契約があるなんて話は初耳だ」とギャラハー。

「とぼけるな。スミスはＤＵでいったぞ、きみには事情をぜんぶ話してある、と」

スミスはそうしたのかもしれない。ただ、当時のギャラハーは泥酔中で、その話を聞いたのはギャラハー・プラスであり、その情報を潜在意識へしっかりしまいこんだのだ。

「それで？」

カフはげっぷをもらすと、いきなりグラスを前に押しやった。「あとで会おう。くそ、酔っちまった。まともに物事が考えられん。だが——スミスにあの機械を渡したくない。きみのロボットがいるかぎり、こっちもあの機械に近づけない。あのロボットに電話して、やつをどこかへ行かせろ。そうすれば、うちの連中があの機械をいただける。イエスかノーか。ノーなら、またもどってくるからな」

「ノー」とギャラハーはいった。「どのみちあんたはぼくを殺すだろう。スミスのために、もう一台の機械を作らせないように」

カフのまぶたがゆっくりと垂れさがってきた。しばらくは身動きもせず、眠っているようすだった。やがて、ぼんやりとギャラハーに目をやり、立ちあがった。

「じゃ、あとで会おう」片手でひたいをさすり、だみ声でいった。「ブレイザー、この男をここから外へ出すなよ」

金歯の男が近づいてきた。「だいじょうぶですか？」

「うん。頭がまわらん——」カフは顔をしかめた。「トルコ風呂。必要なのはそれだ」彼はブレイザーをひきつれて、戸口へと向かった。ギャラハーは市会議員の唇が動くのを見た。唇の動きで、いくつかの単語が読みとれた。

「——酔っぱらわせて……ロボットに電話だ……やってみろ——」

カフは出ていった。ブレイザーがもどってきて、ギャラハーの前にすわり、ウィスキーのボトルをにじらせてよこした。「気楽にしなよ。お代わりといこう。迎え酒だ」

ギャラハーは考えた——利口な連中だ。酔っぱらわせて、いうことを聞かせるつもりか。待てよ——

べつの見かたがあるぞ。完全にアルコールの影響下にはいった場合は、潜在意識がギャラハーの頭を乗っ取る。しかも、ギャラハー・プラスは科学の天才だ。クレージーだが、腕はいい。

ギャラハー・プラスなら、この窮地から抜けだす方法を思いつくかも。

「その調子」グラスのウィスキーがあっというまになくなるのを見て、ブレイザーがいった。「お代わりといこう。マックスはいい男だ。おまえさんを困らせたりしないよ。ただ、だれかに自分の計画をじゃまされるのが嫌いなだけでさ」

「なんの計画を?」

「スミスとのあれ」とブレイザーは説明した。

「なるほど」ギャラハーは手足がピリピリしてきた。いまにアルコールが全身に浸透して、潜在意識が解放されるだろう。彼は飲みつづけた。

もしかして、努力のしすぎだろうか。ふだんのギャラハーは、もっと慎重に酒を選ぶ。だが今夜は、方程式の因子をいくら合計しても、気のめいるようなゼロがつづくばかり。彼はテーブルの表面がゆっくり鼻先へ近づくのを見てとり、穏やかでむしろ快適な衝撃を感じ、まもなくいびきをかきはじめた。ブレイザーが立ちあがり、彼をゆさぶった。

「やつらが売ってるものより一倍半も高いぞ」ギャラハーはだみ声でいった。「ピーピー、パーレヴィ。ワイン、ワイン、ワイン、ワイン、ワイン。赤ワイン」

「まだワインをほしがってやがる。こいつはスポンジ人間だ」ブレイザーがもう一度ギャラハーをゆすぶったが、反応はなかった。ブレイザーが鼻を鳴らしたあと、やがて彼の足音が聞こえ、それがしだいに遠ざかっていった。

　ギャラハーはドアの閉まる音を聞いた。立ちあがろうとして、椅子から滑り落ち、テーブルの脚でしたたか頭を打った。

　その効き目は、冷水よりもあらたかだった。ふらつきながらギャラハーは両手をつき、なんとか立ちあがった。ギャラハーといろんなガラクタをべつにすると、屋根裏部屋はからっぽだ。異常なまでの注意をはらってドアにたどりつき、それをあけようとした。錠がかかっている。しかも、スチールの補強材つき。

「よくできてるよ」ギャラハーはつぶやいた。「いちばん潜在意識が必要なときに、そいつは埋もれたままか。いったい、どうしたらここを脱出できる？」

　方法はなかった。部屋には窓がなく、ドアは頑丈だ。ギャラハーはガラクタの山のほうへふらふらと近づいた。古いソファー。廃物入れの箱。枕がいくつか。ひと巻きのカーペット。ゴミだ。

　ギャラハーは一本の針金と、雲母のかけらと、モビールの小彫刻の一部だったらしいプラスチックのひしゃげたらせんと、その他いくつかのガラクタを見つけた。それを組み合わせてみた。できあがった産物は、どことなく拳銃めいているが、どちらかというと卵の泡立て器に似たしろもの。まるで火星人の落書きだ。

そのあと、ギャラハーはさっきの椅子にもどり、腰をおろし、意志の力でしらふにもどろうとした。あまり成功はしなかった。もどってくる足音を聞いたとき、まだ頭のなかはもうろうとしていた。

ドアがひらいた。ブレイザーがはいってきて、すばやい警戒のまなざしをギャラハーにそそいだ。ギャラハーは、さっきの仕掛けをテーブルの下に隠していた。

「あんたか？　マックスかと思った」

「マックスもじきにくる」ブレイザーはいった。「気分はどうだ？」

「ぼうっとしてる。もう一杯飲みたい気分。このボトルはからっぽだ」たしかにボトルはからっぽだった。さっき、ネズミの穴へ中身を流しこんだからだ。

ブレイザーがドアをロックしてから近づいたとき、ギャラハーは立ちあがったのはいいが、そこでバランスを失って、前によろけた。ブレイザーはためらった。ギャラハーは卵の泡立て器に似た奇妙な拳銃をとりだし、目の高さに構え、銃口をブレイザーの顔に向けて、片目をつむった。

用心棒は手を動かそうとした。拳銃か棍棒をひきぬくつもりだろう。だが、ギャラハーの構えた奇妙な道具が気になるようすだ。とつぜん、ブレイザーの動きがとまった。いま自分が直面した脅威のことを考えているらしい。だが、つぎの瞬間には、なにかの行動を起こすだろう――ベルトへのなめらかな手の動きを復活させる、とか。

ギャラハーはそれを待っていなかった。ブレイザーの視線は、奇妙な拳銃に集中している。ボクシングの基本ルールを完全に無視して、ギャラハーは相手の急所をけとばした。ブレイザーが体を二つ折りにしたとき、ギャラハーはその優勢を利用して頭から用心棒に体当たりし、細長い両手両足をタコのようにふりまわしながら、相手をなぐりつけた。ブレイザーは武器をひきぬこうとしたが、最初の反則打でまだハンディを負っていた。

筋肉運動の連係という点で、ギャラハーはまだ酔いがさめていなかった。妥協案として、敵の上に馬乗りになり、太陽神経叢へ何度も拳を突きいれた。この戦術は効果満点だった。しばらくするうちに、ギャラハーは用心棒の手から棍棒をもぎとり、それで相手のこめかみをぶんなぐった。

これでよし。

その仕掛けにちらと目をやってから、ギャラハーは立ちあがった。ブレイザーはいったいこれをなんと思ったのだろう？　殺人光線発射機とでも？　ギャラハーはかすかな笑みをうかべた。昏倒した相手のポケットからドアの鍵をいただき、屋根裏部屋から出て、そろそろと階段を下りた。ここまでは上出来。

大発明家という噂には得な部分もある。すくなくともそのおかげで、ブレイザーは見えすいた偽装から注意をそらされたのだから。

つぎはどうする？

その家はバッテリー公園近くの三階建ての空き家とわかった。ギャラハーは窓から外へ脱出した。空中タクシーに乗りこむまで足をとめず、アップタウンへ向かった。深呼吸しながら換気フィルターをひらき、涼しい夜風が汗に濡れた頰を冷やしてくれるのを待った。秋の暗い夜空に満月が高くかかっている。その下には、地上展望用の透明パネルごしに、光のリボンに似た街路が見える。その上を横ぎる明るい車線は、高架高速道路だ。

スミス。太っちょスミス。DUとのなにかの関係――

ふたたび危険に近づいたいま、ギャラハーはパイロットに代金を払い、ホワイトウェイ地区の屋上にある着陸床に下りた。テレビ電話のボックスから自分の研究室にかけた。ロボットが応答した。

「ナルキッソス――」

「ジョーです」ロボットが訂正した。「あれからまた飲みましたね。どうしてしらふにもどらないいんですか?」

「だまって聞け。あれからなにがあった?」

「べつになにも」

「あのごろつきども。またもどってきたか?」

「いいえ」ナルキッソスはいった。「しかし、数人の警官があなたを逮捕しにきましたよ。きょう渡された召喚状をおぼえてますか? あなたは午後五時までに出頭しなくちゃいけなかったんです」

召喚状。ああ、あれか。デル・ホッパー――千クレジット。

「警官はいまそこにいるのか?」

「いいえ。あなたはずらかった、といっておきました」

「なぜ?」ギャラハーはたずねた。

「そうすれば、むこうはここで待たないから。あなたはいつでも好きなときにここへもどれます――いちおうの用心をすれば」

「というと?」

「それはあなたの問題です」ナルキッソスはいった。「付けひげで変装するとか。わたしの役割は果たしました」

　ギャラハーはいった。「わかった。ブラック・コーヒーをたくさん用意しといてくれ。ほかに電話は？」

「ワシントンから。宇宙警察軍の司令官。名前はいいませんでした」

「宇宙警察軍！　それもぼくを追っかけているのか？　なんの用で？」

「あなたですよ」ロボットはいった。「さよなら。いまの電話で、わたしの美しい歌が中断されてしまいました」

「コーヒーを忘れるなよ」ギャラハーは薄れゆく画像に念を押した。それからボックスを出て、しばらく考えた。ぼんやりとながめる目に映るのは、周囲に並び立つマンハッタンの高層ビル群。明かりのついた窓が、正方形、楕円、円、三日月、星形、さまざまの不規則なパターンを作りだしている。

　ワシントンからの電話。

　ホッパーのよこした召喚状。

　マックス・カフと用心棒ども。

　太っちょスミス。

　スミスに賭けよう。ギャラハーはもう一度電話に向かい、ＤＵを呼びだした。

「あいすみません。本日の業務は終了いたしました」

「大事な用件なんだ」ギャラハーは食いさがった。「ある情報がほしい。それである男と連絡をとりたいんだ」

「あいすみません」

「S－m－i－t－h」ギャラハーはスペルをいった。「彼の名前をファイルかなにかで調べてくれないか？　それとも、きみの見てる前で、のどをかき切ろうか？」ギャラハーはポケットをさぐった。

「明朝、お掛けなおしください――」

「それじゃ間に合わない。たのむから、ちょっと調べてくれないか。お願いだ。このとおりお願いする」

「せっかくですが」

「ぼくはDUの株主だ」ギャラハーは語調を荒らげた。「警告しておく。いいな！」

「株主……あらまあ。これは規則違反ですが――S－m－i－t－hですね？　少々お待ちください。ファースト・ネームは？」

「わからない。スミスをぜんぶ調べてくれ」

女性秘書はいったん姿を消してから、SMIというラベルが貼られたファイルボックスをかかえてもどってきた。「おやおや」とカードをめくりながらいった。「スミスのカードだけで何百人分もありますよ」

ギャラハーはうめきをもらした。「太っちょスミスを探してるんだ」必死な口調でそういった。「そのヒントから探す方法はないだろうか」

女性秘書の唇がぐいとひき結ばれた。「なんだ、いたずらなのね。まったくもう。さよなら！」むこうは接続を切った。

ギャラハーはすわったまま、画面を見つめた。数百人のスミス。これはよくない。いや、完全にまずい。

待てよ。こっちは暴落中のＤＵ株を買った。なぜ？　株価上昇を期待したからにちがいない。だが、アーニーの話だと、その株の値下がりはつづいている。

そこになにかの手がかりがあるのかも。

彼は証券屋のアーニーの自宅に電話をかけ、強引にたのみこんだ。「デートを先に延ばせよ。そんなに手間はかからないはずだ。なぜＤＵ株が暴落してるのか、その理由だけを見つけてくれ。わかったら、研究室まで電話をくれ。でないと、首の骨を折ってやるからな。急いで！　その情報をたのむ、わかったな？」

そうする、とアーニーはいった。ギャラハーは喫茶スタンドでブラック・コーヒーを飲み、用心しながらタクシーで自宅へ向かい、そうっとドアをくぐった。なかへはいって、ドアを二重施錠した。

ナルキッソスは研究室の大鏡の前でダンスをしている。

「どこかから電話は？」とギャラハーはたずねた。

「なし。あれから変わったことはなにもありません。この優雅なステップをごらんなさい」

「あとで。もしだれかがはいろうとしたら、知らせろ。おまえが相手を始末するまでこっちは隠れるから」ギャラハーは目を固くつむった。「コーヒーはできてるか？」

「ブラックの濃いのが。キッチンに」

ギャラハーはキッチンでなくバスルームにはいり、脱衣してシャワーを浴びてから、しばらく太陽灯をつけた。やや眠気がさめたのを感じながら、巨大カップに湯気の立つコーヒーを入れ、研究室へもどった。バブルスの上に腰かけ、コーヒーをがぶ飲みした。

「まるでロダンの〈考える人〉みたいですね」とナルキッソスがいった。「ガウンを持ってきましょう。そのぶかっこうな肉体を見ていると、こちらの審美眼が曇ります」

ギャラハーは聞いてなかった。汗をかいた肌が冷えて寒くなってきたので、ガウンをはおりはしたが、コーヒーを飲み、宙を見つめつづけた。

「ナルキッソス。コーヒーのお代わりだ」

方程式――a（または）b（または）cイコールx。いままでのギャラハーは、a、bまたはcの値を求めようとしてきた。ひょっとすると、それはまちがいだったのかもしれない。J・Wの正体はまったく不明。スミスは幻影のまま。そして、デル・ホッパー（千クレジット）も、なんの助けにもなってくれなかった。

それより、xの値を求めたほうがいいのかも。あのいまいましい機械にはなにかの目的があるはずだ。たしかに、あの機械は土を食う。だが、物質は消滅するわけじゃない。ほかの形態に変わるはずだ。

土があの機械のなかにはいった。なにも出てこなかった。

目に見えるものは。

自由エネルギーか？

それは目に見えないが、計器を使えば探知できる。

電圧計、電流計――金箔――

ギャラハーはもう一度、しばらく機械のスイッチを入れた。機械のがなりたてる歌は危険なほど大音量だったが、だれもドアのブザーを鳴らしはしなかった。一、二分してから、ギャラハーはもう一度スイッチをオフにした。収穫はなかった。

アーニーが電話してきた。証券屋はギャラハーの求める情報を手に入れたのだ。

「らくな仕事じゃなかったぜ。ほうぼうのコネをたよってな。しかし、DU株の値下がりの理由はわかった」

「ありがたい！　教えてくれ！」

「DUは一種の交換所だ、わかるか。いろんな仕事を下請けに出してる。今回は——マンハッタンのダウンタウンに建設予定のでっかいオフィス・ビル。ただし、請負業者はまだ工事にとりかかれない、その取引に大金がからんでるため、DUの株を値下がりさせるような中傷戦術があったらしい」

「つづけてくれ」

アーニーは話をつづけた。「いちおう、手にはいるネタはぜんぶ集めた。その工事の入札業者は二軒だ」

「どことどこ？」

「エイジャックス。それと、もうひとつは——」

「スミスじゃないかな？」

「当たり」とアーニーはいった。「サディアス・スミス。ただし、綴りはS-m-e-i-t-hだ」

長い沈黙のすえに、ギャラハーは復唱した。「S-m-e-i-t-hか。だから、DUの女秘書は見つけられなかったわけだ……いや、なんでもない。もっと早くに気がつくべきだったよ」そう。太っちょの名前のスペルはeか、iかとたずねたとき、カフはその両方だと答えた。Smeithか。なるほど！

「契約したのはスミスだ」とアーニーはつづけた。「エイジャックスより安く入札した。しかし、エイジャックスは政治家のコネがある。ある市会議員にたのみこんで、スミスにストップをかけるため、古い法規を持ちだした。スミスは手が出せない」

「なぜ？」

「なぜならスミスの建築工事はマンハッタンの交通妨害になるから、その法規によると許可されないんだ。これには空中権の問題もからんでる。スミスの依頼人は――それともDUの依頼人は――最近その地所を買ったが、そこの空中権は、〈トランスワールド成層圏航空〉に九十九年間リースされている。成層圏ライナーの格納庫はその地所のちょっと先にあるんだが、ライナーはオートジャイロのようにはいかない。急上昇の前に、しばらく水平飛行が必要だ。ところが、そのコースは問題の地所の上空にある。トランスワールドのリースは有効。九十九年間、その地所の上空を使う権利がある。あの地所の地上十五メートル以上の上空を」

ギャラハーは思案に目をこらした。「それじゃ、どうやってスミスはそこへビルを建てりゃいいんだ？」

「新しい地主が保有する地所は、地上十五メートルの高さから、地球の中心までだ。おわかり？八十階建てのでっかいビル――その大半は地下にもぐるわけさ。そのての工事には前例があるが、政治家のコネに逆らってはいなかった。もし、スミスが契約を履行できないと、その仕事はエイジャックスへまわる――エイジャックスはその市会議員とぐるだ」

「そう。マックス・カフとな」ギャラハーはいった。「あの男には会った。しかし――いまいったその法規って、いったいどういうものなんだ？」

「ほとんど時代遅れの古い法規だが、まだちゃんと通用する。有効なんだ。そのへんはチェックしたよ。ダウンタウンの交通を阻害したり、交差輸送システムを混乱させたりしてはならない、というやつ」

「それで？」

「もし八十階建てビルの工事で穴を掘ったとすると」とアーニーは説明した。「大量の土と石ころが出てくる。交通を妨害せずに、どうやってそれを運びだせる？　何トンの土砂を運びださなくちゃならないかを、計算する気もないがね」

「なるほど」ギャラハーは小声でいった。

「というわけさ。料理はプラチナの大皿の上。スミスは契約をとった。だが、にっちもさっちもいかない。地下に穴を掘っても、出てくる土砂を処分する手がない。いまにエイジャックスが工事をひきつぎ、裏から手をまわして土砂運搬の許可をとるだろう」

「どうやって――スミスがそうできないのに？」

「あの市会議員をおぼえてるか？　つい二、三週間前に、ダウンタウンの道路が何本か、修理の名目で通行止めになった。どの車も迂回路を通らされて――それがあの建設現場のすぐそばなんだ。あそこを迂回するために道路が大混雑するから、土砂の運搬トラックが出入りなんかしたら、もうお手上げ。もちろん、それは一時的なんだが」――アーニーは短い笑い声を立てた――「スミスが追いだされるまでの一時的現象さ。そこで交通ルートはもとにもどり、エイジャックスがすんなり建設許可をいただく」

「なるほど」ギャラハーは例の機械をふりかえった。「なにか方法があるかも――」

ドアのブザーが鳴った。ナルキッソスが身ぶりで問いかけた。

ギャラハーはいった。「アーニー、もうひとつ、たのみがある。急いでスミスをこの研究室へ連れてきてくれないか」

「やつに電話しろよ」

「やつの電話は盗聴されてる。うっかりかけられない。きみがやつの家へ行って、ここまで連れてきてくれないか？　いますぐに」

アーニーはため息をもらした。「手数料を稼ぐのに、なんと骨が折れることやら。よし、わかった」

アーニーは画面から消えた。ギャラハーはドアのブザーを聞き、眉をよせ、ロボットにうなずきを送った。「だれだか見てきてくれ。カフがやってくるとは思えないが――とにかく見てこい。ぼくはこのクローゼットに隠れる」

ギャラハーは暗がりのなかに立ち、耳をすましてじっと待った。そして考えた。スミス――スミスの問題をぼくは解決したわけだ。土を食う機械。窒素爆発の危険をおかさずに、土砂を処理する唯一の効果的な方法。

八百クレジットは、地下オフィス・ビルを建てるスペースを作るため、土砂を――安全に――始末する装置または方法を考案するための内金だった。空中権のリースが先行するため、やむをえず地下に大半を建設しなければならないビルのスペースを作るために。

すじは通る。

ただ――その土砂は、、、、いっ、、たい、、どこ、、へ行くのか？

ナルキッソスがもどってきて、クローゼットのドアをあけた。「ジョン・ウォール司令官です。宵のうちにワシントンから電話した用件で。そのことは話しましたね？」

「ジョン・ウォール？」

千五百クレジットのJ・Wだ！　第三の依頼人だ！

「お通ししろ」息をはずませてギャラハーは命じた。「早く！　彼はひとりか？」

「はい」

「じゃ、早く！」


ナルキッソスはぱたぱたと足音をさせて出ていき、やがて宇宙警察軍の制服を着た人物を案内してきた。灰色の髪、がっしりした体格。ウォールはギャラハーにちらと笑いかけてから、窓ぎわの機械に鋭い視線をそそいだ。

「あれがそうか？」

ギャラハーはいった。「ようこそ、司令官。えーと……あれがそうだということにはかなり確信があるんですが、その前に二、三の細かい点を打ちあわせておきたくて」

ウォールは眉をよせた。「金か？　政府相手に法外な要求をすることはできんぞ。それとも、きみを見そこなったのかな？　五万クレジットあれば、当分はのんびり暮らせるはずだ」そこで表情が晴れた。「きみはすでに千五百クレジットを受けとった。満足のいくデモンストレーションがすみしだい、こちらは残額の小切手を切る用意がある」

「五万――」ギャラハーは深呼吸をした。「いや、もちろん、金が問題じゃありません。こちらが契約の条件を満たせたかどうか、それを確認したいだけです。あらゆる要求にちゃんと応じることができたかどうかを」ウォールの注文がなんだったかを知ることさえできたら！　やはり、土を食べる機械をほしがってくれたのなら――

それは虫のよすぎる希望、ありえない偶然の一致だが、ギャラハーとしては知っておきたかった。彼は司令官に椅子をすすめた。

「しかし、その問題はくわしく議論したはず――」

「再確認です」ギャラハーは調子よく答えた。「ナルキッソス、閣下にカクテルをさしあげてくれ」

「いや、けっこう」

「コーヒーは？」

「ご好意に甘えようか。それでは――二週間前にも話したとおり、宇宙船の特殊な制御装置が必要なんだ――つまり、柔軟性と引っ張り強度の必要条件を満たすようなマニュアル・トランスミッションが」

「おやおや」とギャラハーは思った。

ウォールは身を乗りだし、目をきらめかせた。「宇宙船は当然ながら大きくて複雑な構造を持っている。いま必要なのは、ある種の手動制御装置だ。だが、その制御装置は直線で動けない。必要上、その制御装置は、急角度を曲がり、ここからそこへ向かうのにも、不規則で奇妙なルートをたどる必要がある」

「つまり――」

「たとえば、きみが二ブロック先の家のなかにある蛇口をひねって水を出したいとする。しかも、それをここ、きみの研究室のなかからやりたい。さて、どうする？」

「ひも。ワイヤ。ロープ」

「たしかにそれで角を曲がることはできる。それは……たとえば……まっすぐな棒にはできない芸当だ。しかしだな、ギャラハー君、二週間前にわたしがいった言葉をここであらためてくりかえそう。その蛇口をまわすのには大きな力が必要だ。しかも、しょっちゅうまわさなくちゃならない。宇宙船が自由空間にあるときは、一日に数百回もだ。現在の最も強靱なワイヤ・ケーブルでも、不十分だとわかった。応力と張力で切断されてしまう。ケーブルが曲がり、つぎに伸びるときに——わかるね？」

ギャラハーはうなずいた。「もちろん。ワイヤを何度も曲げ伸ばしすると、ぶつんと切れる、あれですね」

「きみに解決をたのんだのは、その問題だ。きみは、解決できると答えた。さて——もうそれはできたのか？　どんな方法でだ？」

角を曲がり、何度もくりかえされる応力に耐えるような、手動制御装置。ギャラハーは問題の機械をながめた。窒素——ある考えが心の奥底でうごめいているが、しっかりつかめない。

ブザーが鳴った。「スミスだ」と考えて、ギャラハーはナルキッソスにうなずきを送った。ロボットは出ていった。

ナルキッソスは四人の男をひきつれてもどってきた。そのうちふたりは制服警官。あとのふたりはスミスとデル・ホッパーだった。

ホッパーは獰猛な微笑をうかべ、「やあ、ギャラハー」と声をかけた。「さっきから待っていたんだ。この男が」――と、ウォール中佐のほうに首をうなずかせて――「はいっていったときは間に合わなかったが、第二のチャンスを待っていた」

太った顔にけげんな表情をうかべて、スミスがいった。「ギャラハーさん、こりゃどういうことです？　ドアのブザーを押したら、この人たちがわたしをとりかこんで――」

「だいじょうぶ」とギャラハーはいった。「すくなくとも、おたくがトップだよ。窓の外をごらん」

スミスはそうした。それから、にこにこして首をひっこめた。

「あの穴は――」

「そのとおり。べつに土砂をよそへ運んだわけじゃない。もうすぐ実演に移ります」

「きみは刑務所行きだ」ホッパーの口調は手きびしかった。「警告したはずだぞ、ギャラハー、わたしをなめちゃいかん。こちらはきみにある仕事をたのんで千クレジットを払ったのに、きみはその仕事をやらず、返金もしていない」

置き忘れられた感じのウォール中佐は、手に持ったコーヒー・カップをじっと見つめていた。警官のひとりが近づいて、ギャラハーの腕をつかんだ。

「待ちたまえ」ウォールがいいかけたが、スミスのほうがすばやかった。

「わたしからギャラハー氏に支払う残金があります」スミスはそういうと、財布をとりだした。「いまの手持ちは千クレジットと少々だが、残額は小切手で受けとってください。もしこの――紳士が現金をご希望なら、ここに千クレジットあるから」

ギャラハーは唾をのみこんだ。

スミスが彼を励ますように首をうなずかせた。「あんたはわたしのたのんだ仕事をやってくれた。これで明日から建設工事に――それと掘削工事に――とりかかれる。土砂の輸送許可をとらなくてもね」

ホッパーが歯をむきだした。「金なんか知ったことか！　この男にお仕置きしてやりたいんだ！　わたしの時間はとても貴重なのに、この男はスケジュールをめちゃくちゃにしてくれた。オプションにスカウト――こっちの払った金に見あうだけの働きをしてくれると信じていたのに、この男はのうのうと契約違反をきめこむつもりらしい。いいか、ギャラハー君、それは無理だぞ。きみはきょう交付された召喚状を無視した。つまり、法的になんらかの刑罰に相当するわけだ――だから、その刑に服してもらおう。いいな！」

スミスは周囲を見まわした。「しかし――わたしはギャラハー氏の味方になりますよ。わたしが弁償すれば――」

「だめだ！」ホッパーはどなった。

「この男はだめだという」ギャラハーはつぶやいた。「この男がほしいのは、ぼくの心臓から噴きだす血だけだ。なんといじわるな悪魔」

「この酔いどれのうすのろ！」とホッパーがどなった。「警官諸君、この男をブタ箱にぶちこむんだ。早く！」

「心配しなさんな、ギャラハーさん」とスミスが励ました。「すぐに出してあげますよ。これでも何本かのワイヤを裏であやつることはできるから」

ギャラハーがぽかんと口をあけた。喘息病みのように息をあえがせながら、スミスを見つめたので、相手は思わずあとずさった。

「ワイヤ」とギャラハーは小声でいった。「それと……どんな角度からでも見える立体映像スクリーン。いまの言葉だ――ワイヤ!」

「この男を連行しろ」ホッパーが手短に命令した。

ギャラハーは、警官の手をふりはなそうとした。「待ってくれ! 一分だけ! いま、解答が出た。これが解答にちがいない。ホッパー、ぼくはあんたからたのまれた仕事を完成した――それと、司令官からたのまれた仕事もだ。放してくれ」

ホッパーは冷笑をうかべ、ドアのほうに親指をしゃくった。ナルキッソスが猫のような足どりで近づいてきた。「この人たちの頭をかち割りましょうか、ボス?」とロボットは静かにたずねた。「わたしは血を見るのが好きです。あの原色を見るのが」

ウォール中佐がコーヒー・カップをおいて立ちあがった。きびきびした金属的な声。「警官諸君、そこまで。ギャラハー君を放してやれ」

「とんでもない」ホッパーが主張した。「そういうあんたは何者だ? 宇宙船のキャプテンか?」

ウォールは浅黒い頰に血をのぼらせ、小さい革ケースからバッジをとりだした。「宇宙軍管理委員会所属のウォール中佐だ。きみを」――と、ナルキッソスを指さして――「きみを政府の臨時職員代理に任命しよう。もしこの警官たちが五秒以内にギャラハー君を自由の身にしなければ、彼らの頭をぶち割ってよろしい」

だが、そこまでの必要はなかった。宇宙軍管理委員会はでっかい機関だ。そのうしろには政府が控えているし、それに比べれば地方公務員は小物でしかない。警官たちはあわててギャラハーから手を放し、指一本ふれなかったような顔をした。

ホッパーはいまにも爆発しそうな見幕だった。「いったいどういう権利があって司法活動に介入するんだね、中佐？」

「優先権だよ。政府はギャラハー君が作った装置を必要としている。彼にはすくなくとも発言の権利がある」

「そんなものはない！」

ウォールはひややかにホッパーを見やった。「ついいましがた、彼はこういったと思うがね。きみから委託された仕事も完了した、と」

「あれで？」興行界の大物は例の機械を指さした。「あれが立体映画のスクリーンに見えるかね？」

ギャラハーがいった。「紫外線をたのむ、ナルキッソス。蛍光灯を」自分の推測が的中していることを祈りながら、彼はその機械に近づいた。いや、きっと的中しているはずだ。それ以外に考えられる答えはない。土や岩石から窒素をとり除き、すべての含有ガスをとり除けば、あとに不活性物質が残る。

ギャラハーはスイッチを入れた。機械が〈セントジェームズ病院〉を歌いはじめた。ウォール中佐は驚いた表情になり、やや同情心を失ったようすだった。ホッパーが鼻を鳴らした。スミスは窓ぎわに駆けより、長い触手が土を食べ、月光に照らされた大穴のなかで狂おしく動くのに、うっとりと見とれた。

「電気スタンドだ、ナルキッソス」

電気スタンドはすでに延長コードの端につながれていた。ギャラハーはそれを機械のまわりでゆっくり動かした。まもなくそれは窓からいちばん遠い末端にある、溝つき円盤のへりに達した。

なにかが蛍光を放った。

青い蛍光だ――その蛍光は金属円筒内部の小さいバルブから出ていた。その蛍光は溝つき円盤の周囲をとりまき、研究室の床の上でコイルの山を作りだしている。ギャラハーがスイッチに手をふれた。機械が停止し、バルブがカチッと閉じ、円筒から出ていた謎の青い蛍光も消えた。ギャラハーはその床の上のコイルを持ちあげた。電気スタンドを遠ざけると、コイルは消えた。近づけると――ふたたび現れた。

「これですよ、閣下」と彼はいった。「どうぞためしてみてください」

ウォールはその蛍光を見つめた。「引っ張り強度は？」

「たっぷり」とギャラハー。「そのはずです。地中の非有機金属物質。それをぎゅうぎゅうに圧縮して、ワイヤに仕上げた。もちろん、引っ張り強度はじゅうぶん。といっても、一トンの重量を支えるのはむりですが」

ウォールはうなずいた。「もちろんそうだろう。まるで糸でバターを切るように、鋼鉄が切断されてしまう。みごとだ、ギャラハー君。これから軍の研究所でテストをする必要はあるが――」

「どうぞ。持ちこたえますよ。このワイヤなら、いくらたくさんの角を曲がってもだいじょうぶ。宇宙船の端から端までつないでも、応力で切れたりはしません。うんと細いから。そのために、応力を不均等に受けるおそれがない――いや、受けられないんです。うんと細いからね。ふつうのワイヤではそうはいきません。そちらの注文は、引っ張り強度を帳消しにしないような柔軟性だった。唯一の解答は、細くて丈夫なワイヤです」

　中佐はにやりと笑った。それでじゅうぶんだった。

「いちおう公式テストをすることにはなるがね」と中佐はいった。「ところで、いま金が必要なのか？　なんなら先払いしてもいい。常識の範囲内で——そう、一万クレジットまでなら」

　ホッパーが前に進みでた。「こちらはワイヤを注文したおぼえはないぞ、ギャラハー。だから、きみはまだわたしのたのんだ仕事をやりとげてないわけだ」

　ギャラハーは答えなかった。電気スタンドの調節中だった。ワイヤの放つ蛍光が青から黄に変わり、つぎに赤に変わった。

「これがおたくのスクリーンだよ、うるさ型の先生」とギャラハーはいった。「このきれいな色が見えるかね？」

「見えるにきまっとる！　ばかにするな。しかし——」

「色の変化、それは何オングストロームの電磁波を使うかによる。こんなぐあいに。赤、青、また赤、黄。こんどはこのスタンドを消すと——」

　まだウォールが手に持っていたワイヤが、とつぜん見えなくなった。

　ホッパーがぱくっと口を閉じた。身を乗りだし、首をかしげた。

「このワイヤは、空気とおなじ屈折率なんだ。そんなふうにぼくが作ったんだよ。ある目的で」ギャラハーにも、ここで顔を赤らめるだけのたしなみはあった。まあ、いいさ。あとでギャラハー・プラスに酒をおごってやろう。

「ある目的で？」

「そちらのご希望は、どの角度から見ても視覚的にゆがみのない立体映像スクリーン。しかも、カラー――当節のことだからいうまでもない。つまり、これがそれなんだよ」

ホッパーが大きく息を吸った。

ギャラハーはにっこり彼に笑いかけた。「ボックス型のフレームを作り、正方形の面のそれぞれにこのワイヤを張りわたす。いわば網目のスクリーンを作るわけだ。四面ともね。ボックスの内部にもこのワイヤを張りわたす。つまり、目に見えないワイヤの立方体ができる。よろしい。そこで紫外線を使って、映画なりテレビなりを映写すると、オングストロームの強弱のパターンに応じて、蛍光のパターンが生まれる。いいかえれば――映像だよ。カラー映像。目に見えない立方体に映写されるから、それは三次元映像でもある。しかも、どの角度からもゆがみなしに見える。なぜなら、ステレオ映像のように錯覚を生みだしているわけじゃないから――かけ値なしの三次元映像なんだよ。おわかり？」

ホッパーは弱々しく答えた。「うん。なるほど。きみは……なぜそれをもっと早く教えてくれなかったんだ？」

ギャラハーは急いで話題を変えた。「ぼくは警察の保護がほしいんですがね、ウォール司令官。マックス・カフという悪党が、この機械を自分のものにしたがってるんです。彼の用心棒たちが、きょうの午後ぼくを誘拐して――」

「政府の仕事を妨害したわけか、ええ？」ウォールがきびしい声でいった。「そのての悪徳政治家の手口は知ってる。マックス・カフには、もうこれ以上きみのじゃまをさせん――電話を借りていいかな？」

　カフがたっぷり油をしぼられる見通しに、スミスがにっこりした。ギャラハーは彼と目を合わせた。その瞳には明るく陽気なきらめきが宿っており、それを見たギャラハーは、なぜかこの客たちに酒をふるまいたくなった。今回は中佐もその申し出を受け、テレビ電話をかけおわると、ふりむいてナルキッソスからグラスを受けとった。

「きみの研究室を監視下におくことにした」と中佐はギャラハーにいった。「だから、今後はなんのトラブルも起きないと思うよ」

　中佐はカクテルを飲みおわると、立ちあがり、ギャラハーの手を握りしめた。「これから報告にもどらなくちゃならん。では、幸運を祈る。いろいろありがとう。明日また連絡する」

　中佐はふたりの警官のあとから出ていった。ホッパーはカクテルを飲みほしてからこういった。

「わたしも謝罪すべきだな。だが、すべてはもう過ぎたことだ、ちがうかね？」

「ああ」とギャラハーはいった。「残金さえ支払ってもらえば」

「トレンチからきみ宛てに小切手を送らせよう。それと……ああ……それと――」声がかぼそくなった。

「どうしたんです？」

「な、なんでもない」ホッパーはそういうと、グラスをおいて、真っ青な顔になった。「新鮮な空気が……うぐっ！」

　ドアがばたんと音を立て、ホッパーの背後で閉まった。ギャラハーとスミスはふしぎそうに顔を見あわせた。

「妙だね」とスミス。

「もしかすると天の配剤かな」とギャラハーは憶測した。「神々のひき臼は――」

「ホッパーが帰りましたね」ナルキッソスが酒のお代わりを持って現れた。

「うん。どうして？」

「だと思いました。彼にミッキー・フィン（下剤を入れた酒）をすすめたんです」とロボットは説明した。「あの人はわたしに目もくれない。べつにわたしは虚栄心が強くありませんが、あれほど美に不感症の人間にはお仕置きが必要です。さあ、もうこれ以上じゃまをしないで。いまからわたしはキッチンでダンスの練習をします。酒のお代わりがほしければ、そこのオルガンでカクテルを調合すること。もしダンスが見たければ、キッチンへどうぞ」


ナルキッソスは内臓を回転させながら、くるりと背を向けて研究室から出ていった。ギャラハーはため息をついた。

「そういうことか」と彼はいった。

「はあ？」

「いや、よくわからない。なにもかもが。たとえば、ぼくは三つのまったくちがった注文を受け、そのあとで酔っぱらって、三つの注文ぜんぶに応じられるような仕掛けをこしらえた。ぼくの潜在意識は、いつもいちばんらくな方法で問題を解決したがる。ただ、あいにく、それはぼくにとっていちばん骨の折れる方法でもある――しらふにもどって、目がさめたときにね」

「じゃ、なぜしらふにもどるんだ？」スミスが適切な質問をした。「あのカクテル・オルガンはどういう仕組み？」

ギャラハーは実演してみせた。「もうへとへとだよ」と彼は打ち明けた。「ぼくに必要なのは、たっぷり一週間の熟睡か、それとも――」

「なんだね？」

「一杯の酒。じゃ、健康を祝して。つまり――まだ気にかかることがひとつある」

「というと？」

「なぜスイッチがはいるたびに、あの機械が〈セントジェームズ病院〉を歌うかっていうこと」

「いい歌じゃないか」とスミスはいった。

「たしかに。だが、ぼくの潜在意識は論理的に働く。狂った論理なのは認めるがね。ところが――」

「まあとにかく、健康を祝して」とスミス。

ギャラハーは緊張を解いた。ようやく人心地がついてきたようだ。暖かいバラ色のほてり。銀行には金がある。警官たちは呼びもどされた。マックス・カフは、いまごろきっと罪の報いを受けていることだろう。そして、どたどたという足音は、キッチンでダンスしているナルキッソスだ。

ギャラハーが酒にむせながらこういったのは、真夜中を過ぎたころだった。「やっと思いだしたぞ！」

「げぷっ」スミスが驚いて聞きかえした。「なんだって？」

「歌をうたいたくなった」

「だから？」

「つまり、〈セントジェームズ病院〉を歌いたくなったんだよ」

「どうぞどうぞ」スミスがすすめた。

「しかし、ひとりじゃなくて」とギャラハーは補足した。「ぼくは酔っぱらうといつ、、も歌をうたいたくなるが、デュエットがいちばん調子が出るような気がする。ところが、あの機械をいじってるときは、たいていひとりきりだった」

「はあ？」

「だから、きっと録音再生装置を作ったんじゃないかと思う」ギャラハー・プラスの奇妙な才覚と奇妙な脱線に大きな驚嘆を感じながら、ギャラハーはいった。「なんということだろう。四つの作業を同時に演じる機械。そいつは土を食べ、宇宙船の手動制御装置をあやつり、歪みのない三次元映像の映写スクリーンを作り、しかも、ぼくとデュエットを演じる。なんとふしぎな」

スミスはしばらく考えた。「きみは天才だ」

「もちろんそうだけど。ふーむ」ギャラハーは立ちあがり、機械のスイッチを入れて、バブルスという名の腰かけの上にもどった。スミスは窓ぎわに立ち、触手がめまぐるしいスピードで土を食べる光景を見つめた。溝つき円盤のまわりでは、目に見えないほどの細いワイヤが紡ぎだされていた。夜の静けさは、〈セントジェームズ病院〉の多少ともメロディアスな歌にひき裂かれ、ずたずたになった。

機械の悲しげな声の上に、より深い低音が重なった。その声は名前の知れぬだれかに向かって、この荒々しい世界での捜索を、ひどく熱心にすすめているようだった。

「だけど、こんなに心の優しい男は
どこを探したって見つからないぜええ」

ギャラハー・プラスもいっしょに歌っていた。

スーパーマンはつらい

シオドア・コグスウェル

Limiting Factor

by Theodore R. Cogswell

美しい娘がばたんとドアを閉めて出ていったあと、部屋にはいっときの沈黙がおりた。だぶだぶのツイードの服を着た金髪の青年は、迷った表情で閉まったドアをながめ、あとを追おうとしかけて思いなおした。

「でかした」ひらいた窓のほうから声がする。

「だれだ、そこにいるのは？」青年はふりむくと、闇のなかに目をこらした。

「わたしさ、ファーディーだ」

「なにもスパイしなくてもいいだろう。カールには脱退するといってある」

「スパイはしてないよ、ジャン。そのカールの使いできた。おじゃましていいか？」

ジャンの気のない返事を待って、ずんぐりむっくりの男が、窓からふわりとはいってきた。床に足がつくと、その男はほっと吐息をもらした。窓まであともどりし、身を乗りだして、八十階下の街路を見おろしながらいった。

「足がすくむな。空中浮揚もけっこうだが、旧式なエレベーターの座を奪う日がくるとは思えない。

人間が空を飛ぶように創られたのなら、翼を持って生まれてきたはずだ」

「人間ならね」とジャン。「だが、スーパーマンはべつさ。飲むか？　一杯やりたくなった」

ファーディーはうなずいた。「子供たちの代にはあたりまえのことになるんだろうが、どうもまだ宙にうかんでるあいだは落ちつけない。神経細胞のヒューズが飛んで、墜落するところが目にうかぶ」ぶるっと身ぶるいして、グラスの中身を一気にあけた。「どんなぐあいだった？　彼女にはかなりこたえたろうな？」

「明日はもっとひどくなる。いまの彼女は気が立ってて、それが感情の麻酔剤になってるからね。そいつが薄れると、ほんとの苦しみがやってくる。ぼくだっていい気分じゃない。この三月には結婚するはずだったんだぜ」

「わかるよ」ファーディーは同情をこめていった。「しかし、こういって慰めになるかどうか知らんが、これからのきみは、いそがしくてそれどころじゃなくなるぞ。カールがきみを連れてくるようにいったのは、出発が今夜にきまったからだ。それで思いだした。クラインホルツに電話して、代わりの実験助手を探すようにいっとかないと。電話借りていいか？」

ジャンは無言でうなずき、玄関のほうを指さした。

二分後、ファーディーはもどってきた。「クラインホルツのおやじに吊しあげを食ったよ。例の装置が実地テストの段階まできてるのに、なぜ辞めたりするのかって。放浪癖の発作でどうしようもない、といっておいた」肩をすくめて、「ま、とにかく、下ごしらえは終わってる。あとは数値計算だが、これはやりたくてもわたしには無理だ。妙な話だよ、ジャン――まる一年、あのおやじを手伝ってあそこまでまとめあげたのに、まだあの装置の使いみちも知らない。もう一度たずねてみたが、あの口のかたい古狸め、せせら笑って、損得のソロバンがはじけるならすぐ帰ってこい、としかいわないんだ。相当でっかい発明らしい。完成を見られないのが残念だよ」そういうと、窓のほうへ歩きだした。「そろそろでかけようか、ジャン。みんながお待ちかねだ」

ジャンはふんぎりのつかないようすで立っていたが、やがてゆっくりかぶりをふった。「ぼくは行かない」

「なんだって?」

「きこえたろう? 行かない、といったんだ」

ファーディーはつかつかと歩みより、相手の腕をとった。「こいよ。つらいのはわかるが、いったん決心した以上はそれをつらぬくべきだ。いまさらあとへはひけない」

ジャンはすねたように顔をそむけた。「きみたちは勝手にどこへなと行けばいい! ぼくは彼女を追っかける」

「ばかなまねはよせ。どんな女にもそれだけの価値はないぞ」

「彼女にはある。いままでのぼくはバカだった。だが、やっと目がさめた。あんたの仲間と知りあうまでのぼくは、けっこう幸福だった。好きな仕事と恋人に恵まれ、未来はバラ色だった。いまからでも急いでひきかえせば、まだなにかをとりもどせるかもしれない。みんなにはこう伝えてくれ。ぼくは気が変わって脱退する」

ずんぐりむっくりの男はテーブルに近づいて、自分のグラスにお代わりをついだ。「いや、それはむりだね、ジャン。きみは下界にいるあわれな連中を忘れられるほどのスーパーマンじゃない」ファーディーは眼下にひろがる平和な市街を指さした。

「ぼくたちの代にトラブルが起きるはずはない」ジャンがいった。

「子供たちの代にもな」ファーディーはうなずいた。「だが、孫の代にはわからんぞ。そうなったときはもう手遅れだ。いったん騒ぎがはじまったら、どうなるかはわかるだろう。きみの脳にはオマケのなにかがくっついている――そいつを使え！」

ジャンは夜の闇をじっとのぞきこんでから、やおらふりむいて答えようとした。そのとたん、だしぬけにその頭の中で不機嫌な声がひびいた。

《なにをそこでぐずぐずしてるんだ。夜が明けちまうぞ！》

「さあ行こう」とファーディーはうながした。「議論はあと。テレパシーを使うほどカールが苛立ってるとすると、よほど重要な話にちがいない。わたしなら電話を使うがね。いくら生まれつきのトランシーバーがついてても、そいつを使うたびにガンガン頭痛に悩まされるようじゃ、さっぱり意味はない」彼は窓台によじ登った。「用意はいいか？」

ジャンはためらってから、のろのろとその横にならんだ。

「とにかく、カールに会って話してみるよ。あんたが正しいかもしれないが、やはりきりきりとうずくんでね」

「頭が？」

「いや、ハートが。用意はいいか？」

ファーディーはうなずいた。ふたりは目をつむり、身構え、ゆっくりと夜空に舞いあがった。

カールはミランダの膝枕でソファーに寝そべり、苦しそうな表情をうかべていた。そのこめかみを、ミランダが優しくマッサージしてやっている。

「つぎからは電話を使えよ」ジャンといっしょに入ってきたファーディーがいった。

カールはさっと起きなおった。「なにをぐずぐず手間どってたんだ？」

「ぐずぐず、とはごあいさつだね。そりゃエア・タクシーに乗るほうがはるかに速いだろうが、いやしくもわれわれはスーパーマンだ——空中浮揚一本で行かないと」

「おもしろくもない冗談だ」とカール。「で、用意はできたか？」

ファーディーはうなずいた。「浮世のきずなをことごとく断ち切ってきた。蒸発準備完了」

「で、彼は？」

カールはじっとジャンを見つめた。

「彼もオーケイ」

「ああ、ごきげんさ」とジャン。「恋人も仕事もどぶへうっちゃってきた。くわしく聞きたいか？ファーディーのボスは、彼がもどると思っている。損得のソロバンをはじいてみろ、といったそうだ。ぼくの恋人は、だまってドアをばたんと閉めていった。ま、そっちは一件落着したから、女を割り当ててくれれば、あんたのためにスーパーマン二世の製造に励んでもいい。なんならミランダはどうだ？　選民のひとりでもあることだし」

「よさんか、ジャン」カールはきっとなってたしなめた。「つらい気持ちはわかるが、愁嘆場を演じてみたってはじまらんぞ」

ジャンはふてくされた表情でクッションのききすぎた椅子に腰をおろし、むっつり天井をながめた。

カールは立ち上がって、すばやく部屋を見まわした。「……三十七、三十八——全員の顔がそろったようだな。じゃ、ヘンリー、はじめてくれ」

背の高い若白髪の男が、静かに話しはじめた。「ぜひとも今夜の決行だ。アルタ峠の上空七千メートルまで厚い雲層がある。慎重にやれば、離陸に気づかれずにすむだろう。いますぐ出発しよう。船体を洞窟から運びだすのにかなり時間を食うし、この雲が晴れないうちに上昇してしまいたい」

「了解」そういうと、カールはミランダをふりかえった。「あとはよろしくたのむ。十カ月かそこらしたら、新加入者を迎えにもどってくるから」

「やはり、だれかをあとに残すべきだと思うわ」ミランダは抗議した。「一日二十四時間、ずっと耳をすましてるなんて無理な話だもの」

「話し相手がほしいだけだろうが」カールはいらいらした口調でいった。「変化の徴候である例の無意識的な心理シグナルは、当の本人が異常に気づくまでに一週間以上つづく。コンタクトの時間は十分にあるよ」

「はいはい、わかりました。でも、リリーフを送るのを忘れないでよ。みんなが行っちゃうと淋しくなるな」

カールは短いが愛情のこもったキスを彼女とかわした。「オーケイ、諸君。出発だ」

その宇宙船の機関室には、卵形のテーブルと、そのまわりに等間隔で並べられた十人分の椅子があるだけだった。その椅子のなかでいまふさがっているのはひとつだけ。着席しているのはファーディーで、目をつむり、蒼白な顔は緊張しきっている。だれかの手が肩にふれるのを感じて、彼はびくっと飛びあがった。新しい超能力者との交代がすむまで、宇宙船はしばらくかすかに揺れうごいた。

ファーディーは髪をかきあげた手で、まだずきずきするこめかみを押さえた。やおら腰を上げ、梯子を登りはじめた。船首観測室へはいる足どりが、すこしふらついていた。

「当直はきつかったかい？」とジャン。

ファーディーはうめいた。「きついのは毎度のことさ。スーパーマン稼業がこんなに骨の折れるものだと知ってたら、べつの両親から生まれるように手配したのにな。超空間のなかでこのブリキの箱船を念力だけでひっぱっていくのを、きみはロマンチックだと思うかもしれないが、わたしはむかしの馬車時代を思いだしてしょうがない。つまり、このわたしが馬ってわけだ。精神労働、肉体労働——どこにちがいがある？　力仕事という点ではおなじじゃないか。旧式の機械でけっこう。ボタンを押して、のんびり休みたいね」

「いまのが最後の当直かもしれないよ」ジャンは観測窓の外の灰色の虚無に目をやった。「カールの話だと、きょうの夕方にはスペースワープから抜け出る予定だって」

「もしもアルファ・ケンタウリ系を一周したすえに適当な惑星が見つからなくて、もう一度スペースワープへ突入する必要が起きたときに、ちょうどわたしの番がまわってきたりしてな」

その夕方おそく、船内に非常ベルが鳴りわたった。一瞬後には、機関室の椅子十脚がぜんぶふさがった。

「いまからが正念場だ」カールが手短にいった。「かなりの難行だぞ」

そのとおりだった。三度にわたって、着席者たちは気を失い、そのたびにうしろで待機していた交代要員がすばやくあとをひきついだ。ようやく船は正常空間への離脱を完了した。ほっとひと息ついて、一同は緊張をほぐした。カールは手をのばし、インターコムのスイッチを入れた。

「外はどんなようすだ、ファーディー？」

「真正面にアルファ・ケンタウリが燃えてる」すこし間をおいて、「それと船首の右舷前方に、山高帽をかむった小男が見えるぞ」

機関室の一同は、持ち場をからにして、船首観測室へどっと駆けこんだ。ファーディーがその場へくぎづけされたように、うっとりと虚空を見つめていた。近づいたカールに腕をつかまれて、彼はふるえる指で窓の外を示した。

「見ろ！」

カールはそっちへ目をやった。プレスのきいたビジネス・スーツにボタンどめの短靴、スパッツ、山高帽という服装のまるまっちい小男が、観測窓からわずか五メートル前方に浮かんでいる。小男は陽気に手をふってから、小脇にかかえていた書類カバンをあけ、大きな紙をとりだした。それをひろげ、そこに印刷された大きな黒い活字を指さした。

「なんと書いてあるんだ？」カールはどなった。「おれの目はどうかしたらしい」

ファーディーは目をこらした。「こりゃむちゃくちゃだ」

「そう書いてあるのか？」

「いや、わたしの意見さ。あそこにはこう書いてある。『乗船してもよろしいか？』」

「きみはどう思う？」

「どっちも正気じゃないと思うね。しかし、むこうがそうしたいっていうなら、そうさせてやろうよ」

カールが外に浮かんでいる男に向かって承諾の身ぶりをし、後尾のエアロックを指さした。相手は首を横にふり、チョッキのボタンをはずし、ふところに手をつっこんだ。しばらくなにかをいじっているると見るまに、ふっと姿が消えた。つぎの瞬間には観測室の中央に立っていた。小男は帽子をとり、あんぐり口をあけた一同にうやうやしく一礼した。

「お初にお目にかかります。わたしの名はスウィスカム、ファージャル・スウィスカム。グリタスリー・クィンバック・スウェンチ輸出会社の社員です。フォーマルハウトへカスタマー・サービスに出張の途中、亜エーテル層の奇妙な混乱に気づき、なにが出てくるのかと足をとめましたわけで。お見うけしたところ、太陽系からおいでになった？」

カールは言葉もなくうなずいた。

「やっぱり」と小男はいった。「で、失礼ですが、どちらへお越しで？」

筋道立った答えが返ってくるまでに、小男はその質問を二度くり返さなければならなかった。最初にショックからさめて、口がきけたのはファーディーだった。

「アルファ・ケンタウリ系で居住可能惑星を見つけたいと思ってるんですがね」

スウィスカム氏は唇をつぼめた。「ひとつあるにはありますが、ちょっと問題が。あそこは〈原始族〉の特別居留地になってましてね。銀河系評議会があなたがたの植民にどういう態度を示すか、なんともいえません。もちろん、最近は人口が減るいっぽうで、南方大陸などは無人地帯同様ですが」

小男は言葉を切り、しばらく考えた。「そうだ、こうしましょう。フォーマルハウトへ着いたら、星区行政官に連絡をとり、その意見を打診してみます。では、ほかに約束もありますので、そろそろ失礼しますよ。わがグリタスリー・クィンバック・スウェンチ社は、時間の正確さをモットーにしておりまして」

　小男がチョッキのふところに手を入れようとしたとき、カールはその肱をつかんだ。安心のいく手ごたえがあった。

「われわれは発狂したんだろうか？」一行の指揮者はすがるようにたずねた。

「いやいや、とんでもない」スウィスカム氏は穏やかに彼の手をふりはらった。「あなたがたの発達周期が何千年かずれただけのことですよ。あなたがたの祖先がやっと火の用途を発見した時代でしたね、われわれの母星から〈能力人〉が移住をはじめたのは」

「移住？」カールは茫然とききかえした。

「いま、あなたがたが着手されたのとおなじようにね」小男はメガネをはずして、ていねいに拭いた。「原子力解放につづく突然変異から生まれてくるのは、ほとんど例外なく、〈テルスカの力〉に対してある程度の制御能力を持つグループです。やがて〈通常人〉との将来の関係が問題になり、〈能力人〉は来たるべき闘争を避けるため、たいていの場合、ひそかな移住に踏みきります。しかし、それはまちがいですよ。ケンタウリ第三惑星をごらんになれば、わたしのいう意味がはっきりします。なんと陰気くさい場所か、と感じられることでしょう」

　山高帽をかぶりなおすと、小男はあいそよく手をふって姿を消した。

　一同の静粛を求めて両手を上げたカールの目には、荒々しい光が宿っていた。

「ひとつだけ教えてくれ。この五分間、おれはほんとに山高帽の小男と話していたのか、いなかったのか？」

　四十八時間後、一行はケンタウリ第三惑星に別れを告げ、これからの方針を決定するため、自由空間に停止した。一族の未来を討議するため船首観測室に集まったみんなは、落胆し、困惑した表情だった。

「あそこで見てきたことをいくら話しあっても、時間のむだだろう」とカールはいった。「それよりも、いまから決定すべきなのはこういう問題だ。適当な惑星が見つかるまでこのままほかの恒星系をめぐり歩くか、それとも地球へもどるか」

小柄な赤毛の娘が手をあげた。

「はい、マーサ？」とカール。

「そうじゃなくて、あそこで見たもののことを、いまから話しあうべきじゃないかしら。もしわたしたちが地球を見捨てたことが、地球の未来をあんなふうに運命づけるとしたら、いますぐにひきかえすべきだわ」

角ぶちメガネをかけた神経質そうな青年が、すかさず反論した。

「前進するにしろ、ひきかえすにしろ、われわれの一生のあいだにたいした差異は出てこないから、たとえ地球へもどらなくても利己的だという非難を浴びるいわれはない。その差異の影響をうけるのは、われわれの子孫だ。二日前、ふいにわれわれの目の前へ出現し、ふいに消失したあの奇妙な小男は、未来の子孫がどんなものになりうるかという具体的な例証だといえる——ただし、われわれが孤立をたもって、新しい能力を開発した場合のだ。つまり、新しい超種族の福祉のほうが、あとに残した〈通常人〉たちのそれより重要だと、ぼくはいいたい！」

ひとしきり同意のつぶやきが洩れるなかで、青年は着席した。

「ほかには？」カールはたずねた。

半ダースほどの手がいっせいに上がったが、ファーディーがなんとかカールの目をとらえるのに成功した。

「いますぐひきかえすべきだ!」ファーディーはいった。「いまの発言者が非難うんぬんと述べていたからいうが、わたしも個人的偏見で非難を受けるいわれはない。なぜなら、わたし個人としては、むしろこれから数年間宇宙のすみずみをめぐり、なにが起きているかを探りたい気持ちだからだ。しかし、留守が長いほど、正常な社会への復帰適応はむずかしくなる。

いいかね、われわれが地球を離れたのは、人類にとってそれが最善の道だと判断したからだった。この場合、人類とは、むろんわれわれの母種族である〈通常人〉を指すわけだ。しかし、あそこでわれわれが見たものは——」と、ケンタウリ第三惑星の方角を指さして——「その判断がまちがいだというドラマチックな証拠だよ。人間社会を崩壊から救うには、どうやら少数の〈能力人〉の存在が必要らしい。ひょっとすると、ぜひとも必要な一種の触媒の作用をつとめるからじゃないかな。なんにしても、われわれは必要とされている。もしいま人類を見捨てて出てゆけば、これからわれわれが創造するすばらしい新世界で、胸を張って歩けなくなる」

カールは心配そうなようすだった。「きみの主張には同感だが、もし地球へひきかえせば、またた例の未来の関係という問題にぶつかってしまう。いまのところは、われわれの人数もごく限られているから、たとえ発見されても異常現象とみなされるのが落ちだろう。しかし、われわれの数がどんどんふえはじめたらどうなる? 特殊能力を持つ集団は、とかく疑いの目で見られがちだ。どう考えても、殺すか殺されるかの世界にわれわれの子孫を残しておきたくはない」

「万一最悪の事態になれば、われわれがやったように地球を離れればいいじゃないか」とファーディーは答えた。「ここで指摘しておきたいが、たまたま最初に提案された解決法が移住案だったから、われわれはそれに全力で打ちこんだだけの話。探せば、ほかにも解決法はあるかもしれない。すくなくとも、試してはみるべきだよ」彼は角ぶちメガネの青年をふりかえった。「どう思うね、ジム？」

相手は不承不承にうなずいた。「まだ心もとないが、いちおうひきかえして、あんたのいうような方法を試みるべきかもしれないな」語気を鋭くして、「ただし、条件がひとつ。もし〈通常人〉がわれわれと事を構えるようになったら、もう一度出発だ」

「それには賛成」とファーディーはいった。「ほかのみんなは？」

「公式に意見をまとめよう」カールがいった。「全員、ひきかえすことに賛成か？」

結果は満場一致の可決だった。

入口から礼儀正しい拍手が起きた。いつのまにかスウィスカム氏が舞いもどっていたのだ。「じつに賢明なご判断ですな」と彼はいった。「じつに賢明です。りっぱな社会的成熟がうかがえますよ。かならずやあなたがたのご子孫も感謝されることでしょう」

「なんに対してです？」カールは悲しそうにいった。「われわれは自分の子孫から、あなたがたの持つすべてを奪うことになる。たとえば、瞬間移動能力とか。われわれにとって、それはべつにたいした犠牲じゃない――まだ、そうした能力をやっと身につけはじめたばかりだから。しかし、われわれの子孫にとっては大きな代償です。そうした犠牲を強いることが、はたして正しいかどうか」

「じゃ、もうひとつの犠牲はどうなんだ？」ファーディーが詰問した。「ケンタウリ第三惑星の、あの痩せこけた、垢だらけの連中――体をぽりぽり掻きながら、ぼんやり日なたぼっこしている連中は？　われわれには〈通常人〉をあんな未来におとしいれる権利もないはずだぞ」

「ああ、それならどうかご心配なく」スウィスカム氏は穏やかに口をはさんだ。「あの連中は〈通常人〉ではないのですから」

「え、なに？」

「勘ちがいなさっちゃいけません。あれは移住者に見捨てられた側ではなく、移住者の子孫なんです。あそこの哀れな連中は、生粋の〈能力人〉でしてね。制限因子に出会ったとき、そこで諦めてしまったのです」

「じゃ、あなたはどうなんです？　あなたはどう見ても〈能力人〉だ」

「これは痛みいりますな」小男は答えた。「残念ながら、わたしはごくふつうの人間ですよ。わたしの母星ではだれもが〈通常人〉なんです。〈能力人〉は大むかしにどこかへ飛び立ってしまいました」くくっと笑って、「妙な話ですよ――当時のわれわれは、彼らが立ち去ったことさえ知らなかった。したがって、いないのを淋しがる気持ちも起きません。いままでどおりの仕事をつづけました。あとになって彼らを見つけたときには、もう手遅れでしたね。つまり、大きな差はこういうことでした。われわれには無限の発展の余地があったのに、彼らはそうでなかった。機械に限界はないが、人間の肉体には限界があります。いくら訓練を積んでも、さけび声の大きさは限られている。そこから先はアンプを使うしかないのです。

　ささやかな神経系の組織変えで、あなたがたは母星の〈通常人〉たちが直接利用できないある種の物理エネルギー源に蛇口をひらき、それを統御することに成功された。しかし、あなたがたの取り組んでいるのは、やはり自然力……そして、生まれつきの肉体的限界です。機械の助けをかりないかぎり、どうしてもそれ以上には進めない一点――生物としての制限因子が存在します。もしあなたがたが周囲の世界をコントロールするよりも、自分たちの脳内にある能力をマスターすることに、これからの数世代を費したとしましょう。やがて肉体の限界に到達したときには、機械という観念じたいもすでに忘れ去られている。そうなったら、いったいどこへ向かって進めばいいのです？」

小男は答えを待ったが、だれも名乗り出るものはなかった。

「わたしたちの民話にこんな物語があります」と小男はつづけた。「ある少年が、あなたがたの母星でいうならウシに相当する動物の仔を買いました。その小さな動物を毎日十回ずつ頭の上まで持ちあげる訓練を積めば、しだいに力がついて、やがては一人前に育った動物を持ちあげることができるだろう、とその少年は考えたのです。まもなく、彼は生まれつきの制限因子があることを発見しました。おわかりですね？　あそこの連中がその生まれつきの限界に到達したとき、あとは逆行しか道がなかった。しかし、わたしたちには機械というものがあり、そして機械はつねに改良と小型化が可能であるため、そのての行きづまりを経験しなくてすんだのです」

小男はチョッキのなかから、シガレットケース大のピカピカした品物をとりだした。「これは、アルタイルの巨大なエネルギー発生機から出る指向波につながっています。もちろんそんなことはしませんが、やろうと思えば、これひとつで惑星を動かすこともできるのです。それは十分な長さのてこの応用にすぎないし、てこはご存じのように、一種の簡単な機械なのですよ」

カールは唖然とした面持ちだった。いや、全員がそうだった。

「なるほど」とカールはつぶやいた。「なるほど、よくわかった」一同をふりかえって、「オーケイ、みんなで機関室にもどろう。帰りの旅路は長い」

「どれぐらいかかるんです？」と小男がたずねた。

たいと思いますね」

「おや、もちろんですよ」スウィスカム氏はいった。「わたしなら、せいぜい一分半そこそこでしょう。まったく、あなたがた〈能力人〉は根気がいい――〈通常人〉に生まれついて、つくづくありがたいと思いますね」

「もっと速く行けるとでもいうのかね?」カールは色をなしてきいた。

「たいへんな時間の浪費ですな」

「がんばれば四カ月」


ジャンがアパートでささやかなダンスをたのしく踊っているとき、ブザーが鳴った。ドアを開けると、ファーディーが入ってきた。

「エレベーターで上がってきたよ。はるかに神経がらくだから。おや、ずいぶんごきげんじゃないか。その理由も見当がつくな――入ってくるとき、ロビーで彼女とすれちがったよ。靴の代わりに雲をはいてるような足どりだった」

ジャンは小さく踊りはねながらいった。「来週、式を挙げるんだ。それに、復職もできた」

「わたしもだ」ファーディーはいった。「クラインホルツのだんな、かんじんなときに仕事をうっちゃらかすとはなにごとだと説教をはじめたが、そこそこで切りあげるほど上機嫌だった。いっしょに実験室へはいって、理由がわかったよ。とうとう例の装置の試運転にこぎつけたのさ」

「で、正体はなんだったんだ? タイムマシン?」

ファーディーは秘密めかしてにやにやした。「それとおなじぐらいの大発明さ。物体を持ちあげるんだよ」

「どんな物体を？」

「なんでも。人間でもだいじょうぶ。クラインホルツは、ベルトで胸へくっつける小さい制御装置をこしらえていてね。機械を作動させたあと、実験室のなかを鳥のように飛びまわってみせた」

ジャンはぽかんと口をあけた。「ぼくたちがやるようにか？」

「そっくりあんなふうに。彼は〈テルスカの力〉にひとつの蛇口をひらいたんだ。ほんとうの蛇口だよ。われわれのような細いストローじゃない。もう十年もしてみろ、〈通常人〉はわれわれができることをなんだってやれるようになる。それも、よりうまく。ありがたい話さ。テレパシーをやれば頭痛が起きるし、空中浮揚も日曜の午後のひまつぶしにはあつらえむきだが、とてもその上に文明を築けるしろものじゃないからね。スウィスカム氏がいったように、機械には生まれつきの限界がない。だから、未来に対するわれわれの不安も消えたわけだ。こっちが時速五十キロで飛行できるからといって、瞬間移動装置を持った連中がそれをひがみはしないだろう。どうやらスーパーマンは、スタート・ラインに着くまえから時代遅れになったらしいよ」

そういうと、ファーディーは大きく伸びをし、あくびをした。「さあ、家に帰って寝るとするか。明日の実験室はすごくいそがしくなりそうだ」

彼はひらいた窓に近づいて、外をながめた。

「空から帰るのか？」とジャンがたずねた。

ファーディーはにやりと笑って、首を横にふった。

「そいつはあの装置の改良型が出る日までおあずけにするよ」

ウィリアム・テン

モーニエル・マサウェイの発見

The Discovery of Morniel Mathaway

by William Tenn

発見されて以来のモーニエル・マサウェイの変貌ぶりには、みんながどぎもを抜かれている。このぼくをべつにして、だれもがだ。みんなの記憶にあるモーニエルは、体を洗ったこともなく、才能もなく、口をひらけば、二言目には〝おれ〟、三言目にもやはり〝おれ〟を連発する、グレニッチ・ヴィレッジの絵描きだった。ひそかに自分自身を二流、またはそれ以下じゃないか、と疑っている人間特有の、強引で、なかばぐらついたうぬぼれを、ふんだんに持ちあわせた男だった。半時間もいっしょにいようものなら、こちらの耳がげんなりしおれてくるほど、臆面もないだぼらを吹きまくる男だった。

そんな男のあの変わりよう、とつぜんの圧倒的な大成功と、それに反比例するような、謙虚でものやわらかな態度も、ぼくには納得できる。なにしろ、彼が〝発見〟された当日、ぼくはその場に居合わせたのだから——ただ、それを〝発見〟と呼ぶのが果たして正しいかどうか。じつをいうと、あの事件の絶対的な不可能性——そう、低確率性でなく、〝不可能性〟——を考えた場合、それをなんと呼べばいいのかよくわからない。ただひとつはっきりしているのは、あの一件のつじつまを合わせそうとするたびに、学校の微積分におさらばして以来の猛烈な頭痛におそわれることだ。

あの日のわれわれの話題も、やはりモーニエルの〝発見〟についてだった。ブリーカー通りにある彼の貧相なアトリエで、ぼくは用心深くバランスをとりながら、たったひとつの木製椅子に腰かけていた。裏を知っているから、ここの安楽椅子にはすわらない。

じつをいうと、モーニエルはその安楽椅子で家賃を稼いでいるようなものだった。前が高くて、後ろでどすんと低くなった、椅子というのも気がひけるほどの、うすぎたない布貼りの残骸だ。腰をかけたがさいご、あなたのポケットの中味は――小銭、キー、財布、なんによらず――ぞろぞろとこぼれだし、錆びたスプリングと、その下の腐れかかった木造部分が作りだすジャングルのなかへ落っこちてしまう。

新顔の客がやってくると、モーニエルはやっきになって、その客をこの〝くつろげる椅子〟へ案内する。その客がスプリングに尻のぶつからない場所を探しながら、必死に身をよじりはじめると、とたんにモーニエルは目を輝かし、上機嫌になる。その客がもがけばもがくほど、ポケットの中味がたくさん落っこちる理屈だからだ。

客が帰ったあとで、モーニエルはその椅子をばらし、特売日の晩にレジスターの中身をあらためる店主よろしく、水揚げの勘定にとりかかる。

だが、木製椅子にも問題がないわけじゃない。ぐにゃぐにゃ揺れるので、いつも気を張りつめていなくちゃならないのだ。

どっちにころんでも、モーニエルは被害なし――いつもベッドに腰かけるのだから。

「まったくその日が待ちどおしいぜ」いま、モーニエルはそうしゃべっていた。「いくらか脳みそのある画商か批評家が、おれの絵を見にきてくれる日がよ。はずれっこないぜ、デイヴ、はずれっこない。おれほどの抜群の才能があればな。ときどき、自分の才能を考えると怖くなるよ――なにしろ、人間ひとりの手にあまるほどの才能だからな」

「ん、まあ」とぼくはいった。「そりゃまあ、だれだって――」

「といっても、おれの手にあまるって意味じゃないぜ」ぼくが誤解しないかと気になったのか、モーニエルは急いであとをつづけた。「さいわい、おれにはその才能を背負いきる器量の大きさがある。魂のスケールとでもいうかな。これがもっと小粒な人間であってみろよ、このでっかい感受性と、おれが精神的ゲシュタルトと呼ぶものを認識するだけで、へこたれちまうだろう。その重荷の下で、やつの心はひとたまりもなく崩壊する。だが、おれはちがうぜ、デイヴ、おれはちがう」

「けっこう」とぼくはいった。「そりゃよかった。ところで、はっきりいってぼくはべつに――」

「おい、けさのおれがなにを考えてたかわかるか？」

「いや」とぼくはいった。「じつをいうとだな、あんまり――」

「ピカソのことを考えてたんだ、デイヴ。ピカソとルオー。ちょうど朝めしを食いに――れいの電石火のモーニエル方式で――商店街をひとまわりしてたときだった。現代絵画の現状について考えはじめたんだ。おれはしょっちゅうそれを考えるんだよな、デイヴ。そのたびに悩むね」

「へえ、そうかい？」とぼくはいった。「ところで――」

「おれはブリーカー通りを抜けて、ワシントン・スクエアへはいった。歩きながらこう考えた。現代画壇でほんとに偉大といえるのは、ほんとに重要な仕事をしてるのは、果たしてだれか？　思いつける名前は三人しかない。ピカソ、ルオー、それにこのおれ。最近じゃ、ほんとに価値のある、オリジナルな仕事をしてる画家は、ほかにだれもいない。世界じゅうの画壇を見まわして、頭にうかぶ名前はたった三人きり。おれはすごく淋しかったよ、デイヴ」

「それはわかるな」とぼくはいった。「しかし、結局――」

「そこで、自分にこうたずねたんだ。そもそもこれはなにゆえか？　絶対的な天才がごくまれにしか出現しないのはわかるとして、そこにはあらゆる時代に共通した統計的限界があるのか？　それとも、これはわれわれの時代に特有の、べつの理由にもとづく現象なのか？　もうひとつ、とっくに起きてしかるべきおれの才能の発見が、なぜこうも遅れているのか？　おれはその疑問をじっくり考えてみたよ。謙虚に、慎重に、考えてみた。なにしろ重大な疑問だからな。そしてたどりついたのが、この解答だ」

ぼくはとっくに匙《さじ》を投げていた。椅子に腰をおちつけ――もちろん、椅子の背にはよりかかれない――モーニエルがまくしたてる美学理論を聞きながすことにした。これまでヴィレッジの十人あまりの画家から、すくなくとも十回あまりは聞かされた、例のしろものだ。それぞれのちがいは、その美学的見地からの最高峰、もっとも完璧な生きた実例がだれであるかという一点しかない。モーニエルの場合、もうこれを聞いてもあなたは驚かないだろうが、その最高峰とは彼自身らしいのだ。

ペンシルヴェニア州ピッツバーグからニューヨークに出てきた当時のモーニエルは、ひげ剃り嫌いで、自分に絵の才能があると信じこんだ、のっぽでぶざまな若者だった。当時の彼はゴーガン崇拝者で、カンバスの上でもその絵を必死にまねていた。しゃべらせると、映画じこみのブルックリン弁、じつは純粋なピッツバーグなまりで、とうとうと原始生活の魅力を弁じたてたものだ。

美術学生連盟の講座にしばらくかよって、しょぼくれたブロンドのあごひげを生やしはじめたとたん、彼のゴーガン熱は急速にさめていった。最近のモーニエルは独特の技法を発明し、それを〈なすくりぬたくり〉と称している。

モーニエルはヘボ絵描きだった。これは疑いのない事実だ。ぼくの意見だけでなしに――これでもぼくは、ふたりの現代画家と同居の経験があるし、べつのひとりとは一年ほど結婚生活を送ったこともある――いちおう目の肥えた連中が、個人的には彼になんの恨みもなく、彼の作品を綿密に検討した上で述べた意見に照らしても、やはりそうなのだ。

そのひとりは現代美術の優秀な批評家だったが、モーニエルがぼくにくれるといいだして、こっちの抗議も聞かずに暖炉の上へかけていった絵を、しばらく茫然とながめたすえに、こういった。「これは造形的に無意味だ、なんていうしろものでさえないね。しょせんは技術以前の問題だ。白に白、なすくりぬたくり、非客観主義、ネオ・アブストラクト――なんと呼ぼうと自由だが、要するにここにはなんにもない、ゼロだ！　この男も、ヴィレッジにたむろする、ホラ吹きで、うすぎたない、甘やかされたディレッタントのひとりだよ」

じゃ、そんなモーニエルと、なぜぼくはつきあうのか？　ひとつには、彼が角を曲がったすぐそばに住んでいるからだ。悪趣味なりにちょっぴり迫力があるから、ともいえる。ものになりそうもない詩を徹夜でひねくりまわしたあとなど、ぶらっと彼のアトリエへ上がりこみ、文学と縁もゆかりもない会話をすれば、いい気晴らしになるのではと、つい考えてしまうのだ。

ただ困ったことに――いつもあとで気がつくのだが――それが会話になることはめったにない。ぼくがときたま合いの手をはさむだけのモノローグに終始してしまう。

そう、ぼくたちふたりの差は、ぼくの詩が、たとえひどい印刷の同人雑誌にしろ、とにかく日の目を見たという点にある。モーニエルの絵ときたら、いまだかつて展示されたことすらない——ただの一度も。

ぼくがこの男と友情をたもっているのには、もうひとつの理由がある。これには彼のたったひとつといえる真の才能が関係している。

こと生活費に関するかぎり、ぼくはかつかつのその日暮らし。書き物をする紙、書棚の本、つねに熱望の的のこうした品物には、経済的にとうてい手がとどかない。その熱望があまりにも激しくなった場合——たとえば、ウォレス・スティーヴンズの新しい詩集が出たなんていうときは——まずモーニエルのところへ足を運び、ことのしだいを訴える。

そこで、われわれは本屋へでかける——べつべつに入口をくぐる。ぼくは店主に話しかける。ある非常に高価な絶版本を注文しようと思うのだが、うんぬん。相手の注意がそっちへひきつけられたすきに、モーニエルはスティーヴンズの詩集をくすねる——もちろん、ぼくは財布にゆとりができしだい、代金を払うつもりでいるのだが。

モーニエルの手なみは、あざやかの一語につきる。捕まるどころか、ただの一度も疑われたためしがない。もちろんぼくは、その借りを返すため、美術用品店でモーニエルがカンバスや絵具や絵筆を補充するのを、おなじ手口で手伝ってやるわけだが、長い目で見れば損得はひきあう。ひきあわないのは、彼の話を聞かされるときのやりきれない退屈と、はなから彼が品物の代金を払うつもりがないのを知っているという、良心のとがめだった。いや、ぼくは返すつもりだ。返す余裕ができしだいに。

「自分でそう感じてるほど、おれだけがユニークなはずはない」とモーニエルはしゃべっていた。

「ほかの連中も、そのての偉大な才能のポテンシャルを持って生まれてきたにちがいないんだ。だが、芸術的完成に達するまえに、それが破壊されちまった。なぜ？　どうして？　そこで検討しなくちゃならないのは、社会の役割――」

はじめてそれを目撃したのは、まさにその瞬間だった。モーニエルがちょうど〝社会〟といったとき、正面の壁に、紫色のさざ波が見えたのだ。きらきら輝く奇妙なボックスの輪郭と、きらきら輝く奇妙なボックスのなかの人間の輪郭。床から一メートル半ほどの高さにうかんだそれは、色づいた陽炎《かげろう》を思わせた。だが、ほんの一瞬で、壁はもとにもどった。

しかし、陽炎は季節遅れだ。それに、ぼくは幻覚に無縁なたちでもある。ひょっとしたら、モーニエルの部屋の壁に新しいひび割れが生まれたのか。もともとここはアトリエでなく、がたぴしの安下宿だったのを、以前の持ち主が仕切りをはずし、ひとつの細長い部屋に改造したらしい。いちばん上の階にあるために、しょっちゅう雨もりがする。部屋の壁は、雨だれがたどった道すじを記念するように、うねうねとした太い線でいっぱいだ。

しかし、なぜ紫色なのか？　それと、なぜボックスのなかに人間の輪郭が？　ただの壁の割れ目にしては、手がこみすぎている。それに、どこへ消えてしまったのか？

「――個性を主張する個人との、永遠の闘争なんだ」モーニエルはまだしゃべっていた。「いうまでもなく――」

澄みきった一連の楽音が、たてつづけにひびいた。と、部屋の中央、こんどは床から五、六十センチの高さに、ふたたび紫色の線が出現した――やはりおぼろげで、やはり透明で、やはりそのなかに人間の輪郭が見える。

モーニエルはベッドの上からぐるっと足をおろし、まじまじとそれを見つめた。「いったい、こりや――」

　ふたたび、そのしろものが消えた。

「い、いったい――」と、モーニエルは口をもぐもぐさせた。「こりゃなんだ？」

「知らんね」とぼくはいった。「だけど、なんにしても、照準が合ってきたらしい」

　ふたたび一連の澄んだ楽音。こんどは紫色のボックスが床に接したかたちで現れた。その色がしだいに濃くなって、実体を備えはじめた。楽音は、しだいに音階が高くなり、しだいに弱まり、やがてボックスが完全に透明さを失うと、聞こえなくなった。

　ボックスのドアがするりとひらいた。なかからひとりの男が出てきた。その男が着ている服は、すべての末端が渦を巻いているようだった。

　男はぼくを見つめ、つぎにモーニエルを見つめた。

「モーニエル・マサウェイ？」と男はたずねた。

「そ、そうです」モーニエルは答えながら、冷蔵庫のほうへと後退をはじめた。

「モーニエル・マサウェイ」とボックスの男はいった。「わたしはグレスキュと申すものです。西暦二四八七年から、ごあいさつにまかりこしました」

　これには返す言葉もなく、ぼくたちは沈黙を守ることにした。ぼくは椅子から立ちあがり、モーニエルのほうへにじりよった。すこしでもなじみ深いもののそばへ近づきたい気分だった。

　三人とも、しばらくそのままで突っ立っていた。活人画《タブロー》のように。

　西暦二四八七年、頭のなかでぼくはそうくりかえした。その男の服装は、これまでに見たこともないものだった。いや、それどころか、想像したこともないようなものだった――これでもぼくは、かなり想像力ゆたかなほうなのに。その服は、まるきり透明ともいえないが、半透明ともいえない。虹色という表現がぴったりだ。さまざまな色がつぎつぎに追っかけっこを演じながら、たくさんの渦巻きのまわりを駆けめぐっている。そこになにかのパターンがあるらしいが、ぼくの目にはとてもつかみきれない。

ところで当の本人のグレスキュ氏だが、背丈はモーニエルやぼくとどっこいどっこいで、それほど年上でもないらしい。だが、彼には身についたなにかがあった——うまくいえないが、〝気品〟とでもいうのだろうか。ウェリントン公爵がはだしで逃げだしそうな、本物の、とてつもない気品。いや、教養といったほうがいいだろう。ぼくがこれまでにお目にかかったなかで、いちばん教養ゆたかに見える人間だ。

グレスキュ氏は前に進み出た。「それではまず、握手という二十世紀の慣習を楽しむことにいたしましょうか」すばらしくよく通る、朗々とした声だ。

握手という二十世紀の慣習を、われわれは楽しんだ。まずモーニエル、そしてぼく——ふたりとも、おっかなびっくり。グレスキュ氏は、はじめて箸を使って食べるアイオワの農夫のように、われわれの手をぎごちなく握りしめた。

その儀式がすむと、彼はご満悦でわれわれを見つめた。いや、モーニエルをだ。

「なんという、おお、なんという感激の瞬間であることか！」とグレスキュ氏。

モーニエルは深呼吸をした。階段の途中で借金取りとばったり鉢合わせする経験を何年も積み重ねてきたのが、いまこの場で役に立ったようだ。早くも放心状態から回復しかかっている。彼の頭はふたたび回転をはじめたらしい。

「どういう意味です、その〝なんという瞬間〟ってのは?」とモーニエルはきいた。「なにをそんなに感激してるんです? あなたは――時間旅行の発明者?」

はじけるようにグレスキュ氏は笑いだした。「わたしが? 発明者? いや、いや。めっそうもない! 時間旅行は、アントワネット・インゲボリによって、西暦……だが、それはあなたがたの時代よりのちのこと、いま話すまでもないでしょう。とりわけ、わたしがここにいられるのは、わずか半時間のことですから」

「なぜ半時間なんです?」とぼくはたずねた。それほど答えを知りたかったわけじゃないが、なんとなく気のきいた質問に思えたからだ。

「スキンドロームが、それだけの時間しか維持できないからですよ」グレスキュ氏は説明した。「スキンドロームというのは――そう、わたしをあなたがたの時代に出現させる、一種の伝送装置とでも申しますか。これには莫大な動力が消費されるため、過去への旅行は、五十年に一度しか許可されません。その特権は、一種のゴーベルとして授与されます。ゴーベル、たしかそうでしたね? あなたがたの時代の賞は?」

ぼくの頭に啓示がひらめいた。「もしかしてノーベル? ノーベル賞のことでは?」

グレスキュ氏はいきおいよくうなずいた。「そう、それです! ノーベル賞。この旅行は、一種のノーベル賞として、傑出した学究にのみ許可されます。五十年に一度――抜群の業績と、ガーデュナックスによって選定された者にかぎり――と、まあそういうわけでして。もちろん、これまでのこの賞は、つねに歴史学者に与えられ、受賞者はトロイの攻囲とか、ロス・アラモスの最初の原爆実験とか、アメリカ新大陸の発見とか、そんなものを見物にでかけていたのです。ところが、今年はじめて……」

「それで？」と、モーニエルがふるえる声で口をはさんだ。とつぜんそのとき、われわれは思いだしたのだ。グレスキュ氏がモーニエルの名前を知っていたことを。「あなたはなんの学者ですか？」

グレスキュ氏は、われわれに軽く一礼した。「わたしは美術研究家です。専攻は美術史。美術史のなかでも、専門分野は……」

「え、なに？」とモーニエルはせっついた。その声はもうふるえていなかったが、ひどくうわずっていた。「あなたの専門分野は？」

ふたたび、グレスキュ氏は軽く一礼した。「あなたですよ、マサウェイさん。わたしの時代においては、こういってもおそらく異議は出ますまいが、ことモーニエル・マサウェイの生涯と作品に関するかぎり、わたしは現存の最高権威なんです。わたしの専門分野はあなたですよ」

モーニエルは蒼白になった。よろよろとベッドに近づき、自分の尻がガラスでできているかのようなすわりかたをした。二、三度口をぱくぱくさせたが、声が出てこないらしい。ようやく唾をのみこみ、こぶしを握りしめ、気をとりなおした。

「ほ、ほんとに」ようやくモーニエルはかすれた声をふりしぼった。「おれが有名だって？　そんなに有名？」

「有名？　いや、あなたはたんなる名声のはるか彼方に位置されている。あなたは人類の生みだした不朽の天才のひとりです。わたしが『マサウェイ――未来の形成者』という近著で述べたとおり――これはわれながら至言だと思いますが――〝いかなる稀有の運命によって、一個人の努力が、かくも〟――」

「そんなに?」ブロンドのあごひげが、半泣きの子供の顔のようにふるえた。「そんなに有名なのか!」

「そんなに有名ですとも!」グレスキュ氏は保証した。「近代絵画がその人とともに栄光への道を踏みだした、といわれるのはだれのことです? そのデザインと、特殊な色彩処理で、その後五世紀にわたって建築界を支配した人物、都市設計からあらゆる工業デザイン、そして衣服の素材にまで圧倒的な影響を与えた人物とは、だれのことです?」

「おれ?」とモーニエルが弱々しくたずねた。

「そう、あなたです! 美術の全歴史において、かくも巨大な影響を、かくも広汎な分野に、しかも長期にわたっておよぼした人物は、ほかにひとりも見あたりません。だれをあなたと比較できるというのですか? 歴史上のどんな画家をあなたと比較できるというのですか?」

「レンブラント?」とモーニエルはかいがいしく口をはさんだ。「ダ・ヴィンチ?」

グレスキュ氏はせせら笑った。「レンブラントやダ・ヴィンチをあなたと同列に? めっそうもない。彼らには、あなたの多方面性、あなたの宇宙的視野、あなたの総合的感覚が欠けています。いや、絵画の世界だけをとりあげても、あなたに比肩する人物は見あたりますまい。文学の世界でなら、あるいは……たぶん、シェイクスピアなら――あの巨大な人間理解の幅と、オルガンの響きにも比すべきあの詩の韻律、後世の英語に与えた莫大な影響――しかし、シェイクスピアでさえ、残念ながら、シェイクスピアでさえ――」グレスキュ氏は、悲しげに首を横にふった。

「わーお!」モーニエル・マサウェイはため息をついた。

「シェイクスピアで思いだしましたが」とぼくは口をはさんだ。「もしかして、デイヴィッド・ダンツィガーという詩人をご存じじゃないでしょうか？　彼の作品はどの程度残っていますか？」

「それはあなたのことですか？」

「ええ」西暦二四八七年からきた男に、ぼくはいそいそと答えた。「そう、デイヴ・ダンツィガーはぼくです」

彼はひたいにしわを寄せた。「ちょっと思いだせませんが――あなたの詩はどんな流派に属していますか？」

「さあ、いろいろな名前があるので。いちばん通りがいいのは反写象派かな。反写象派、または後期写象派」

「いや」グレスキュ氏はしばらく考えたすえにいった。「この時代、この地域で、わたしの記憶している詩人は、ピーター・テッドだけですね」

「何者ですか、そのピーター・テッドとは？　聞いたこともない」

「では、この時代、まだ彼は発見されていないのでしょう。しかし、お断りしておきますが、わたしは美術の研究家で、文学の研究家ではありません。ですから」と、グレスキュ氏は慰めるようにつづけた。「かりにあなたが、二十世紀小詩人の研究家にご自分の名をたしかめられたなら、ただちにその返答が得られるだろうことは、十分に考えられます。十分にありうることですよ」

横目でモーニエルをうかがうと、やつはベッドの上からこっちを見てにやついていた。いまでは完全に驚きから立ちなおり、この状況を全身の毛穴から吸収しているようすだ。この状況ぜんたいを。やつの評価を。ぼくの評価を。

ぼくは憎んだ。やつの五臓六腑のひとつひとつまでを。

なぜ、運命からそうしたあいさつを受けるのが、よりにもよってモーニエル・マサウェイでなくちゃいけないのだ？　ほかにまともな絵かきはゴマンといるのに、なぜこのホラ吹きのろくでなしが……。

そのあいだにも、ぼくの心は一カ所で堂々めぐりをつづけていた。ぼくは自分にこう言い聞かせた。つまり、これは芸術の正当な評価に歴史の遠近感が必要だ、ということが実証されただけじゃないか。考えてもみろ、時代の寵児であったのに、今日では忘れ去られた人間がいかに多いかを――たとえば、生前にはベートーヴェンよりもはるかに偉大だとみなされていた同時代人たち。いまその名を記憶しているのは、音楽史家ぐらいのものだ。とはいえ――

グレスキュ氏は、右手の人差し指にちらと目をやった。そこでは小さな黒点がたえまなくふくらんだり、縮んだりしている。「時間も残りすくなくなったようです」と彼はいった。「マサウェイさん、こうしてあなたのアトリエに立ち、生身のあなたに接するのは無上の喜びですが、もうひとつ、小さなお願いを聞きとどけていただけませんか？」

「いいとも」モーニエルはうなずきながら立ちあがった。「ご遠慮なく。あんたにはなんだってしてあげる。なにをしてほしい？」

グレスキュ氏は、これから天国のドアをノックするかのように、大きく息を吸いこんだ。「できればーーもしおさしつかえなければ――いまとりかかっておられる御作を拝見できませんか？　マサウェイ作品を、未完成のかたちで、まだ絵具の乾いていないうちに、この目で見ることができるとは――」とても現実の出来事とは信じられない、といいたげに彼は目をつむった。

モーニエルは優雅に身ぶりしながら画架へ近づくと、覆い布をとりはらった。「こいつの題は――」

声がテキサスの底土のようになめらかになった。「模様のある小立像第二十九番とでもするつもりだが」

ゆっくりと喜びを噛みしめるように、グレスキュ氏は目をひらき、身を乗りだした。「でも――」と、長い沈黙のすえに彼はいった。「まさか、これがあなたの作品だとおっしゃるのではないでしょうね、マサウェイさん？」

モーニエルは意外そうにふりむき、その絵をつぶさにながめた。「いや、おれの作品ですよ、まちがいなし。模様のある小立像第二十九番。見おぼえあるだろう？」

「いや」とグレスキュ氏。「見おぼえはありません。そのことを心から感謝したいほどです。ほかのなにかを見せていただけませんか？　もうすこし最近のものを？」

「あれがいちばん最近なんだけどな」モーニエルはかすかな不安のまじる声で答えた。「ほかは初期のものばかり。じゃ、これなんかどう？」棚から一枚の絵をひっぱりだした。「模様のある小立像第二十二番。初期の最高作だと思うよ」

グレスキュ氏はぞくっと身ぶるいした。「絵具のしみの上に絵具のしみがついているとしか思えませんが」

「そのとおり！　できれば〝なすくりぬたくり〟と呼んでほしいな。もっとも、あんたのような研究家にそれをいうのはヤボか。ところで、これが模様のある小立像第――」

「その――その小立像とやらは、あとにしていただけませんか、マサウェイさん」グレスキュ氏は哀願した。「できれば、色彩を使った御作を拝見したいのです。色彩とフォルムのあるものを！」

モーニエルは頭をかいた。「このところずっと、色彩を使った仕事はしてないんだ。おっと、待てよ！」そこでぱっと顔を輝かせ、棚のうしろをごそごそ探しはじめた。やがて、彼は一枚の古いカンバスを持って現われた。「赤紫の時代のは、あんまりとってなくてね。これがその数すくない一枚」

「これはどういうことなのだろう？　いったいこれは――」グレスキュ氏はひとりごとのようにつぶやくと、両肩を耳にくっつくほどすくめた。美術評論家の仕事ぶりを一度でも見たことのある人間なら、たちまち思いあたるあのしぐさだ。それをやられたらさいご、もう言葉は必要ない。あなたがその絵を描いた当人だとしたら、あとの言葉は聞きたくもないはずだ。

いまのモーニエルは、しまってある絵を必死でひっぱりだしていた。それをグレスキュ氏に見せると、むこうは吐き気をこらえるように、のどから異様な音を出す。そこでモーニエルは、またもやほかの絵をとりだしにかかる。

「わたしには理解できません」木枠に張ったカンバスの散乱する床を見つめながら、グレスキュ氏はいった。「明らかにこの時代のあなたは、まだ自己と真の技法を発見しておられないようですな。それにしても、わたしはやがて出現するであろう天才の萌芽、その暗示といったものを探しもとめました。そして見いだしたものは――」当惑したように、彼は首を横にふった。

「これはどう？」モーニエルは荒い息でたずねた。

グレスキュ氏はその絵を両手で押しもどした。「どうか、あっちへやってください！」そういってから、自分の人差し指にまた目をやった。さっきと比べて、黒点の伸縮のスピードが鈍ってきたようだ。「まもなくおいとましなくてはなりません。それにしても、さっぱり理解できない。そうだ、おふたりにお見せしたいものがあります」

グレスキュ氏は紫色のボックスにはいると、一冊の本をたずさえて現れた。そしてわれわれを手招きした。モーニエルとぼくはグレスキュ氏の背後にまわり、彼の肩ごしにそれをのぞきこんだ。奇妙な金属性の音を立てて、ページがめくられていく。ひとつだけはたしかだ——それは紙じゃない。そして、扉のページが出た……

『モーニエル・マサウェイ全画集。1928—1996』

「きみは二八年生まれか？」ぼくは詰問した。

モーニエルはうなずいた。「一九二八年五月二十三日」そういうと黙りこんだ。なにを考えているか見当がついたので、ぼくはすばやく暗算した。六十八歳。自分の寿命をはっきり知らされる人間なんて、そうざらにはいない。六十八歳——わるくないじゃないか。

グレスキュ氏は最初のページをひらいた。

いまでもそのときの印象を思いだすたびに、膝の力がすうーっと抜けて、逆に折れ曲がったような気がする。そのカラー印刷の抽象画は、それまでのぼくが想像もしなかったものだ。まるでそれまでのあらゆる抽象画家の仕事が、にわかに幼稚園なみの見習い修業になったみたいだった。

それを見せられたら、だれだって感銘を受けずにはいられないだろう——すくなくとも目がついているなら——たとえそれまでの好みが、具象絵画にかぎられていても。いや、それどころか、それまでどんな流派の絵にも関心をもったことがなくても。

オーバーといわれるかもしれないが、ぼくは涙がこみあげてきた。美に対していくらかでも感受性のある人間なら、おなじように反応したはずだ。

だが、モーニエルはちがう。「ああ、そのてのやつか」とつぜん天啓にうたれたような口ぶりで、彼はそういった。「どうして最初からそういってくれなかったんだ？　そのてのやつが見たい、と」

グレスキュ氏は、モーニエルのうすぎたないTシャツをぎゅっと握りしめた。「こういう絵が何枚もあるとおっしゃるのですか？」

「何枚もないよ。たった一枚だけ、先週、ちょっとした実験のつもりでやってみたんだが、出来が気にいらなくて、この下に住んでる女の子にくれてやった。見たいかね？」

「ええ、もちろん！　願ってもない！」

モーニエルは手をのばして画集をうけとると、それをベッドの上へむぞうさにほうりだした。「わかった。じゃ、おいでよ。ほんの二、三分ですむから」

階下へ向かいながらも、ぼくの頭のなかは煮えたぎるように混乱していた。ひとつだけ確実なのはジェフリー・チョーサーがアルジャーノン・スウィンバーンより前の時代に生きたこととおなじぐらい確実なのは――こういうことだ。モーニエルがこれまでにやったこと、またこれからやるだろうことは、美学的にあの複製の足もとから百万キロ以内にも寄りつけない。たとえやつの強がりや、あの無尽蔵のうぬぼれをもってしても、それぐらいは当人にもわかっているはずだ。

モーニエルは二階下のドアの前で立ちどまり、ノックをした。返事はない。しばらく待ってから、もう一度ノックをした。やはり返事はない。

「ちえっ、留守らしいな。あの絵はぜひ見せたかったのに」

「わたしも、ぜひ見せていただきたい」グレスキュ氏が熱望をこめていった。「あなたの成熟した作品の面影を宿したものなら、なんによらず拝見したい。しかし、なにぶん、もう時間が――」

モーニエルがぱちんと指を鳴らした。「そうだ、思いだした。アニタは猫を飼っててね、留守にしたときは餌をやってくれとたのまれて、部屋の鍵をあずかってるんだ。ひとっ走り上へ行って、とってこようか?」

「ありがたい!」グレスキュ氏はうれしそうにいってから、ちらと人差し指に目をやった。「しかし、どうか急いでください」

「こころえた」そういうと、階段を駆けあがりしなに、モーニエルはぼくの目をとらえた。そして、例の合図をやってみせた。われわれが〝買い物〟のときにいつも使う合図だ。意味はこうなる。「やつに話しかけろ。やつの注意をそらせ」

わかった。あの画集だ。これまでいやというほどモーニエルの活動ぶりを見てきたぼくは、たちまち思いあたった。やつがむぞうさにあの画集をベッドにほうり投げたしぐさは、ただのむぞうさなしぐさじゃない。わざとそれをすぐ目につく場所へ置いたのだ。やつはこれから部屋へとってかえし、それを目につかない場所へ隠すつもりだろう。そして、グレスキュ氏の出発時刻がきたときは——そう、あの画集を持ち帰りようがないという寸法。

そつがない? くそいまいましいほどのそつのなさだ。そして、モーニエル・マサウェイは、モーニエル・マサウェイの絵を描く。ただ、それを描くのではない。

コピーするのだ。

その間、さっきの合図でひらいたぼくの口は、自動的にしゃべりはじめた。

「グレスキュさん、あなたはご自分でも絵をお描きになるんですか?」とたずねた。これがうまい話の糸口なのはわかっていた。

「いや、いや! もちろん、子供のころは画家になりたいと考えたこともあります——たいがいの批評家はそうでしょう——それに、習作めいたものを二、三枚、描いたことがないとは申しません。しかし、どれもひどいものでした。まったく、ひどいものでした！　絵を描くより、絵に関する文章を書くほうがずっと楽なことに、わたしは気づきました。そして、モーニエル・マサウェイの伝記を読んだとき、これこそ自分の研究分野だとさとったのです。彼の絵に共感できただけでなく、彼の人柄も好ましく思えました。これも理解できないことのひとつなのですがね。現実の彼は、わたしの想像とまったくちがっていました」

ぼくはうなずいた。「わかります」

「もちろん、重要人物に後光やロマンスをつけたすのは、歴史のつねです。何世紀かの美化のプロセスによって、彼の人格が——しかし、これ以上とやかくいうことは控えましょう。ダンツィガーさん。あなたは彼の友人でいらっしゃる」

「この世界に、もし彼の友人がいるとすればね」とぼくはいった。「せいぜい、その程度ですよ」

そのあいだも、この一件のつじつまはどう合うのかと、ぼくは首をひねった。だが、考えれば考えるほど頭がこんぐらがってくる。つまり、そのパラドックスにだ。いまから五百年後に出版される画集で見た絵を描いて、どうしてモーニエル・マサウェイは五百年後に有名になれるのか？　いったいその絵の作者はだれなのか？　モーニエル・マサウェイか？　画集ではそうなっているし、画集を手に入れたいま、やつはきっとそうするだろう。しかし、それはたんなるひき写しだ。とすると、もとの絵の作者はだれなのか？

グレスキュ氏は心配そうに人差し指を見つめた。「そろそろ時間切れです——もう、ほとんど残りがない！」

彼はぼくをしたがえて、階段を駆けのぼった。アトリエに飛びこみながら、ぼくは画集のことで持ちあがるだろう口論を覚悟した。あまりいい気分じゃなかった。グレスキュ氏にはとても好感が持てたから。

　画集はそこになかった。ベッドはからっぽ。ほかにもうふたつ、そこにないものがあった——タイム・マシンと、モーニエル・マサウェイだ。

「彼が乗っていってしまった！」グレスキュ氏はあえいだ。「わたしをここへ置きざりにして！　きっと彼はそこまで計算したのにちがいない。なかへはいってドアを閉めるだけで、タイム・マシンは未来へ帰るだろう、と！」

「そう、やつはおそろしく計算の立つ男ですからね」ぼくは苦い気分でそう答えた。ここまでは予想していなかったのだ。こうなるとわかってたら、手を貸したりはしなかったのに。「たぶんやつは、あなたの時代の人びとを納得させるような物語もちゃんと用意したでしょうね。二十五世紀へ行けば高名な偉人として通るのに、やつが二十世紀であくせく苦労して暮らすと思いますか？」

「しかし、たとえ一枚でも絵を描いてくれとたのまれたら？」

「おそらくこういうんじゃないでしょうか。生涯の画業はすでにすませたから、もうそこになにかをつけたしたくはない、てなことを。きっと講演旅行でしこたま稼ぐんじゃないかな。ご心配なく、やつのことだから、そつはありませんよ。心配なのはあなたのことです。あなたはここに釘づけだ。救助隊がくる見込みはありますか？」

　グレスキュ氏は情けなそうに首を横にふった。「受賞した学者は、帰還しない場合を考慮して、免責確認書に署名するきまりです。あのタイム・マシンは五十年に一度しか使用されません——それまでにはほかの学者が、バスチーユ監獄襲撃とか、釈迦の誕生とか、そういう事件を目撃する権利を要求するでしょう。そう、あなたの言葉をかりるなら、わたしはここに釘づけです。この時代に生きるのは、つらいものでしょうか？」

ぼくは力づけるように、彼の背中をぽんとたたいた。ひどくすまない気分だった。「そうつらくもないですよ。もちろん、社会保障カードが必要になるが、あなたの年齢で新しく発行してもらえるかどうかは疑問。それにおそらく——たしかなことはいえないけど——ＦＢＩか移民局があなたを尋問にくるかもしれません。いわば、あなたは一種の不法入国者なんだから」

グレスキュ氏は青ざめた。「おお、なんということだ！　それは困った！」

ぼくがあるアイデアを思いついたのは、そのときだった。「いや、困りはしません。いいですか。モーニエルは社会保障カードを持ってます——二年前には就職してましたから。それに、やつは出生証明書を、ほかの書類といっしょに、戸棚の引き出しにしまってる。だから、やつになりすましてはどうです？　やつがあなたを偽者だと訴えるおそれは絶対にないんだから！」

「わたしにできるでしょうか？　つまり——彼の友人や親族が見たら——」

「両親は亡くなったそうだし、親戚がいるって話も聞きません。それに、さっきもいったとおり、友人と名のつくのはぼくだけです」ぼくはグレスキュ氏をしげしげとながめた。「だいじょうぶ、ごまかせますよ。あごひげを伸ばし、ブロンドに染める。その程度のことで。もちろん、さしあたっての問題はどうやって生活費を稼ぐかだ。いくらマサウェイの作品と、そこから派生した美術運動にくわしくても、この時代ではちょっと金になりそうもないですから」

グレスキュ氏はぼくの手をつかんだ。「絵を描きます！　画家になることは長年の夢でした！　たいした才能はないけれども、あなたの時代にはなかった新しい美術の動き、あらゆる種類の造形革命を知っています。おそらくそれがあれば――たとえ才能はなくとも――三流ないし四流のレベルで口すぎをするには十分でしょう！」

　そのとおりだった。たしかにそのとおり。だが、三流ないし四流のレベルではなかった。一流のレベルだ。グレスキュ・モーニエル・マサウェイ氏は、現存する最高の画家になった。そして、だれよりも憂鬱な画家に。

「あの人たちはいったいどうしたというのです？」最近ひらかれた個展のあとで、彼はたまりかねたようにぼくにたずねた。「わたしをあんなふうに賞賛するなんて！　わたしにはひとかけらの才能もないのに。すべての作品が完全な模倣です。これでもなんとかして独自のものをうちだしたいと、あらゆる試みをしたんですよ。だが、マサウェイに傾倒しすぎたためか、どうあがいても自分の個性が出ない。それなのに、あのまぬけな評論家たちときたら、わたしの絵を絶賛するのです――わたしのものでさえない作品を！」

「じゃ、あれはだれの作品なんですか？」ぼくはその答えが知りたかった。

「マサウェイですよ、もちろん」彼はみじめな口調でいった。「タイム・パラドックスは存在しない、そうわれわれは考えていました――それに関する学術論文をあなたに見せてあげたい。なにしろ、それだけでひとつの図書館を占領しているんですから――時間理論の研究家はこう力説するわけです。たとえば、ある一枚の絵が、未来の複製から模写されたものであるがゆえに、オリジナルは存在しない、なんてことはありえないじゃないか、と。しかし、いまわたしのやっていることは、まさにそれなんだ！　わたしは自分の記憶をもとに、あの画集をコピーしているんですから！」

　ぼくは彼に真実を話してやりたかった――彼はとてもいいやつだから。とりわけ、本物で偽者のマサウェイと比べた場合には。それに、彼はとても悩んでいる。

だが、話せなかった。

つまり、こうなんだ。彼はあの画集のひき写しをするまいと、必死に努力している。そう思いつめるあまり、あの画集のことを考えるのも、いや、それを口にするのも避けているほどだ。そんな彼から、最近になって、ようやくぽつりぽつりと聞きだすことができたのは、どんな言葉だと思う？　なんと、彼はもうあの画集の絵を思いだせないというのだ。ほんのおぼろげにしか！

もちろんそうだろう――彼こそが本物のモーニエル・マサウェイであって、パラドックスはどこにもないのだから。しかし、かりにぼくが、あなたは記憶のひき写しをやっているのでなく、事実その絵を創造しているのだと教えた場合、彼はいまあるわずかな自信までなくしてしまうだろう。だから、たとえ彼が自分を偽者だと思っていても、そのままにしておくしかない。偽者なんて、とんでもない話なのに。

そこで、ぼくは彼をなだめつづけるのだ。「いいじゃないですか。稼ぎは稼ぎ」

ウィル・スタントン

ガムドロップ・キング

The Gumdrop King

by Will Stanton

はじめ、レイモンドが空飛ぶ円盤かな、と思ったそれは、頭の上をさっと通りすぎて林のなかへ消えてしまった。レイモンドは二、三歩そっちへ行きかけてから、たぶん円盤じゃないよな、と思いなおした——どっちかというと、シリアルを入れるボウルみたいだ。レイモンドは向きをかえ、小道を抜けてライオンの落とし穴へ行ってみた。落とし穴はからっぽだった——いつもそうだ。一度、もうちょっとでカンガルーを生け捕りにしかけたが、逃げられてしまった。

落とし穴のむこうには、お宝の箱を埋めた場所がある。レイモンドはそれを掘りだして、だいじょうぶなのを見きわめてから、もっと安全な場所へ埋めなおした。それから小川のそばを歩いて、幸運の石を探しまわった。さっき円盤が下りていった林のなかの草地へやってきたのは、それから半時間ぐらいしてからだった。

パイロットは木の切株にもたれてすわり、草の葉をしゃぶっていた。背丈はレイモンドとどっこいどっこいか、すこし小さいぐらい。耳はとんがり、ぴっちり体についたグリーンの服を着ている。レイモンドは用心深く近づいた。

「きみ、新しくきた子？」

相手はにっこりした。「ぼくの名はコルコ。まあ、新しくきたってことになるのかな——ここは前にいっぺんもきたことがないから。ほんとの話、自分がどこにいるのかよく知らないんだ」

「ここは、ぼくんちの裏の林のなかだよ」とレイモンドは教えた。それから宇宙船を指さして、「あれ、きみのかい？」

「うん」コルコはいった。「いま燃料補給中さ——太陽エネルギー」にやっと笑って、「出発の前にスペア・タンクをいっぱいにしとくのを忘れちゃった」

レイモンドはうなずいた。「ぼくもときどきいろんなことを忘れるんだ。けさは歯を磨くのを忘れてね」

コルコは両脚を前にのばした。「まあ、なにもかも忘れないようにしろといったって、むりな話だよね。数が多すぎる」

「ぼくも姉さんにいつもそういうんだ」とレイモンド。「だけど、オーバーシューズをはくの忘れただけで、すっごく怒るんだよ」

「女きょうだいなんてそんなもんさ。ちがうかい？」コルコは両手を頭のうしろで組み、空を見上げた。「だから、ぼくはいつもあいつを檻のなかへ入れとくことにしてる」つけくわえて、「きみもそうしようと思ったことはない？」

レイモンドは小枝をひろって、皮をむきはじめた。「それはちょっとかわいそうだと思うけどな——檻のなかへひとりで閉じこめとくなんて」

「ひとりで閉じこめとくとはいってないよ」コルコは反論した。「いっしょに、トラも何頭か入れてやるんだ」

「トラ？　でも、そんなことしたら、食べられちゃうんじゃない？」

コルコはゆっくりと首を横にふった。「いや、だいじょうぶ。いまどきのトラじゃないから」

レイモンドは手をさしだした。「ガムドロップほしい？」

「ありがとう」コルコはひとつ口に入れて、考え深げにしゃぶった。「おいしいね。はじめて食べた」

「もひとつあげる」

「きみはいい人だな。妻はいる？」

「ううん、モリー姉さんとふたり暮らしだよ。でも、姉さんはもうじき結婚するんだ――ウォルターってやつと。ぼくは好きじゃないけど」

「ははあ――」コルコは腕組みをした。「きみは好きじゃないのか。ウォルターはなにをしてる人？」

「デベロッパー。結婚したら、この農場を開発するんだって」

「なるほど。どんなふうにやるんだい？」

「道路を作ってさ。それから木をみんな切りたおして、家を建てるんだよ」

コルコは体をひねって、草地のまわりを見まわした。「ぼくは木がたくさんあるほうが好きだな」

「ぼくもだ――姉さんもそう思ってるよ。でも、ウォルターはね、進歩にはさからえないって」

「アハハ――進歩ね」コルコは賢しげに首をうなずかせた。「ぼくの国でもそんな動きがあったけど、すぐにぼくがストップをかけた。ほんとだぜ」

「どうしてそんなことがやれるのかな」

「王様なら、どんなとてつもないことだってやれるさ。ぼくが王様だってことを話さなかったっけ？

ちょっと待って――」コルコはいったん宇宙船のなかへ姿を消した。まもなくピカピカの王冠を手にもどってきたが、それはひどくゆがんでいた。「ぼくはスズって金属が大好きなんだ。でも、へこみやすくてね。うっかり上から腰をかけちゃったらしい」コルコは王冠の裏から指をあてがって、もとの形に直そうとしはじめた。

「もちろん、正式の王冠は金だよ。これは旅行用の軽量王冠さ」コルコはそれを頭にのせた。「どう？」

「よく似合うよ」とレイモンド。

「きみがそう思ってくれるとはうれしいな。いつもみんなは、すてきですよといってくれるけど、あれはただのおせじ」コルコは暗い顔になって、地面を棒でつついた。

「ガムドロップあげよう」レイモンドはいった。

コルコはにっこりした。「きみはいい友だちだよ、レイモンド」ガムドロップを口にほうりこんでから、「きみの姉さんが結婚したい相手は、もうほかにいないの？　きみも気に入ってる相手が？」

「バーソロミューがいるよ。姉さんもバーソロミューが好きらしい。でも、結婚するお金がないんだって。絵かきなんだけど」

「結婚するのには、どれぐらいお金がいる？」

「わかんない。来月、展覧会があるんだよ――もしそれで賞がとれたら、絵が売れはじめるだろうって、バーソロミューはいってるけど」

コルコは手をふった。「もうとれたようなもんだよ。べつの絵も出したほうがいいと、彼にいってきたまえ。二等賞もとれたほうがいいからね」

「うん、そうする」レイモンドは宇宙船のほうへ近づいた。「これでどこかへ乗せてってほしいけど、むりだよね？」

コルコはかぶりをふった。「燃料補給中はむりだ。でも、きみがもしこの星のどこかへ行きたいんなら、テレポーテーションが使えるよ」

「ふーん」とレイモンド。「せんにピギーって友だちがいたんだけど、去年引っ越しちゃってさ。できたらあいつに会いたいな」

「なつかしいピギーか」コルコはいった。「むこうのうちへ行きたいかい、それとも、ここへ連れてきてほしいかい？」

「ほんとにそんなことができるの？　そんなに遠くまで人間を運べる？」

「運べるともさ。だれでも好きな場所へ運べる。わけないさ、ちょうどこんな――」コルコは中指を親指にこすりつけた。「ちょうどこんな――」二回目もうまくいかない。

レイモンドはパチンと指を鳴らした。「こんなふうに？」

「その鳴らしかたを教えてくれないかな。なかなかコツがつかめなくて」レイモンドは彼にやりかたを教えた。「こりゃよほど練習しないとだめだな」コルコがいった。「きみの友だちのピギーはどこに住んでるの？」

レイモンドは目をつむった。ピギーが西部へ引越したのは知っている――アイダホ州という遠いところだ。町の名前さえ思い出せたら！

「モスコーだ」と、いきなりレイモンドはいった。「そこに住んでるんだよ。連れてってくれる？」

「もう着いた」とコルコがいった。

ふたりは大きなテーブルの上で、そのまんなかに立っていた。まわりを円形にとりまいた十人あまりのおとなが、椅子にすわったまま体を凍りつかせて、ポカンとふたりを見つめていた。

「びっくりこ！」とコルコがうれしそうにさけんだ。「どれがピギー？」

レイモンドは彼の脇腹をつついた。「ここじゃないよ」

「どうも失礼」コルコがあいさつすると、広間は消え、ふたりはもとの草地にもどった。レイモンドはほーっと息をついた。

「なんてばかでっかい人たちと、きみは知り合いなんだ」コルコはいった。「あれはきっと巨人だね」

「知り合いなんかじゃないよ」とレイモンド。「あそこがどこなのかも知らない」

「おみやげを持ってきたよ」コルコは彼に小さな文鎮を手渡した。「ねえ、きれいなデザインだろう」

「鎌みたいなかっこうしてるね。それとハンマー。でもさ、だまって持ってきちゃだめ――いくらか払わないと」

「ははあ」コルコは王冠をぬぎ、ちょいとあらためてから、かぶりなおした。「だまって持ってきちゃいけないのか。いくら払う？」

レイモンドは五セント玉をさしだした。「これでたりると思うけどな。とにかく、ぼくはこれしか持ってない」

「じゃ、届けてこよう。きみはここで待っててくれ」いったとたんにコルコはいなくなった。

まもなく、コルコがにこにこ顔でもどってきた。「あの巨人たちは、すごいスピードで物事をやってのけるんだね。ぼくたちがあそこへ行ってからいくらもたたないのに――テーブルはひっくりかえってるし、椅子はこわれてるし、兵隊がいっぱい。なかでいちばんでぶの人を選んで、あのお金を渡したらさ、むこうはうしろへとびのいて、お金を床へ投げつけたよ」コルコは感心したように左右に首をふった。「あんなにおもしろい人たちと取引できて、とてもよかった」

それからコルコは宇宙船に近づいて、なかをのぞきこんだ。「もう発進用の燃料は十分だ。そろそろ行かないと」

「もう帰っちゃうの？」レイモンドはきいた。

「まず、太陽のそばを飛ばなきゃならないんだよ。太陽エネルギーをとるためにね。帰りの旅に必要なエネルギーをためるのに、十二時間ぐらいかかる」

レイモンドは小石を拾って、しげしげとあらためた。「じゃあ、もうきみとは会えないんだね？」

「やっぱり、帰らないとまずいから」コルコはいってから、つかのまレイモンドを見つめた。「きみ、もうあのガムドロップは残ってないだろうね？　あれの作り方がわかるなら、なんだって惜しくはないんだが」

「うちにはまだ袋にいっぱいあるよ」レイモンドはいった。

「ほんとかい？」コルコはうれしそうに笑った。「じゃ、王宮の錬金術師に製法を研究させよう。あしたの朝いちばんでここへくるからね」

「さよなら、コルコ」レイモンドは向きをかえ、家のほうへ歩きだした。

彼が家に帰ると、モリー姉さんはキッチンにいた。「遅かったわね。昼からずっとなにをしてたの？」

レイモンドは水を一杯飲んだ。「新しくきた子としゃべってたのさ。ピギーに会いにいったんだけど、あいつはいなかったよ」

「いいかげんになさい、レイモンド。ピギーは去年アイダホへ引っ越したのよ――知ってるくせに。まったくあんたの作り話ときたら――」モリーは首を横にふった。「早く手を洗いなさい。夕食ができてるから」

レイモンドは食卓にすわった。「姉さんは食べないの？」

「ウォルターと外食」

レイモンドは口をとがらせた。「ウォルターって好きじゃないな。ぼくたちをほっといてくれりゃいいのに。この農場、いまのままでおいといてほしいよ」

「知ってる。姉さんもそうしたいわよ」モリーは腰をかけ、テーブルの上に両手をおいた。「でも、わかってちょうだい、レイモンド。わたしたちふたりだけじゃ、とてもこんな広い土地の世話はできないわ」

「バーソロミューと結婚すればいいよ。そしたら、ここでいっしょに住んで、手伝ってくれるもんね」

「あの人は自分が食べていくだけでせいいっぱい。絵の買い手がつかないんだから」

「こんどはつくよ」レイモンドはジャガイモをほおばり、ミルクをがぶりと飲んだ。「来月の展覧会で、きっと一等賞をとるからね。そしたら、みんなが買いにくるよ」

モリーは手をのばして、弟の髪を手をなでつけた。「あんたって、お父さんの生きてたころそっくりね。世間知らずで、楽天家で。でも――」テーブルの上のひびを指でなぞりながら、「ひょっとしたら、それがいちばんいい方法かも」

「そうさ、きまってる。バーソロミューはきっと一等賞をとるよ。それと二等賞も」

彼女はほほえんだ。「大きな夢を見るのはすてきだけど、だれかが現実的にならなきゃね。いちばん自分のしたいことが、いちばんいいことだとはかぎらないのよ。あんたはとても成績がいいから、上の学校へ行けないとかわいそう。それにはたくさんお金がいるの。さあ、いいからもう食べなさい――姉さんは着替えをしなくちゃ」

ウォルターが姿を見せたのは、レイモンドが玄関のステップに腰をかけているときだった。モリーが戸口に出てきた。「時間きっかりね」とモリーがいった。

ウォルターは小道を登ってきた。りゅうとした身なりで、自分でもそれをみんなに見せびらかすつもりか、ゆっくりと歩いている。レイモンドをひややかにながめると、モリーに向きなおった。「見られたもんじゃないな、この子の服のよごれかたは。こんな宿なしみたいなかっこうで、外を出歩かせる必要があるのかね?」

「わかってるわ。でもね、ウォルター、いまは夏休みだし、この子はよく遊ぶし」

「では、そろそろよく勉強することもおぼえたほうがいいな。一日じゅう遊びほうけてないで。きびしい軍隊式の私立学校へでも入れたほうがいいんじゃないか」

「ウォルター、レイモンドはまだ子供よ」

「まだ子供?」ウォルターは腰をかがめて、レイモンドが手に持った文鎮をとりあげた。それをよく調べてから、怒りにふるえる手で、モリーにそれをさしだした。「こんなものをどこから手に入れた? レイモンド――答えろ!」彼の声は怒りでかすれていた。「いったいどこから手に入れたんだ?」

レイモンドはステップに目を落とした。「ぼくの知ってる子がくれたんだよ」

ウォルターはモリーに向きなおった。「聞いたかね？　きみが彼をろくでもない仲間と遊ばせるからだ」

「ウォルター、べつにたいしたことじゃないと思うわよ。子供って、いろんなものを集めるのが好きだから」

「ほう、そうだろうか？」ウォルターは文鎮を自分のポケットにしまいこんだ。「とにかく、この文鎮は、あしたの朝いちばんで当局へ届けることにする」

「ええ、あなたにまかせるわ」モリーはステップを下りはじめた。「じゃ、行ってくるわね、レイモンド。なるべく早く帰るから」

「うん」レイモンドはかたわらの紙袋をとりあげて、ガムドロップをとりだした。

「もうひとついっとくことがある」とウォルター。「そんなものを食べるのはよしなさい――虫歯になるぞ――医者代がかさむ。忘れちゃいけない」

レイモンドは考えぶかげにガムドロップを見つめた。

「レイモンド、お行儀がわるいわよ」モリーがいった。「ウォルターが話しかけてるのに。行ってらっしゃいって、いいなさい」

「行ってらっしゃい、姉さん」レイモンドはガムドロップを紙袋のなかへもどした。「さよなら、ウォルター」

ただいま追跡中

ロン・グーラート

To the Rescue

by Ron Goulart

ロボ・クルーザーはそうっと砂浜に着陸したあと、灌木の茂みに向かって軽快に滑走した。司令席のシートがビル・ヘリマンの体を前方に傾け、天井から下りてきた望遠チューブが、両眼の前にぴたりと落ちついた。

「どのコテージだ？」とビルはロボ・クルーザーにたずねた。静かな小さい入江の対岸はアルテシアン。惑星タラゴンにある、どれも似たり寄ったりの海岸町のひとつだ。

「赤屋根のついた青いあれですよ」とロボ・クルーザーは答えた。「報告書五四〇—四六にあるとおり」

「忘れてた」とビルは答え、依頼人の娘が泊まっているというコテージを見つめた。

ロボ・クルーザーが、録音された激励スピーチのひとつを再生した。「多角的調査社《マルチ・オプ》は、既知宇宙において最大の私立探偵事務所である」と、ビルの席の下で、スピーカー・システムがしゃべりだした。「それは当社が、最新の機器と最高の人材を揃えているからだ」マルチ・オプ探偵マーチの演奏がはじまった。

「ボリュームを落とせ」とビルは命じた。マルチ・オプ社の自動監視部は、家出したマックスウェル・アウトバナーの娘の行方を追いもとめ、彼女が惑星タラゴンのこの町にいることをつきとめた。ビルの任務は、ロボ・クルーザーの力をかりて、合成物質産業のボスの跡継ぎ娘を監視し、いまおかれている状況からうまく彼女を救出して、故郷の惑星バーナムへ連れもどすことにある。

「一杯どうぞ」とクルーザーがいった。

自然の木製のデスクのいちばん下の引き出しがひらき、バーボンの瓶が現れた。

「朝の十一時に酒なんか飲まないぞ」

クルーザーがタンブラーに酒をついだ。「一杯どうぞ」

ビルは隣の書類戸棚の上にバーボンを手つかずのままでおいた。監視中のコテージのサンデッキに、ひょろ長い手足をした若い金髪女が現れた。日焼けした長い両脚、黄色のシフトドレス。「なあ、あれがマージ・アウトバナーか?」

「一杯どうぞ」クルーザーはそういって、二杯目をついだ。

「よせよ」とビル。「また故障なんかするんじゃないぞ」

毛深くて肩幅の広い、日焼けした男が、サンデッキの上で家出娘に合流した。

「陶芸家にしちゃ、ずいぶんタフな感じだな」とビル。

「一杯どうぞ」とクルーザー。

いまや四杯のバーボンが書類戸棚の上にならんだ。

「まったくもう」ビルは立ちあがり、書類戸棚へ向かった。ロボ・クルーザーの修理マニュアルがそこにはいっている。このいまいましいクルーザーは、惑星タラゴンに到着してから、すでに一度故障を起こしている。そのために、マージ・アウトバナーの監視をはじめるのが一日遅れたのだ。

「きみの瞳に乾杯」クルーザーが望遠チューブにバーボンをゴボゴボついだ。

「よせったら」とビルはいった。修理マニュアルのはいった引き出しは、いくらひっぱっても開かない。ビルは書類戸棚をけとばした。

「いててっ」とクルーザー。

酒瓶が口述デスクの上に落下し、キャビンの照明がぜんぶ消えてしまった。

「お祭りだあ」クルーザーが陽気な裏声でいった。

非常口がポンとひらき、調査情報機から煙が出てきた。

「火事だあ」ビルはそうさけんで、黄色の砂浜へ飛び降りた。もくもく煙を吐きだすクルーザーをながめているうち、波間から一隻のモーターボートが現れ、大きくジャンプして砂浜を横切った。モーターボートはクルーザーの尾部に衝突し、あたりに銀色の塗料の薄片と、尾灯の破片をまきちらした。

「まいったな」ボートの乗り手の縮れた金髪の男がいった。「急にボートの操縦がきかなくなってね。ぼくの責任だ。いまから交信機で修理屋を呼ぶよ。ぼくの責任だ」

「一杯どうぞ」とクルーザーがいった。


クルーザーの修理店はアルテシアンの町にあった。マージ・アウトバナーが泊まっている陶芸家のコテージからは、約五ブロックの距離だ。

「これは光栄しごく」と修理主任のアーネスト・パイユートがいった。小柄な丸っこい男で、作業服には灰青色の油じみが点々とくっついている。

「現場の砂浜で修理してくれりゃよかったのに」とビルはいった。

パイユートは首を横にふった。「こういう特殊なクルーザーは、やっぱりここまで運んできて修理しないとね。マルチ・オプ社のクルーザーのように精度の高い機械を、あんなゴミだらけの海岸でいじっちゃまずいです」

いま、そのクルーザーは、涼しくうす暗い修理店のまんなかの船架《ラック》におさまっていた。隣の船架《ラック》では、アイスクリームの販売クルーザーの真下に、左右不ぞろいのソックスをはいた男が、仰向けに寝ころんでいた。

「どこの故障だろう？」ビルはプルートにたずねた。

「まだなんともいえませんね」と修理主任。「しかし、わたしのにらんだところ、ダイヤグラム統括センターじゃないかな」

「修理できる？」

「もちろん」パイユートはうなずいた。「しかし、マルチ・オプ社のクルーザーには、独特なタイプのダイヤグラム統括センターがついてるので、バーナムから新品をテレポート輸送しないと」

「時間はどれぐらいかかりそう？」

「わかってます、事件の調査中ですよね」とパイユート。「明日の朝では？」

ビルは不満そうにいった。「それより早くはならないかな？」

「コントロール収納部をいったん移動させなくちゃいけないし、カーペットをはがしたり、フロアランプをどけたりする手間もかかる。それに、尾部フェンダーも交換しないとね。ぺしゃんこのままで、ほうぼうを飛びまわりたくないでしょうが」

「隠密活動が多いんだ」とビルはいった。「外見はあんまり関係ない」

パイユートは微笑した。「ご心配なく。そっちは、ダイヤグラム統括センターの到着を待つあいだに直せます。この仕事は最優先順位で、ふたりの熟練工を専任につけますよ。エリックとマンフレッド。あれがマンフレッドです。いまアイスクリーム・ワゴンの下にいるのが」

「収納庫から道具を出せるかな？」ビルは小型盗聴器をそこにしまってある。

「だめです。収納庫のドアは、モーターボートの衝突でひらかなくなりました」

「なるほど、わかった。きょうの午後にもう一度連絡をとるよ」

「明日の朝には動けるようにしますから」自分の足で走りだしたビルに、パイユートがうしろから呼びかけた。


コテージの隣に立つヤシの木は、ほとんどビルの姿を隠してくれなかった。彼は極力身を低くしてうずくまり、耳をそばだてた。

「ねえ、早く」とサンデッキからマージ・アウトバナーの声がした。

たくましい陶芸家がくっくっと笑った。「いま行くよ、マージ」

「荷物はそんなにたくさんいらないわ。大至急のハネムーンだもの」

ビルは心のなかでうめきをもらした。

「そのとおり」と陶芸家がいった。「カラマリでちょいと豪華な週末を過ごしてから、またここへもどる」

「すてき」

「圧倒的だよ」

「大好き」

「ダーリン」

「こりゃまいったな」とビルは考えた。ふたりはカラマリへ駆け落ちする気らしい。カラマリは、砂漠を越えた八百キロ先にある賭博と結婚式専門のリゾート・タウンだ。

「じゃ、荷造りにとりかかってよ」とマージがいった。

「きみもそうしろよ、スイートハート」

ビルは考えた。きっと依頼人は、その結婚式にストップをかけたいだろう。彼は立ちあがり、サンデッキをとりまく青い壁をよじ登りはじめた。

「あんた、だれよ?」サンデッキに飛び降りたビルを見て、手足のひょろ長い金髪娘がいった。

「マルチ・オプ探偵事務所のヘリマンです」とビルは答えた。「考えなおしてもらえませんか、ミス・アウトバナー。われわれを雇われたお父上は、あなたのこの向こう見ずな行動をけっして喜ばれないと思いますよ」見たところ、この陶芸家はそんなにわるいやつじゃなさそうだ。しかし、まだ二年そこそこの探偵経験しかないビルにとっては、命令にしたがうのが最善の策。へたな考え、休むに似たり。

「バカなことをいわないで」とマージ。

大柄な陶芸家は陶製のフクロウを持ちあげると、ビルの脳天を一撃した。「これでも食らえ、のぞき屋」

ビルが息を吹きかえしたときはすでに夕暮れ、コテージはもぬけのからだった。

修理店にもどってみると、アーネスト・パイユートがこう報告した。「思ったほどの重症じゃなかったです。もう修理は完了。いつでも飛べますよ」

つまり、駆け落ち中のマージ・アウトバナーにとっては、二、三時間のリードしかないわけだ。マルチ・オプ社の高速クルーザーなら、すぐに追いつけるだろう。「そりゃ助かる」ビルはそういって、クルーザーのほうへ向かおうとした。

「待った」とパイユート。「その前に、クレジット書類にサインしてください」

ちょうど日暮れどきにビルは出発し、砂漠を横切ってカラマリをめざした。

クルーザーの声がした。「ありゃりゃ」

「どうした？」ビルはモゴモゴとつぶやいた。回転椅子で居眠りしかけたところだ。

「自動監視部からの報告だと、マージ・アウトバナーと陶芸家のカリガンのクルーザーを、ノーマン・L・ヴィジョンという男が尾行してるそうです」

「ヴィジョンってだれだ？」

「調査情報ファイルを見てください」

「気をもたせずに説明しろ。時間の節約」

「その男は、ある誘拐団の首領と目されています」

「そりゃすてきだ」とビル。「マージと例のカリガンの行く先について、自動監視部はどういってる？」

「ふたりが乗ったレンタル・クルーザーは、いまカラマリに到着しました」

「こっちはあとどれぐらいで着く？」

「マップに出てます」

「教えろ」

「百六十キロ。半時間」

「わかった」ビルは腕を組んで目をつむった。

「フレッカー、ネイサン。身長百六十センチ、左膝に星形の傷痕」奇妙な上下動をくりかえしながら、クルーザーがいった。「別名ネイサン・フェース、ナット・フレッカー、ライトフット・ライリー。特技は温室強盗」

「なんだ、そりゃ？」とビルはたずねた。

「フレノイ、ウォルター・R。別名リトル・ウォーリー。身長百七十九センチ。左目は色盲。おっと」クルーザーは宙返りすると、砂漠に向かって高度を下げはじめた。

「おい、よせ」ビルは受信ボックスの中身とまじりあい、そこから体をひきはなそうともがきながらいった。

「フラーリングズ、フレスウィンガー、フレッツマン、フロッカー、フレッドスタイン」クルーザーはそこで黙りこんだ。つづいて、衝突の大音響。

「くそったれめが」とビルはいった。クルーザーは真っ暗闇の砂漠に不時着したのだ。今回は手の届く場所に修理マニュアルがあったので、ビルはクルーザーの点検をはじめた。

てんやわんやの半時間が過ぎたころ、だれかがドアをノックした。

用心しながら、ビルは外をのぞいた。

「なにかお困りですか？」声の主は、ほっそりした赤毛の若い女で、そのうしろにいるのは、背の低い、角ばった体つきの男だ。

「どなた？」ビルはドアごしにたずねた。

「プリシラ・リンクロス。ラルフ・ディーピング博士の助手です」

「やあ」とディーピング博士があいさつした。

「このすぐ先の村で、モティベーション・リサーチを実施してたんです」とプリシラが説明した。

「わたしたちのクルーザーへもどろうとしたら、不時着した艇が目について。お困りですか？」

ビルはドアをあけた。「このクルーザーが、どうしてもうまく機能しないんですよ。点検しても、どこにも異常がない。だけど、動かない」彼は若い女のむこうに目をやり、ディーピング博士に声をかけた。「あなたは機械に強いですか？」

「はばかりながら、これでもタラゴンでは指折りの機械心理学者だよ」とディーピング博士はいった。

「一流のモティベーション・リサーチ専門家でもあるし、精神分析医としての腕もわるくない。たとえばだよ、きみは不安にとりつかれているな」

ビルはそのふたりに、いま担当中の事件のことを物語った。マージ・アウトバナーがカリガンと駆け落ちをしたこと、ノーマン・L・ヴィジョンという男による誘拐事件発生の可能性のこと。

「いまからきみの艇を調べてみよう。問題がどこにあるかを」と博士がいった。

プリシラが艇に乗りこみ、ディーピング博士がそのあとにつづいた。

「みなさん、お酒はいかがですか？」とクルーザーがたずねた。

「じゃまをするな」とビル。

小柄なディーピング博士は艇内を歩きまわり、あっちこっちをつついて、クルーザーに質問した。十五分後に博士はいった。「これは興味深い症例だよ、ヘリマン君」

「はあ、ほんとに？」

「サイコロが二個ないかな？」

「そこのバーボンのはいった引き出しのなかです」

ディーピング博士はその引き出しからサイコロをとりだし、ビルに渡してこういった。「きみはサイコロの目を自力で左右できると思うか？」

「いいえ」

「ためしに7を出してみたまえ」

ビルは二個のサイコロをデスクの上でころがした。「7が出た」

「そのとおり」とディーピング博士。

プリシラは、いつのまにか大きな丸ぶちのメガネをかけていた。そのメガネを鼻の上に軽くずらせて、こういった。「ビル、あなたはマルチ・オプ探偵事務所の人たちとあまりうまくいってないでしょう」

「いや、うまくいってると思う」

「この人は大学で心理学を専攻したんです」とクルーザーがいった。「マルチ・オプへはいったのは、伯父さんのコネ」

「だまってろ」とビルはいった。「ぼくは探偵の仕事が好きです。しょっちゅう外を歩きまわって、いろいろな人に出会えるから」

郵便はがき

料金受取人払

板橋北局承認

777

差出有効期間
平成19年4月
10日まで
(切手不要)

1748790

板橋北郵便局
私書箱第32号

国書刊行会 行

フリガナ ご氏名		年齢	歳
		性別	男・女
フリガナ ご住所	〒 TEL.		
e-mail アドレス			
ご職業		ご購読の新聞・雑誌等	

❖小社からの刊行案内送付を　□希望する　□希望しない

愛読者カード

❖お買い上げの
書籍タイトル

❖お求めの動機

1. 新聞・雑誌等の広告を見て（掲載紙誌名：　　　　　　　　　　）
2. 書評を読んで（掲載紙誌名：　　　　　　　　　　）
3. 書店で実物を見て（書店名：　　　　　　　　　　）
4. 人にすすめられて　5. ダイレクトメールを読んで　6. ホームページを見て
7. その他（　　　　　　　　　　）

❖興味のある分野　○を付けて下さい（いくつでも可）

1. 文芸　2. ミステリ・ホラー　3. オカルト・占い　4. 芸術・映画　5. 歴史
6. 国文学　7. 語学　8. その他（　　　　　　　　　　）

❖本書についてのご感想（内容・造本等）、小社刊行物についてのご希望、編集部へのご意見、その他。

＊購入申込欄＊

書名、冊数を明記の上、このはがきでお申し込み下さい。
代金引換便にてお送りいたします。（送料無料）

書名：　　　　　　　　　　冊数：　　　冊

❖最新の刊行案内等は、小社ホームページをご覧ください。ポイントがたまる「オンライン・ブックショップ」もご利用いただけます。 http://www.kokusho.co.jp

---

＊ご記入いただいた個人情報は、ご注文いただいた書籍の配送、お支払い確認等のご連絡および小社の刊行案内等をお送りするために利用し、その目的以外での利用はいたしません。

「ヘリマン君」とディーピング博士がいった。「これは幸運な出会いだよ。たとえ偶然の出会いであってもな」

「博士はあなたのかかえる問題の原因を究明されました」と赤毛の若い女が教えた。

「へえ、もう？　たったの十五分で？」

「べつにむずかしくはない」とディーピング博士。「きみが乗っているこのクルーザーは、報復的念動行為の犠牲者らしいな」

「というと？」

「きみには超能力がある」ディーピング博士はいった。「基本的に、きみはいまの仕事とクルーザーへの反感をいだいている。ヘリマン君、きみだよ、このクルーザーの不調の原因は。今回がはじめてじゃないだろう、このクルーザーが故障を起こしたのは？」

「ええ。ここ二、三カ月、ずっと故障つづきでした」

「その故障がだんだんひどくなってきた？」

「うーん、そうですね。そういえば、きのうは海からとつぜんモーターボートが飛びだしてきて、砂浜の上のクルーザーに衝突したんです」

「それだよ、それ」とディーピング博士。

「つまり、あれもぼくがやった、と？」

「もちろん」

ビルは首を横にふった。「信じられない。それはとにかく、いったい今回のトラブルの原因はなんですか？　どうしたら修理できますか？」

「原因はダイヤグラム統括センターにある。きみはそれを混乱させたんだ」いいながら、ディーピング博士は、クルーザーの壁を軽くなでた。「このクルーザーは修理ドックまで曳航する必要があるな」

「とんでもない！　そんなことをしてたら手遅れだ。こっちが追いつく前に、ヴィジョンという男が、マージ・アウトバナーを誘拐してしまいます」

「わたしたちは二、三分後にカラマリへ出発の予定なの」とプリシラがいった。「よかったらあなたも同乗なさい」

「じゃ、いま携帯用パックを持ってきます。自動監視部との連絡用に」

ディーピング博士はクルーザーの壁をさすりつづけた。

顔からグリースのよごれを拭きとりながら、ディーピング博士がいった。「こんどはきみのクルーザーほどの重症じゃないな」

ビルは不時着した博士の黒いクルーザーのそばに立ち、乗降口にいるプリシラから目をそらしていた。「つまり、あなたのクルーザーの故障もぼくのしわざ？」

「疑問の余地なくね」ディーピング博士はいった。「念動エネルギーが消費された有力な証拠がある」

「修理できますか？」

「二時間ほどかかるが、だいじょうぶだ」

ディーピング博士のクルーザーが、巨大なネオン都市カラマリの町はずれにさしかかったときは、すでに午前の中ごろで、日ざしがまぶしかった。

「自動監視部の報告によると、アウトバナーの娘とカリガンが、いまさっき、シェリダン通りにあるラッキー・モージョ・ホテルのタワー礼拝堂へはいっていったそうです」ビルはいった。「そこで下ろしてもらえますか?」

「いいとも」とディーピング博士。

「あなたのいってた誘拐屋のヴィジョンは、いまどこに?」プリシラがたずねた。

「じつはね」ビルは口ごもった。「じつは、彼を監視中の査察機まで調子がおかしくなったらしくて。ここしばらく報告がはいってこないんだ」

「気をつけてね」と赤毛の若い女はいった。

ディーピング博士はクルーザーをラッキー・モージョ・ホテルの前に着陸させた。「プリシラは、これからわたしの家でいっしょに研究にとりかかる。きみもこんどの仕事が終わったら、ぜひ遊びにおいで」

ビルはクルーザーから飛びだすと、ホテルに駆けこんだ。「結婚式のチャペルは?」とアンドロイドのボーイにたずねた。

「エレベーターの二十二番から二十六番まで。四十階です」

「ありがとう」

「ラッキー・モージョ・ホテルにようこそ」とエレベーターがいった。

「四十階」とビル。

そのエレベーターの乗客は、ビルと、格子縞のヤムルカ(ユダヤ教徒の小さな縁なし帽)をかぶったあごひげの男だけだった。

エレベーターのドアが閉まり、上昇した。

「いま気がついたが」とあごひげ男がいった。「きみのチュニックには油じみがついてるな。機械に強いのか？」

「いいえ」とビルは答えた。

しばらくして、エレベーターがいった。「モージョ、モージョ、モージョ」エレベーターは39と書かれた階数パネルを通過したところで停止してしまった。

「くそ」とビルはいった。「警報ボタンを押さなきゃ」

「その必要はない」あごひげの男が答えた。「エレベーターの非常脱出口をあけて、四十階までケーブルをよじ登ろう」

「はあ？」

「さあ、わたしを押しあげてくれ」身軽な動きで――とはいっても、一度ヤムルカを床に落としはしたが――あごひげの男はエレベーターの天井の非常口をあけると、その穴をくぐりぬけ、エレベーターの箱の上までビルといっしょによじ登った。

「さて、これから？」とビルはたずねた。

「ルーディ、スカイ？」男はくぼめた両手を口のそばにあてがいながら、呼びかけた。「そこにいるか？」

「ボス？　どうしました？」

「いま、エレベーター・シャフトのなかだ。この上のドアをこじあけてくれ」

「了解、ボス」

「きみも結婚式の出席者？」あごひげの男はケーブルをよじ登りながらたずねた。

「結婚式を食いとめにきたんです。それと、おそらくは誘拐事件もね。マルチ・オプ社の調査員ですよ」とビルはいった。「あなたも結婚式に?」

「いや」ひげ男はこじあけられたシャフトのドアをくぐりぬけた。「わたしはノーマン・L・ヴィジョン。ここへやってきた目的は、その誘拐さ」

彼はビルに手を貸して廊下までひっぱりあげると、つぎの瞬間、コインの詰まったソックスをつかんでビルをなぐりつけ、その場に昏倒させた。

逃走中のクルーザーの窓は、グリーンに着色されていた。ビルが息を吹きかえしたとき、すでにクルーザーはカラマリのダウンタウン上空を飛行中だった。

広い後部席でビルの隣にすわっているのは、手足を縛られ、さるぐつわを嚙まされたマージ・アウトバナー。その隣には、やはり縛られたカリガンの姿があった。

いまやあごひげのなくなったノーマン・L・ヴィジョンは、スタンガンを膝の上におき、ラウンジ・チェアにすわっていた。「最高の瞬間だ」と彼はビルにいった。「誘拐は大成功。人質のおまけもひとり」

ビルは考えた。機械を故障させる能力がぼくにある、というディーピング説は正しいのか?　いまこそそれを試す絶好の機会だぞ。彼は歯を食いしばり、目をつむった。

クルーザーの飛行はつづいている。

ビルは努力をつづけた。

クルーザーがオルガン音楽を演奏しはじめた。「なんだ、こりゃ?」とパイロットがいった。クルーザーは宙返りし、降下がはじまった。放送がやみ、クルーザーは市庁前広場にどすんと不時着した。

〈警察〉と書かれたオフィスビルから七メートルの距離に。

宿泊中のホテルから出たビルは、しばらく表の歩道でためらった。とうとう決心がつき、近づいてくる自動タクシーに手を上げた。その地上走行車がとまるのを待って、ビルは乗りこむと、ディーピング博士のアドレスを告げた。

車が走りつづけるあいだ、ビルは身を固くしてすわっていた。

しかし、タクシーはつつがなく目的地に到着した。

ジョン・スラデック

マスタースンと社員たち

Masterson and the Clerks
by John Sladek

「事業部活動の責任者は、非常の場合にあたって発動できる真の権限を付与さるべきである」

A・P・スローン『GMとともに』（田中融二訳）

第一部　だれもが事務社員！

第一課　ルッテ代理店

区画A　ジェルフォード氏

ヘンリーは、オレンジ色のカードに学歴と職歴と趣味を記入しおわって、受付係の隣の手すりから先への通行を許された。受付係は丸ぽちゃの若い美人で、おそらく素足もやわらかく、ピンク色なのだろう。毎晩、とりわけ日曜の晩は退屈なので、黒のシルク・ストッキングをはき、映画のキャメラの前でだれかとファックするのかも。ある映画で彼女を見た有名なアメリカの会社重役が異常な体験を味わった、なんてこともあるんじゃないか。

ヘンリーがうすグリーンの広い廊下を歩いたすえにはいったのは、家畜小屋めいた部屋だった。どの囲いにもデスクがひとつと、生きた人間がひとりずつ。黒い板張りの床は波うっている。コードからぶらさがった小さい白熱電球がいくら室内へ光を送りこんでも、その光はあっというまに暗い四隅にのみこまれる。ヘンリーは折り畳み椅子の第二列にすわった。隣にいるのは、盲目の男と、そのうちに有名ボクサーになるかもしれない黒人の男だった。盲目の男が連れている犬は、ヘンリーに目をやり、ヘンリーを見ていた。

ヘンリーは思いだした。ちょうどこれに似たオレンジ色のカードを手に、歯科医を訪ねたことがある。そのことを盲目の男か黒人の男にどう説明しようかと考えているとき、家畜小屋の奥で背の高い男が立ちあがり、彼を手招きした。

「ヘンリー」とその男が呼んだ。ヘンリーと盲目の男が同時に立ちあがった。

「いま、エモリーと呼んだかね？」と盲目の男がたずねた。

「いや、ヘンリー」

「え？　ヘンリー？」

「ヘンリー」

「ヘンリー！」と背の高い男がまた名前を呼び、波うつ床の上で彼を手招きした。ヘンリーはそっちへ歩きだし、ブレア氏と、クレメンス氏と、デュードヴァント氏と、ベイル氏と、ナイ嬢のデスクのわきを通りすぎた。

区画B　ニンド氏

ジェルフォード氏は、アルと呼んでくれ、とヘンリーにいった。アルは特殊なペンを使い、まるで歯科医が虫歯を調べるような調子で、オレンジ色のカードのあちこちに自分のイニシアルを記入した。小さく色の濃いアルの瞳が――それは人間の乳首そっくりで、小さな白い隆起に囲まれている――へンリーの毛髪もしくは歯をつぶさにながめた。

「ヘンリー・C・ヘンリー、そうだね？　Cはなんの略？」

ヘンリーが黙って相手を見つめていると、とうとうアルは孔版印刷のリストに両の乳首を向けた。

「ここには見あたらないようだ、無経験に近い人間向きの仕事はね。きみをニンド君に預けることにしよう」

ドン・ニンドは、口の真正面に受話器を構えたままで話をした。唇の内側にできたひどい口辺ヘルペスを隠すためだ。本人の疑念どおり、それは梅毒の発疹だった。

「わたしの懇意にしている小さなエンジニアリングの会社に、とてもやりがいのある仕事がある」とドンはいった。「経験はまったく不要。それに、きみの昇進も天井知らずだ。さあ、返事は？」

ヘンリーは体を前に倒し、ニンドのデスク・カレンダーの上に片手をおいた。「お願いします、ドン」と答えた。

第二課　面接

ほこりがうっすらと平均に積もった、がらんどうに近い部屋のなかで、マスタースン社長は計算尺と、クリップボードと、先のひっこむボールペンと、ケインズ＝キース共著の『スチームテーブル』という薄い本をいじりまわしている。ヘンリーはその前でじっとすわりつづけた。窓の外には無料給食の行列が見え、遠くではビルがひとつ、取り壊しのさいちゅうだった。制服警官が無料給食の行列に近づき、ひとりの男を行列からひっぱりだして、その顔をなぐりはじめた。おそらく被害者はあとで映画館へ行って、入場券を買い、男子トイレにはいって髪をとかすことだろう。

「きみはまじめで勤勉な働き手か？」社長がたずねた。

「はい」

白い蛆に似た指が計算尺に巻きついた。マスタースン社長の全身は、きっと溺死体のように白くぶよぶよなのだろう。不愉快なメガネは、オートバイ乗りのゴーグルめいた蝶番《ちょうつがい》つきで、ふたつの泡に似た無色の瞳をしっかり包みこんでいる。マスタースン社長の体内には大量の液体が含まれているらしい。

「きみはコツコツ働くたちか？」とマスタースン社長はたずねた。

「はい」

「きみがコツコツ働けば、会社はその努力に報いる」ヘンリーはその言葉をけっして忘れなかった。その言葉を一枚の紙きれに書きとめ、自分のデスクの引き出しのなかへテープどめした。それは一種のモットーとなった。

「では、初任給は五十ポンド」マスタースン社長の唇のすみが一種の微笑で持ちあがり、一本の虫歯をのぞかせた。

第三課　配列

マスタースン・エンジニアリング社は、そのビルの三階と四階を占めていた。ヘンリーは三階で働くことになった。ネクタイをクリップ留めし、ワイシャツの袖をひからびた肘の上までまくりあげた老人が、ヘンリーを下の階へみちびいた。そこはオーク製のデスクの前にすわった事務社員たちでいっぱいだった。その部屋で働く、体格も年齢もまちまちな男たちの数は、ぜんぶで一ダースにも、百人にも思えた。
さっきの老人は、痩せた両腕を大きくふりまわしながら、澄んだ高い声でヘンリーの仕事を説明しはじめた——

この書式を見たまえ
これがシステム・シート。
業務割当表がまわってきたら
そのたびにきみはこの余白にマークを入れ
業務割当表を見終わったら
このシートの余白に照合番号か
項目確認のマークを入れる。

このリストを見なさい
これが移動リスト、
この編集ずみの数字移動リストを見て
ここに部品番号を記入し
変更スケジュールのB行を調べて

ここに分類番号を記入し
そして、マークを入れる

各自の仕事にはイニシアルを記入するきまりで
そのきまりはこれからもつづく
通し番号をつけたすときは
かならず在庫リストにイニシアルを記入し
ここのこれを照合したときは
かならず調整表にイニシアルを記入する。
作業番号を記入し、
項目確認インデックスを記入し
(青と黄色の用紙だ)、
もしアルファベット順の目録に
しかるべき上役のスタンプとイニシアルがあれば
その図面の余白、または移動台帳の余白に
記号を入れなくてはいけない。

「すぐに慣れるよ……」老人はそこでウィンクすると、線画もどきの両腕を派手にふりまわし、それをしめくくりにして去っていった。ヘンリーはいろいろな新しい用紙の山をいじり、事務社員の歌をとぎれとぎれにつぶやいた。色鉛筆をとりあげては、また下においた。事務社員であることは、たのしいことばかりじゃなさそうだぞ！

ヘンリーは自分の心と相談したあげく、まわりの事務社員たちを観察し、そのまねをして仕事をおぼえようと決心した。彼のまわりには八人の事務社員が、つぎのような配列で着席していた——

クラーク・マーキー	ロバート(ボブ)・キーゲル	ハロルド・ケルムスコット
ウィラード・バスク	ヘンリー・C・ヘンリー	エドワード(エド)・ウォーナー
カール・ヘンカースマール	ロドニー(ロッド)・クランプ	エドウィン(エディ)・フッチ

ヘンリーは、九つのデスクが集まったこの区画の外にいる十六人、または四十人の事務社員の名前をなかなかおぼえられなかったが、まもなく〝コツをつかむ〟というか、みんなの仕事のリズムに溶けこむことはできた。ロッドまたはエド・ウォーナーからひとかかえの書類を受けとり、いくつかのクリップをはずし、二、三の書類に番号とイニシアルを記入し、ほかの書類からは番号またはイニシアルを消し、自己流に分類したあと、ふたたびクリップでとめて、それをボブまたはウィラードに渡すわけだ。

ウィラードは合衆国南部に生まれ、そこで育った。一方、ボブの妹はハイスクール在学中で、次席優等生の期待がかかっているらしい。さて、ボブまたはウィラードは、ヘンリーの仕事の一部、またはぜんぶを抹消し、その書類をクラークまたはハロルドまたはカールに手渡すと、こんどはその三人が、彼（ボブまたはウィラード）の仕事の一部、またはぜんぶを抹消し、その書類をロッドまたはエド・ウォーナー、または青二才のエディ・フッチに渡す。この区画に所属する全員は、まるで自分の前にだれひとりおらず、自分のあとにもだれひとりいないような調子で仕事をつづけている。数字は抹消されたり、訂正されたり、もとの数値にもどされたりする。書類はまず件名、つぎには日付、つぎには用紙の色、つぎには番号順、アルファベット順、英数字順によって分類される。おなじ書類がヘンリーのところへ、二度、三度と舞いもどってくることも多い。なんという悪循環！

第四課　ハッピーエンド

さいわい、遅かれ早かれ、あらゆる書類はホチキス係のカールにたどりつく。カールはそれをホチキスで綴じるか、それともこの部課の外へ永久に追いだしてしまう。仕事の流れ《ワークフロー》はこんなふうだ――

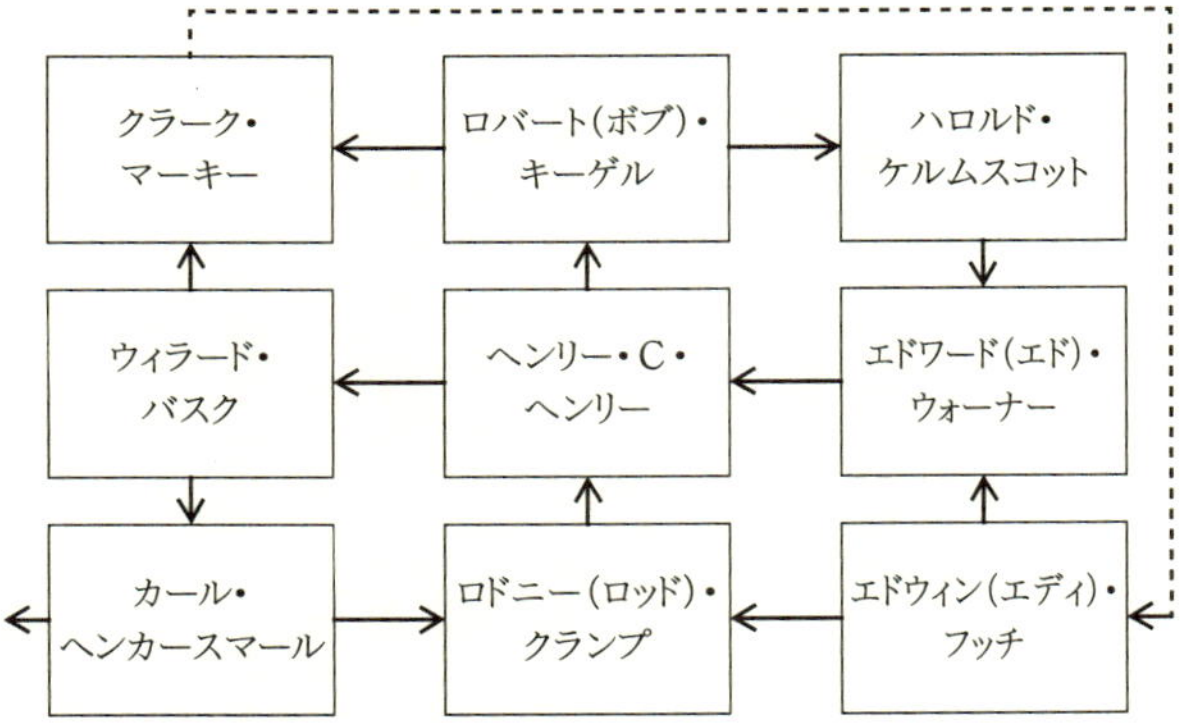

こうして、この手順はけっして犠牲にされることなく、ある種の進歩がなしとげられる。幸福な日々は、溶融ガラスのようにおたがいにまじりあう。

第五課　離脱

マスタースン社長はまったく三階に姿を見せない。社長は例の老事務社員を通じてすべての命令を送りつけ、老事務社員は毎朝メモを片手に階下へ降りてきて、そのメモを掲示板に画鋲どめする。天井にとりつけられたインターホンの拡声機が、パチパチ音を立てた。マスタースン社長の声だろうか。雑音のなかからある名前の輪郭がうかびあがる。ひとりの事務社員が立ちあがり、肩をそびやかし、階段を登っていく。彼はそれっきりもどってこない。

部屋のなかは、いまの離脱のことを話しあう事務社員たちの不安なざわめきで満たされる。これとおなじことは、過去に十数回以上も起きたらしい。呼ばれた連中はそれっきりもどってこなかった。

議論のすえにみんなが静まりかえる。事務社員のなかには腰に両手を当て、デスクによりかかるものもいる。インク吸い取り台を鉛筆でコツコツたたき、唾を吐くしぐさをしたり、椅子の背にもたれたりするものもいる。あごを横に動かしたり、鉛筆の芯をとがらせたり、紙〝コップ〟の水を飲んだりするものもいる。ボブ・キーゲルはリストの数字をロッド・クランプに読み聞かせつづけ、ロッドは小型加算機のボタンを押しつづける。カールはうわの空でホチキスをいじっている。大柄なエド・ウォーナー、心臓病と口臭のあるこの年長者は、ぐるっと椅子をまわして、エディ・フッチに話しかける。いまこの瞬間、もし五番街と四十二丁目の五百フィート上空で、爆弾（ヒロシマ・サイズの原爆）が破裂したら、きっとエドの影がエディのニキビだらけの顔を爆発の直接影響から守ることだろう。それとも、これはたんなる願望思考だろうか？

エドは若いエディにこう話して聞かせる。離脱した社員はもう死んだ。なにものも、この地上のいかなる力も、あの男を生き返らせることはできない。

「そんな話、よしてくださいよ。まったく。そんな話、よして……」

エディはトイレへ駆けだしていく。ほてってひりひりする頬からニキビをむしりとるためだ。ビッグ・エドは〝笑い〟という言葉の意味を考えた。

第六課　キーゲルとクランプ

ボブ・キーゲルとロッド・クランプは似た者どうしだ。ヘンリーは、鏡に映ったこんな像をよく空想することがある。自分の前にあるはずのボブの後頭部の代わりに、自分の後ろにいるはずのロッドの後頭部がある。明らかにその虚像はおなじものだ。

ふたりともすらりと背が高く、礼儀正しく、まるっこい顔、まるっこい肩、それにひょろ長い脚の持ち主だ。ふたりとも流行の服を着て、ものわかりのいい笑顔に、しゃれた逆毛を持ち、おなじ消費者雑誌を読み、それに刺激されて、おなじ商品を買うことが多い――アルコール、エアコン、アスコット・タイ、アタッシェ・ケース、ビールのジョッキ、ベレー帽、ブレザー、ブランデー・グラス、カメラ、カーペット、カー、猫、脱臭剤、ドア・チャイム、フィルターつきタバコ、ゴルフ・クラブ、帽子、ＬＰ、旅行カバン、8ミリ・カメラ、8ミリ映写機、電気シェーバー、銀器、スライド映写機、テープレコーダー、タイプライター、テレビ、歯ブラシ。

最初のうちヘンリーは、ロッドのソバカスと、ボブの半縁なしメガネで、このふたりの区別がつくと思っていた。だが、まもなく日ざしのせいでボブにもソバカスができた上、メガネに関してひどく神経質なボブは、だんだんメガネをかけなくなった。それと同時に、ロッドがおなじ型のメガネを買って、かけはじめた。日ざしを避けるロッドは、ソバカスも薄れはじめた。仲のいいふたりはよく似たサイズなので、服の貸借をはじめた。ときどき、冗談のつもりで、ふたりがデスクを交換することもある。どちらもおなじ調子の声でしゃべり、どちらもボウラーのように優雅な動きをする。

サッカーくじをはじめるのは、いつもボブかロッドだった。ふたりはコーヒーの出前を注文し、ユーモアたっぷりのビラを掲示板に貼りだし、慈善運動の発起人になり、遅刻や悪罵の罰金を徴収し、だれかが病気になったり、死んだり、結婚したときは、花を贈るために募金をする。このふたりの清潔な青年は、疲れを知らず、上機嫌で、オフィスの日常をとりしきっていた。ほかの連中はこのふたりを軽蔑していた。

第七課　お茶の時間

区画A　お茶の時間のアイデア

お茶の時間は、マスタースン・エンジニアリング社の古い伝統で、何年か前にマスタースン社長によって制定された。ある経営雑誌でつぎのような広告を読んだからだ——

お茶の時間で生産性の向上！

コーヒーという万能刺激剤を添えた午後の短い休息を与えることで、社員たちからより多くのエネルギーを引きだしてはいかが？　燃料の注入がエンジン出力を高めるように、コーヒーは疲れた精神と肉体に活を入れる。社員たちは喜んでコーヒー代を支払うだろう――それによって、あなたはより多くの生産性を収穫できる！

マスタースン社長が再三この問題にふれたメモにはこう記されていた。お茶の時間には多額の経費がかかるが、どんなことがあっても事務社員たちには幸福であってほしい。

区画B　お茶の時間の慣例

お茶の時間に、ヘンリーは事務社員の奇妙な言葉づかいをまなびはじめた。

最初に耳にはいったのは、非弁護士《ノン・ローヤー》クラーク・マーキーの言葉だった。「わたしがあの項目を完結化させたのはまちがいない」

カール・ヘンカースマールの厳粛な顔に、喜びの笑みがしのびこんだ。「完結化させた？　きみは〝完結化〟という言葉の意味を知らんな。いったい、それを処理したのか、改善したのか？　最終的支出の概算をやってみたのか？　それとも、たんに古い安定化計画を相関させただけか？　ふん！」

ハロルド・ケルムスコットが奇妙な新しい種類の鉛筆でコーヒーをかきまぜた。青い瞳に笑い声を含ませながら、「よしたまえ、カール。そういうきみがどんなにまずい能率促進係であるかは、みんなも知ってる。それに、きみは非保守的な評価者だ、わたしの推測がまちがってなければ」

カールは縁なしメガネをむしりとり、重い沈黙のなかでレンズを拭いた。より優れた意志の存在を認めるのは、カールにとってつらいことだが、彼はなんとかやってのけた。間隔のひらいた小さな両眼が動きまわり、挑戦可能な笑顔の持ち主を探しもとめた。

プライドが高く、かんしゃく持ちのカールは、話題がなんであっても、議論にひきこまれることが多い。とりわけ、ドイツに関する話題は得意中の得意で、興味深い統計学的数字をたくさん知っている。自分はドイツが第二次世界大戦に敗れた本当の理由を知っていると豪語し、相手があきらめるまで何度も何度もおなじ言葉を絶叫するという方法で、たいていの場合、どんな議論にも勝つ。これまで戦争に関する議論でカールに勝ったのは、エド・ウォーナーだけだ。エドは、ドイツが戦争に勝った、と主張したのだ。

区画C　義歯

カールがコーヒーをがぶりとひと口飲んでいった。「おれの推測だと、生産性向上の作業方式は、早ければ三月中旬までに更新されると思う」

ハロルドはほほえんだ。「しかし、それはとうてい控えめな見積もりといえないな。ちがうかね、カール？」微笑がオレンジ色のバルーンとなり、横柄で脅迫的なものになった。信じられない思いで、カールは相手の歯並びを見つめた。

ハロルドは控えめにコーヒーをかきまぜ、そこに生まれた虹をながめながら、きょう自分はふたつの矛盾を発見した、と発言した。

ふたつも！　低い賞賛のざわめきが周囲にひろがった。この町にはインディアン・サマー、それとも〝理想の〟夏が訪れ、アポロ劇場では新着映画が封切られた。ハリケーン〝パティー・スー〟は消滅しかけている。エディ・フッチの目は率直な英雄崇拝にうるみ、ハロルドはそれを優雅に受けとめた。ボブとロッドまでが七面鳥くじ売上金の勘定を中断し、おなじみの〝すばらしい〟というジェスチャーを見せた。

ただカールだけはハロルドに祝辞を述べなかった。「きみがその両方を項目別に記入したならいいが」と彼は不機嫌にいった。「しかるべき手順を踏む前にな」

「もちろん項目別に記入したとも。わたしがどうすると思った？　それを〝統一化〟するとでも？」とハロルドはあざけった。みんなが大声で笑った。カールの狼狽ぶりを見る喜びだけでなく、審問官の警句、または名言への賞賛として。

ハロルド・ケルムスコットを好きにならずにいるのはむずかしい。彼こそは真の事務社員であるばかりか、その名は十二世紀の昔、禁欲の誓いを破ったベネディクト派修道士にまでさかのぼる。いつだったか、あるビジネス専門校の事務社員志望者向きオリエンテーション・クラスを前に、ハロルドはこんな講演をしたことがある。

第八課　聖職

わが尊敬する同僚たちよ――

これまでこの世界には、人間が日々のパンを稼ぐ方法、事務社員族にとって、〝わが家にベーコンを持ち帰るための〟もっとドラマチックな方法（ここでフランシス・ベーコンの『肖像画の習作』（一九五三）または『頭部Ⅳ』（一九四九）、または『絵』（一九四六）のスライド映写）、たとえば、警察の捜査活動とか、集団催眠とか、あらゆる種類のスポーツと太刀打ちできるような方法が、そんなに多くありませんでした。

では、すべての社会的階層からあれほど多数のりっぱな若者をひきよせる事務社員の世界、紙と電話の世界とは、いったいなんなのでしょうか？　ちょっとおどけた言い方をお許し願えれば、〝ペンと鉛筆〟族に加入するのは、どんな気分のものでしょうか？（インク壺のなかから這いあがろうとする喜劇的人物のスライド映写。版権所有者はミッキー・マウスの創造者アブ・アイワークス。ブーという嘲りの声と、ネオライトの靴底がアームストロング・コルクの床にこすりつけられる音。警備員たちがスミス&ウェッソンの三八口径ポリス・スペシャル拳銃を握りなおし、すべてのドアについた頑丈なイェール錠へ無意識に目をやるが、H・Kは冷静だ）

それはなんだろう、とたずねるのが当然でしょう。なぜならそれはまだ答えられておらず、おそらくは答えられない質問であるからです。ということで、それはたずねずにおいて、紙の歴史に移りましょう。ご存じのように、最初の事務社員たちは古代都市に住み、そこで石の表面や粘土板や蠟板に文字を書いていました。しかし、あっというまに、彼らは僧侶という真の役割に移動したのです。（ここで野次がはいるが、講堂ぜんたいに満足感がひろがる。警備員たちは緊張を解き、なかにはキャメルやラッキーをくわえるものもいる。黒無地のビジネス・スーツを着たフォーマンとクラークは、どちらも家にベストと替えズボンを用意している。ハロルドは祝福のしるしに両手をひろげる。彼は小太りで金髪だが、きわめて真剣だ。純血のイギリス人で、丸い黒縁のメガネをかけ、トレードマークはひと房のくせ毛）そう、僧侶です。衝撃的な言葉ですが、なんと真実であることか！　みなさんは伝統に奉仕する僧侶となり、羊飼いとなり、つぎに羊の皮となり、さらに紙となるのです。みなさんの両手は、書式二八九―XB―一九六七Mの余白という、この上もなく白い羊の脇腹を愛撫するのです。儀式は数多く、また重要であり、そのルーチン、この宇宙を動かす無限の循環運動に、みなさんは一生を捧げるのです。みなさんの職場が、死、あるいは出生、あるいは結婚の登録局であるかどうかに関係なく、みなさんの仕事が、巨大な軌道に乗った文明を動かすのです。みなさんに神の祝福あれ！（講堂の前のほうから、警備員や消防士たちが消火ホースをかかえて入場し、タウンズリー＝ウォード・ポンプを使って、タウンズリー＝ウォード1½ノズルから放水する。講堂をからにし、つぎの講演の前に洗浄するためだ）

第九課　ジャックス・テレビ・ラウンジ

区画A　ロッド

ヘンリーはバーのカウンターの前に立ち、ロッドまたはボブと会話をはじめた。周囲では事務社員たちが、一種のグレゴリオ聖歌調で不平のカデンツァをつぶやき、ヘンリーは自分も事務社員のひとりであることを快く意識した。バーの片隅で完結化バージョンを完結化させる問題について論争中のふたりの事務社員と、彼は一体になった。べつの片隅で騒々しく三目並べをやっている連中と、彼は一体になった。カウンターの一端にいる三人の事務社員のひとりと、彼は一体になった。その三人の両腕はおたがいの両肩にかかり、数を十ずつかぞえていた。そのそばではべつの同志が、ほかのだれかに、一ドル札を折って指輪をこしらえる方法を伝授していた。ヘンリーの両手は紙を求めてうずいた。それを予想したのか、カウンターの上にはドリンク一杯ごとに紙ナプキンがついていた。ヘンリーは両手でそれを犯しながらしゃべった。

自分のグラスをのぞきこみ、ボブ（それともロッド）がいった。「まったくロブのやつは頭にくるよ。きょう、やつは項目インデックスをよこした——四枚複写で——そしたら、信じられるか？——あのまぬけめ、青のコピーをいちばん上にのせたんだ！」

「嘘だろう！」

「いや、ほんと。あの若いエディ・フッチでさえ、白のコピーがいちばん上にくることぐらいは知ってる。まったく、やるにことかいて」

ヘンリーは、マスタースンの子供時代のことを考えずにはいられなかった。

メモ——《わが子供時代》

社長室の認識によると、概して当社の社員たちは、わたしがどのように生まれ、どのように育ったかを、くわしく知らないようだ。その状況を改善したい。

わたしが母親の胎内に宿ったのは、その瞬間に母親の着用中の避妊具が、正しく装着されてなかったからである。それは金属製の小さなボタンで、長い針金製のコイルばねがついていた。そのコイルの末端を子宮頸管内にさしこみ、子宮内へ導いてから、ボタンが頸管の入口を完全に密封するまできちんとネジ留めしなくてはならない。しかし、装置自体の作動不良か、それとも母親がぴったり封印されることに気乗り薄だったことが原因で、ともかく不慮の妊娠が生じた。

こうしたことをわたしが知ったのは、二十一歳の誕生日のことである。干し草山の上で美人のいとこと戯れているさいちゅうに、日曜のディナー後の気分で、そのいきさつを聞かされたのだ。いまでも母の思い出は、キッチンの電気レンジのそばに無言で立つ、幻のような人影、バック・

バーナーの投げかけるオーラでしかない。母は鍋の中身をかきまぜるのが好きだった。わたしの知るかぎり、母は一度も口をきかなかった。

まもなくわたしは大学へ進学し、アセルスタン・スピルハウスの薫陶を受け、機械工学を神聖化して、熱力学を秘跡に昇格させることを人生の目標と定めた。しかし、この研究は、妹というか、異父姉妹の誕生で中断された。貧しい両親は彼女を養えなかったのだ。その後のことは知ってのとおり。

――マスタースン

ボブ（それともロッド）は話をつづけた。「つまり、早い話が、ぼくはそれらを促進したわけさ。もっとも、そのままにしておきたい気持ちは十分にあったがね。いわせてもらうと、最近ロブのやつが生みだす矛盾の多さは目にあまる。つい先週も発見したんだが、彼はある書類の日付更新をし、、、、、、、たそれも用紙不足というだけの理由で！」

「まさか！」ヘンリーは両手で耳をふさぎながらいった。

「だが、事実だ。しかも、彼はその書類に項目明細伝票をくっつけた。それに対する認可はどこにも見あたらない！」

「なるほど」ヘンリーは相手の意味するところをさとった。バーの一端では、さっきの三人組が数をかぞえている。

「百四十！」

「百五十！」

「百六十！」

三人は笑い、カウンターをたたき、もう一度かぞえなおそうと背を伸ばした。

「そうなんだ」とロッド（それともボブ）がだみ声でつづけた。「ぼくの見たところ、あのロブ先生はいまにクビになるぞ。食いちがいが多すぎる。この意味がわかってもらえるかな。いつかそのうち、あいつはインターホンで名前を呼ばれ……」

「ほんとに？」ヘンリーは無意識にひざまずいた。

「オフレコだぞ、いいか。とにかく、あのロブ先生にとっての問題は――飲酒だ」

「まさか！」ヘンリーはそういったが、反論する気はなかった。彼が相手に一杯おごったあとで、ボブ（それともロッド）が七面鳥くじの勧誘をはじめた。

「だけど、まだ三月だよ」

「われわれはもうすでに復活祭用ハムのくじを売った。クラークが当選し、それをカールにやった。それからみんなに母の日と父の日のカード、復員軍人の日の国旗、植樹の日の苗木、独立記念日の花火、それに労働祝日週末用のセント・クリストファー・メダルを売った」とボブ（それともロッド）は説明した。「もっとも、クリスマス・ツリーには早すぎるがね」

「ハロウィーンのごちそうは？」と見知らぬ男がたずねた。

「そう、たしかに。ガキどもに物乞いを教えなくちゃな。それがアメリカ流。もしガキどもが、ぼくがやらされたように、何ペニーかを稼ぎたければ――おや、そろそろ七時だ！　これからクラスに出ないと。きみに酒をおごれなくて残念だがな、ヘンリー」彼はグラスをからにして、すばやくドアのほうへ歩きだした。

ロッド（それともボブ）は、短い浮気相手の女性スキー教師より、最近では北極文学に興味を持ちはじめているが、形のいい首すじの持ち主だ。小さい耳の下でわずかにせばまった首すじは、正面でくぼみを作り、そこにのどぼとけが鎮座している。

「待ってくれ！　なにを勉強してるんだ？」とヘンリーがさけぶと、その答えが十一月の風に乗って返ってきた。

「ＩＢＭ」

区画Ｂ　ボブ

ロッド（それともボブ）が帰ったあと、ボブ（それともロッド）はさっそくカウンターぞいに移動し、ヘンリーに話しかけた。あのＩＢＭ研究家の言葉どおり、この男が飲酒することを、ヘンリーはさっそく確認できた。相手は酒のグラスを手に持ち、それをすすっていた。

「いま帰ったのはドッブか？」と相手がいった。「頭のいいやつだ、ドッブは」

「うん。さっき聞いたんだが、ＩＢＭを研究してるって」

このふたりのどちらも知らないが、ＩＢＭはインターナショナル・ビジネス・マシーンズの略称であるだけでなく、Yebem、つまり、黄道十二宮の天使の第七十階級を意味する。たいていの場合、この天使は、隣の第六十九番、すなわちラアア（コウモリのように頭を垂れている）の翼から、一本の羽柄《うへい》を抜くところが描かれており、伝説のいうところでは、それで最初の〝ペン〟を作るわけだ。

相手の顔に、蠟細工のような微笑がうかんだ。「大金が集まるのは、ＩＢＭじゃなく、ＩＣＢＭだ。ぼくはＩＣＢＭを研究してる」一瞬おいて、こうつけたした。「そう、ぼくはドッブのようなインテりじゃないが、はっきり断言できる。彼は利口になりすぎた。あれじゃ身のためにならない。たとえば、彼は四枚複写の項目インデックスの白いコピーが、完結化フォーマットで、いちばん上にくると思っている。だが、はっきりいって、ドップという男は、いずれそのうち、彼本人が完結化されると思うよ」

「はっきりいって？」

「内密の話だ、もちろん。ドップはあまりにも多くの矛盾を生みだしすぎた。この意味がわかってもらえるならね」

「その意味はよくわかる」ヘンリーはちらと歯を見せた。「彼が酒を飲むから？」

「まったくそのとおり。じつをいうと、あの男がここで飲んでいるのをこの目で見たんだ。つい二、三分前に」

ふたりともこれにつけたす言葉はなかったので、ふたりとも向きを変えてテレビをながめた。画面がゆっくり明るくなると、いやでもこんな事実が明らかになった。サルたちは子馬たちの背中の上で支えなしに立っているのではなく、縛りつけられている。隠れたオーケストラが〈永久運動〉を演奏している。ボブ（それともロッド）は、ヘンリーにアメリカアカマツくじを最初に引かないかと持ちかけたのち、学校へでかけた。

第十課　エドとエディ

エド・ウォーナーの両眼に見られる不愉快なまぶたのたるみは、微笑するとよけいに目立つ。大きな青白い歯ぐきから、トガリネズミのように小さく鋭い歯がのぞき、きっと舌も黒いだろう、と見当がつく。

「社長なんていない」と彼はエディ・フッチにささやいた。

それ以上の言葉は不要だった。パニックがさざ波のようにひろがり、小柄なエディは意識の水面で浮き沈みをくりかえしていた、と作家なら書くだろう。もっと想像力のある人間なら、意識の底でヘドロに似たものが煮えたぎっているのをちらと見てとったかもしれない……。「だが、ぼくは社長を見た。社長がぼくを雇ったんだよ」

「おまえは、社長だと自称するだれかに会ったわけだ。それとも、むこうはそこまでいったか？」

小柄なエディは助けを求めるように周囲を見まわした。目が涙にうるんでいた。「しかし、社長がいなきゃはじまらないよ」金切り声でそう主張した。「社長がいなくて、どうして会社があるんだい？」

トガリネズミの歯が、にやにや笑いでむきだしになった。

「その坊やをそっとしといてやれよ、エド」とハロルドが命じた。「あんまりからかうと、仕事の上で矛盾が生じる」

「この会社ぜんたいが矛盾なんだよ、ハリー。いまから教えてやろう。よく聞けよ。修整不可能の——」

「もうよせ！」ハロルドがさっと立ちあがった。そのきれいな目には無知の剣が輝いている。キャッキャッと笑いながら、大柄なエドは自分のデスクのうしろに移動し、心臓病の錠剤をのんだ。

これがエドの自衛法だった。だれもがエドの虚弱な心臓を、黒い吐息とおなじぐらい恐れている。

もしなにかの議論で旗色がわるくなると、エドは胸を押さえて床にくず折れ、相手がなんの議論だったか忘れるまで、そのままじっとしているのだ。

ヘンリーはエドのその芸当がうらやましかった。もし、シャツを汚さずにその芸当をまねられたら……。

第十一課　ゴミ

そう、ヘンリーは清潔さに焦がれていた。朝と晩に入浴し、科学的クリーニングのすんだ、ポリエチレン袋で届けられる衣類を着ていた。ワイシャツはまず自宅で煮沸消毒のあと、中国人のクリーニング屋の手で真っ白になるまでこすられる。練り歯磨と、石炭酸石鹼と、マニキュア用オレンジ・スティックと、安全カミソリと、口紅型の止血薬と、クリネックスを持ち歩き、デスクの引き出しにはバンドエイドと、新しいワイシャツと下着、脱毛剤と脱脂綿が詰まっている。

ちがう、と清潔さが答えた。ヘンリーのワイシャツは、このオフィスでいちばん不潔だし、歯には長年の歯石がこびりついている。毛穴の粗い、ざらざらした皮膚には、奇妙な発疹が現れたり消えたりするし、指の爪は黒くよごれている。それはまるでべつの人物が、彼をつねに不潔な状態にたもっておきたがっているようだ。

メモ――《マスタースン・エンジニアリング社の歴史》

マスタースン・エンジニアリング社は一九二七年に発足した。創立者はわたしの父親。わたしの母親。父はひとりの製図工と折れたT型定規、ありあまるほどの度胸と勇気を武器に、事業を開始した。一九三一年に会社は一度破産したが、一九五〇年に事業を再開。その年、わたしは父の指導のもとに事業をひきつぎ、まもなく父を殺すか、または父になりかわった。旧社名はそのままひきつがれたが、所在地はダウンタウンへ移動した。妻と子供。いまのわたしはミスター・

——マスタースン

ある日、ヘンリーは実験を敢行した。床の上に新聞を何枚かひろげてから、胸を押さえて、そうっと新聞の上に倒れたのだ。

だれもまったく注意をはらわなかった。ヘンリーがうめきをもらし、二、三度身もだえしてもおなじこと。数分後、ヘンリーは起きあがり、仕事にもどった。ワイシャツのグレーの襟にふれる首すじが、カッカとほてっていた。

第十二課　クラーク

非弁護士のクラーク・マーキーは、その政治的信条ゆえに人気がないが、だれも彼を恐れてはいなかった。

「わたしは弁護士じゃない」というのがクラークの口ぐせだった。「だが、わたしから見ても、二十五分間の昼休みは、法律で決められた最小限度以下だ」労働局に苦情を訴えることになったら、自分を支持してくれるかと、彼はみんなにたずねてまわった。

ウィラード・バスク――「波風を立てたくない」
エディ・フッチ――「いいんじゃないですか」
カール・ヘンカースマール――「おれたちがなにかに文句をいう権利はないと思う」
ヘンリー・C・ヘンリー――ノー・コメント。
ロバート・キーゲル――「われわれにはボウリング・チームが必要だ」
ハロルド・ケルムスコット――「肉体面での昼食はあきらめよう」
ロドニー・クランプ――「ボウリング・チームを編成しよう」
クラーク・マーキー――「みんなの意見にしたがう」
エド・ウォーナー――「昼食廃止。会社も廃止……」

第十三課　クラークとカールとエディ

クラークは、正当性に関して各自がかかえる問題に、本能的な関心をいだいていた。エディ・フッチが自分のラジオでけたたましい音楽を鳴らしたときも、クラークは、きみの権利の範囲内におさまるよ、と保証した。だが、その騒音にカールが文句をつけたとき、クラークは急いでこういった。きみにも抗議をするだけの正当な権利があるよ。

「たしかにおれには権利があるさ。だから、あのくそラジオをぶっこわしてやる」カールは静かにそういった。「つぎに、ラジオの持ち主もぶっこわしてやる。ふん！」

「いやいや、それはいけない。エディのラジオがはじまるところで、きみがぶっこわす権利は終わる。

ただし、音がうるさければ、音を低くしてくれという権利はある」

カールはどなりはじめた。ミシュラン・マンのように太い首すじから、頭が大きくふくらんだ。「そのくそラジオを消しやがれ。早く消さないとぶっこわすぞ！」

パチパチまばたきしながら、小柄なエディはラジオの音楽を切った。クラークの目は同情の涙でうるんだ。彼は若いエディに駆けよって、こうなぐさめた。「しかし、きみにはラジオを聞く権利があるんだよ」

「ラジオは聞きたくないです」とエディは嘘をついた。ニキビの痕だらけの顔が紅潮した。「もしほんとに聞きたかったら、聞きますよ。そう、だれがなんといってもね」

「やっぱりな！　この自分勝手なブタ野郎め！」とカールがどなった。「おまえは他人の神経に対する思いやりがない。おれみたいな精密作業をやってみろって。おまえがやってるのは、書類をあっちこっちへ動かしてるだけだ。しかし、おれの仕事は高精度のホチキス作業だ。いつもきっちりおなじ場所へホチキスを打ちこまなくちゃならない。ホチキスの針を曲げたり、折ったりはできない。そんなことをしたら、最初からやり直し。だが、おまえにそんな苦労がわかるか？」

メモ――《オートメーション》

マスタースン・エンジニアリング社はオートメーションを採用しない方針である。

――マスタースン

第十四課　クラークとカール

　クラークは、ヒステリックなヘンカースマールをなだめようと駆けより、ハルバ・バー（すりごまと蜂蜜で作るトルコ起源の菓子）をさしだした。

「なんだ、こりゃ？」

「ハルバ。菓子の一種だよ。食べてごらん」

　カールはそうっとそれをかじり、横目でクラークを見ながら嚙みこなした。「うまい。ユダヤ人の菓子だな、ちがうか？」たったのふた口で彼はハルバ・バーをたいらげ、指先についたかすをなめた。

「こりゃすごくうまい」

　クラークは微笑をうかべた。こうも簡単にカールの役に立てたことにほっとしたのだ。すると、ヘンカースマールが赤い宝石めいた両眼を、怪しむようにせばめた。

「えらく利口だな、おまえらユダヤ人は。おそらくいまから、キャンデー・バーの代金を請求するつもりだろうが、ええ？」

　クラークは、このコミュニケーション研究にひとつの問題が存在するのに気づいた。「いや、ちがうよ、カール。いまのは贈り物だ」

「ハッハッ、贈り物か。手のこんだ計略を使いやがって。贈り物だと？　贈り物？　まったく手のこんだ計略だぜ。ヘブライ人のヒモつきの贈り物か、ええ？　今回、おまえらはうまくおれをごまかしたが、このことはおぼえておくからな。二度とおなじ手は食わんぜ。それにおれをだましたやつのことは絶対に忘れないからな、クラーク」カールは札入れから一ドル札を抜きとり、クラークのデスクの上にそれをほうりだした。

「そう。そこがおまえの同類とおれの同類のちがいだ。おまえらのずるい手口に一度はだまされても、二度目はむり。借りは返すぜ。そう、おまえらの罠にかかった場合は、喜んで返す。だが、おまえらの同類は絶対に借りを返さないよな、ちがうか？　よし、わかった、金をだましとられたことぐらい、おれはなんとも思わん。さあ、受けとれ」

　そういうのと同時に、カールはさっきの一ドルをさらいとり、それをしまいこんだ。その日以来、機会あるごとに、彼はみんなにふれまわった。クラークのやつがキャンデー・バー一個に一ドルもふっかけてきたぞ、と。そのキャンデー・バーのことを、カールはいつもこう述べた。「バー・ミツバー（ユダヤ教の成人式バル・ミツバーのもじり）、または、そのての奇妙な名前のしろものだ。ひょっとすると、あれはユダヤ人のヤクだったかも。あとで、気分がおかしくなったもんな……」

第十五課　第二次世界大戦

　カールがクラークを毛嫌いする真の理由は、ユダヤ人がまちがいなく第二次世界大戦をドイツに押しつけたことにある。それ以外の説明は考えられない。だれもが認めるとおり、ドイツは世界最強の軍隊を持っていた。また、最高の飛行機、最高の火器、あらゆるものを持っていた。ところが、その軍隊ときたら、めそめそ屋のユダヤ人どもを狩り集めて殺すほうにエネルギーを割かれ、能率性が損なわれたんだ、とカールはエドに話した。だから、自分は絶対にユダヤ人を許さない。

「ドイツが戦争に負けた本当の理由はそれだ。第二戦線じゃなく、ユダヤ人の第五列。アメリカ機の爆撃じゃなく、ドイツ中心部でのサボタージュ」

「きみのいう意味はわかるよ」とウィラード・バスクが同意した。「シュトゥットガルトで一年半暮らしたことがあるが、たしかにドイツ人ほどすばらしい国民はない。われわれはたしかにシケた場所でひどい戦闘をやったが、真正面から堂々とぶつかってくる連中は尊敬する。この意味がわかるか？ つまり、後足で立ちあがり、割れたガラスびんを構えて白人らしく立ち向かってくる連中、妙なナイフや剃刀なんかを使わない連中を、尊敬するって意味だ」

エド・ウォーナーがほくろをポリポリ掻いた。「よくわからんな。ドイツは戦争に勝ったんじゃなかったっけ？」

それには耳をかさずに、カールはつづけた。「ドイツ軍の兵站線は混乱状態だった。兵員輸送列車や弾薬輸送列車の代わりに、ユダヤ人を満載した列車が国内を走ってたんだぜ。しかも、無賃乗車とくる。世界最強の兵士たちがてくてく歩かされてるのにだ」

「きみのいうことはわかる」ウィラードは激しくうなずきながらいった。「ある晩、大男のドイツ人とおれが、割れたびんでおたがいを切り刻みはじめたと思ってくれ。まだ夜の明けないうちに、おれたちは無二の親友になって、女遊びの話をやりとりしたもんだ。つぎの晩には、そいつがあべこべになって……」

「しかし、ドイツは戦争に勝ったんだぞ、カール。いまのドイツを見ろ。世界最高の産業国家のひとつだ。毎年、ふたつの大陸にドイツ人観光客が押しよせる。ドイツ軍はヨーロッパでも最大最高の装備を持った軍隊のひとつだ。なのに、どうしてドイツが負けたなんていうんだ？」

カールは首をかしげ、なにかの調子が狂ったことに気づいて、眉をひそめた。エドに真実を理解させなくては。彼は微笑をうかべ、あらためて説明をはじめた。八角形のメガネのレンズに照明が反射して、両眼が空白になった。

第十六課　汚水溜め

ハロルド・ケルムスコットがクラーク・マーキーを見やったとき、彼はそこになにを見たのか？彼が見たのは、クラーク・マーキーの先祖が、キリスト教徒の子供たちに対して生贄《いけにえ》の儀式を演じているところだった。彼が見たのは、クラーク・マーキーの先祖が、金に金を産ませているところだった――高利貸し、罪悪のひとつ。彼が見たのは、クラーク・マーキーの先祖が、十字架を背負ったキリストを罵り、カルバリの丘への道をさっさと登れ、と命じているところだった。彼が見たのは、キリストがその先祖をふりかえり、こう答えるところだった。「わたしは行くが、おまえはわたしのよみがえりを待て」彼が見たのは、クラーク・マーキーの先祖が、キリスト教徒の王たちを売買しているところだった。

ハロルドが目の前にいるユダヤ人にいだく憎しみの、五つの源とはなにか？

子供時代に聞かされ、おぼろげにしかおぼえてない物語。ユダヤ人嫌いの両親。無意識に思いだされる俗受けスローガン。いまカールのメガネに反射している、クラークへの強烈な嫌悪。クラークがハロルドにキャンデー・バーをすすめなかったことへの怒り。

この最後の怒りは、どのような二重の理由から生まれたのか？

そもそもは、四旬節中のハロルドのキャンデー断ちにある。まず、サタンの誘惑をしりぞけることで、当然の満足を感じることができたはずなのに。第二に、宗教的根拠からそのキャンデーを断るというたのしみが得られたはずなのに。また、クラークがキャンデーをすすめるのは残酷なほど不寛容だとほのめかし、相手の心を傷つけることができたはずなのに。

インターホンでクラークの名前が告げられたとき、彼は静かにおとなしく階段を登っていった。その姿が見えなくなったとたん、ハロルドは芝居がかったため息を吐きだした。「いい厄介払いだ、いい厄介払いだ」舌打ちして、「ユダヤ人にはがまんできない。たとえやつらが親友だとしてもだ。なぜだかわかるか？」

「やつらがあんたをだますからかい？」カールがそうたずねたのは、なにかの思い出話でも聞けるかと思ったからだった。

「ちがう。中世のユダヤ人どもが、キリスト教徒の赤ん坊ののどを切り裂いて、汚水溜めへ投げこんだからだよ」

ヘンリーは汚水溜めを頭に描いた。現実にはそうでなくても、習慣上、清潔という執念にとりつかれ、ドアの取っ手や、受話器を握ったとき、クリネックスで拭かずにいられなくなる衝動を、かろうじてこらえているほどなのに。

「汚水溜めか、ええ？」カールは失望したようだった。「まあ、それぐらいのことは予想しとかなくちゃな。キャンデー・バー一個に一ドルも請求する欲深な手合いは、どんなきたないまねでもやらかすさ」

「どんなきたないまねでもな。やつらの名前はユダからきてる――あれが秘密の指導者だ（やつがキリストを殺したことを思いだしてみたまえ)」

「そのとおり。金のためさ。ちがうか?」そういいながら、カールはウィラード・バスクの後頭部をじっと見つめた。

メモ――《権力》

白人で、アングロサクソンで、神を敬い、プロテスタントで、アメリカ生まれの過度にインテリ化されない市民、とりわけわが南部諸州の古い価値観をたもちつづける高潔な人びとの手に権力をとりもどすため、われわれは戦い、そして勝利を予想している。

――マスタースン

第十七課　古い価値観

ウィラード・バスクは身長百八十センチ強、すらりとした体つきと、整った四角い顔立ちの持ち主で、あごのあたりにいくらか気の弱さがにじみ出ている。澄んだ両眼は遠い空に似た灰青色で、それが当然ながら生みだす狂信家じみた印象は、まじめな微笑で和らげられている。ウィラードは毎年の夏を海岸で過ごし、冬のあいだも日焼けをたもとうと太陽灯を使う。その褐色の顔を背景にした歯並びは、美しく、ほとんど健康に見える。彫刻したような髪は、拇指紋めいた渦巻きを作り、ヘヤーオイルで光っている。微笑のよじれとおなじように、ウィラードの鼻もややよじれている。自分の右側にいる目に見えない聞き手と、つねになにかのひそかなジョークを分かちあっているかのように。

ウィラードはこんな意見を述べた。すべてがユダヤ人のせいというわけではないかもしれない。新聞で読むと万事がこんぐらがり、記事が偏向しているようだ。もし南部の黒人たちが扇動者の言葉に耳をかたむけるのをやめ、編み物に身を入れれば、きっと物事はもう一度正常にもどるだろう。「人それぞれ。おれはいつもそういうんだよ」これが彼の口ぐせだった。

メモ――《アレンダーとバスクの家族の居住計画。父方居住か、母方居住か?》

最初、アレンダーとバスク両家族の血族関係は、複雑で、恣意的にさえ思えた。だが、よく調べると、合衆国南部の部族に共通する、多くの基本構造が明らかになった。この計画の中心に見いだされるのは、いうまでもなく、おなじみの自動車だ。たいていの場合、それは古いフォードかマーキュリーで、男根型のアンテナと乳房型のステアリング・ノブ(フレーザーの『マーキュリー内での求愛』中の〝ガファーズ・ノブ〟参照)、それに当然ながら、ふたつの肛門に似た〝テールパイプ〟がついている。こうした車が供給する機動性の増大は、当初予想された古い母方居住パターンの崩壊につながらず、そうした居住パターンの範囲が、村から州へ、二百五十キロの範囲にひろがっただけだった。

その実例となるのが、ファロン・バスクとメイパール・アレンダー・バスクの七人の子供たちである。セルマとウィルマは、それぞれの配偶者といっしょにおなじ村に住んだが、トラヴィス、トルーマン、オーマン、ウィラード、それにJ・Bは、あっさり連絡のとれない、遠方の都市へ移動した。ウィラードの妻、ネリン・パーカーは、十三歳から十七歳までの期間、夫とのあいだに四人の子をもうけた。そこでふたりは離婚し、母親の死を機に、ウィラードは故郷の村へもどった。翌年彼は、二度目の妻、エッタ・ライクが流産する直前に、彼女を捨ててふたたび家を離れた。彼の弟のJ・Bも、それと瓜二つのパターンにそって行動し、一方、ウィルマとセルマはその正反対のコースをたどった。つまり、ふたりの母親の死をきっかけに、村を離れたのだ。トラヴィスは死亡し、オーマンとトルーマンはいまなお未婚である。トラヴィスの所有物だったマーキュリーは泥よけがあった。しかし、トルーマンがそれを相続したとき、それらはとりはずされ、日よけがとりつけられた。このパターンは自明のものである。

――マスタースン

第十八課　パターン

「コミュニストどものせいだ。ごめん、きたない言葉を使って」とウィラードは真剣な口調でいった。「やつらがやってきて、有色人種をおだてたんだ。あわれな有色人種は責められない。白いオカマ野郎が歩きまわって、扇動し、なにもひけめを感じることはない、と教えるのを見て、やつらは……。つまり、それがなんにつながるかはわかるだろう。だけど、おれになにができる? 自分は自分、人は人、それがおれのミドル・ネーム。でもな、むかしは、黒人と白人がいっしょにうまくやってたんだぜ。外からの干渉なしに。そう、これはぐちじゃない。神さまが黒人と白人を混ぜるおつもりがなかったことは知ってるさ。それは洗濯女が、黒人の衣類と白人の衣類を混ぜるつもりがないのとおんなじ――よごれがつくのは白人の衣類。しかし、おれがわざわざトラブルを作りだすか?」

彼は責めるように周囲を見まわした。にがにがしげで、しつこい小言口調がそこにまじってきた。

「これは不平じゃない。人それぞれ、というのがおれのモットー。類は友を呼ぶ。そう、おれがガソリン・スタンドで働いてたときは……」

第十九課　流行遅れ

「南部の黒人はとにかく変わってるよ。おれがここにすわって、最後の審判の日まで説明をつづけても、南部で暮らした経験のない人間には、なにをしゃべってるかわからんだろう。とにかく変わってる。たとえば、連中はドルの値打ちをご存じない。ジーンズのポケットに五セントが一枚あれば、早いとこそれを使おうとする。まるでそのコインがポケットに焼け焦げ穴を作ってるみたいにな」

ウィラードは、それまでまたがっていた椅子からゆっくり立ちあがると、時計用ポケットから二本指で五ドル札をつまみだした。みんなにコーヒーをおごるという。出前配達人が、なまぬるい蓋つき容器のはいった箱を下において釣銭を出そうとしたが、ウィラードは手をふって断った。だが、いざ自分のコーヒーを味見しようとしたとき、インターホンで彼の名前が放送された。

第二十課　去りはしたが、忘れられてはいない

「おい、気がついたか、ウィラードのあの金のばらまきかた？」本人の去ったあとで、カールがそうたずねた。「あんなことをする男は、きっと小金を貯めてるぜ。もしこんな話を聞いても、意外じゃないな。つまりやつの背景が――聖書風だってこと。この意味、わかるか？」

「わたしもおなじことを考えた」とハロルドがいった。彼は考え深げに、ウィラードのおごりのコーヒーをひと口すすり――降臨節なので、ブラックだ――こうたずねた。「そもそも、ウィラードとはどういう種類の名前だろう。絶対に洗礼名じゃないな」

エド・ウォーナーが自分のコーヒーを空にし、手つかずのウィラードのカップから飲みはじめた。

「とにかく、やつはもういない。死人のことをしゃべっても、役には立たん」彼はそう断言した。

「いや、死んでない――！」

第二十一課　変則

「死んでない！」とカールが絶叫した。ミシュラン・マンに似た頭が危険なほどふくらんでいた。

ハロルドの細長いセルロイド風の歯が、紙コップを嚙んだ。「もちろんだ。彼がクビになったのはまちがいないが」警告するようにエドをながめた。「現行犯で捕まったんじゃないかな」

「なんの現行犯？」エドの黄色い両頰が愉快そうな色合いに染まった。

「**死んでない！**」

「証明してみろ」

カールは倒れそうになったが、ハロルドは首を横にふった。「そうしないだけの分別はあるだろう、エド。あの何某が死んでないことを証明するのは、きみにまかせる」

それに答える代わりに、エドは自分の胸をつかみ、床にくずおれた。

第二十二課　仮病

カールが奇声を発した。「これは仮病だ！　やつは自分の負けを認めたんだ！」

年老いたエドの唇が紫色になった。

「死にかけてる！」エディ・フッチは受話器をとり、救急連絡番号にかけた。その番号は掲示板の隅に画鋲でとめたカードに、赤インクで書かれていた。電話を使うときは、だれもが掲示板と対面し、無意識にそれを読んでいるわけだ。

『いますぐボウリング・チームに参加しよう！』『考ヘロ』『考エロ』『われわれの稼ぎはすくないが、そのぶん胃潰瘍もすくない』『ユニヴァックに気前よく与えよう』『いますぐ参加と寄付を――**民間企業に賛成するアメリカ人同盟**』『本日午後に死去したウィラード・バスクのために花束を。署名の上、金額明記のこと』『飢えたアジアに良書を送ろう』

「ほっとけ」とカールがいって、電話機の受け台を押し下げた。「警察とのトラブルにみんなを巻きこみたいか？　さっきもいったろうが。仮病だ。やつの顔は青くない」

エディは顔を赤らめ、新しいニキビの出たあごがふるえた。彼はカールを押しのけて、またダイヤルをまわしはじめた。その瞬間、インターホンがプツプツ音を立てた――

「エドウィン　**イーーーーーープ！**　フッチ」

エディは受話器をとりおとし、両手で顔をおおった。

「行ってこいよ、坊や」カールが優しくいった。「もしそれでおまえの気が休まるんなら、エドのことはおれが病院に電話しといてやる。いいな？　じゃ、行ってこい」彼はエディの尻を軽くたたき、階段に通じるドアへと送りだした。若いエディはゾンビに似た足どりで出ていった。

カールは受話器をもとにもどし、タバコに火をつけた。

「エドはただの仮病だ」とカールはいった。「みんな仕事にもどって、エドのことはほっとこう」

ハロルドが唇をなめなめ、ドアのほうにちらと目をやった。「しかし、若いエディは気の毒だよな。あんなに若いのに――あんなふうにインターホンで呼ばれるなんて」

「そう、死は自然現象だ」カールは煙を吐きだしながらいった。「死を受けいれ、死といっしょに暮らすことをまなばなくちゃ。死ぬことは、なにも恐ろしいことや恥ずかしいことじゃないはずだ――オシッコやウンチのように自然なことなんだ」

「そう、主は与え、主は取りたもう。ことわざにもあるとおり」

床の上の人影が大きな咳をした。とつぜんの爆発音を一度ひびかせたあとは、また静かに横たわった。よごれた灰色のハンカチを使って、ヘンリーは受話器をとり、救急番号をダイヤルした。

第二十三課　現実

「よし、わかった、エド、いつまでもやってろ、最後の瞬間まで」カールは、救急隊員が廊下の先へと運んでいく覆いのかかった担架に向かって、大声でどなった。「仮病をつづけてろ！　おまえは自分をごまかしてるだけだ！」

その声は激怒にかすれていた。死亡診断書の記入のために残った研修医は、職業的興味をかきたてられたらしい。

「腰をかけて、すこし落ちついたら？　身近な人間の死を信じにくい気持ちはわかるけど」研修医はカールを椅子に押しつけ、ヘンリーに彼の名前をたずねた。

「カール・ヘンカースマール。ホチキス係だ」

「わかった。ところで、ヘンカースマールさん？　カール？　わるいけど、この書類をホチキスで綴じてもらえないかな。ウォーナーさんの死亡診断書だ」

カールはのろのろと、不承不承に、だが、ほれぼれ見とれるほど儀式張った厳粛さ（ファイヤーリッヒカイト）と正確さで、診断書の四隅をきちんとホチキスどめした。

「ちょっと、ほんとに死んだのかね？」カールは頭をかきかき、つぶやいた。「てっきり仮病だと思った」

「仮病にはもう手遅れだよ」研修医が謎めいた微笑をうかべていった。白衣を着てはいるが、彼は黒人だった。

第二十四課　すべての事務社員の末路

ひとり、またひとりと、事務社員たちは順々に名前を呼ばれていった。呼ばれる前に辞めてやろうか、とヘンリーは考えた。彼はべつの会社の面接を受けにさえでかけた。有名情報専門の会社だ。しかし、その夜、ヘンリーはこんな夢を見た。歯を磨くとき、歯ブラシの木のささくれが歯ぐきに突き刺さる。もしかして、なにかの警告では？

春になって、ボブとロッドが微笑をうかべ、こういい残して姿を消した。ぼくらへの花束はいらないよ。ぼくらの遺体は、一流の消費者雑誌が推薦した信頼できる会社の手で火葬に付され、ふたりの遺灰を混ぜあわせることになっているから。

夏の盛りには、ハロルドが十字を切り、邪眼除けの身ぶりをしながら姿を消した。

「怖がることはないぜ」カールが穏やかな微笑で彼を元気づけた。「オシッコやウンチのように自然なことなんだから」

しかし、いよいよ自分の名前が呼ばれたとき、カールは奇妙で不自然なふるまいを見せた。インターホンの声を聞いたとたんにぎくっと背を伸ばしたため、ホチキスの針をひとつだめにしてしまったのだ。カールはていねいにそれを取り替え、デスクの引き出しを整理し、片頰にひそやかな笑みを浮かべて、いちばん下の引き出しから革ケースにはいった重いものをとりだした。それを手洗い所まで持っていくと、ドアを閉めた。一発の銃声がひびいた。最後に残されたひとりであるヘンリーがドアをあけようとする前に、インターホンはヘンリーの名前を呼んだ。

第二部　マスタースン

第一課　階段の上の人影

マスタースンか、それとも、マスタースンに似た出っ腹で不愉快で謎だらけの人物が、階段のてっぺんに立っていた。ヘンリーは気づいた。四階へ行くためには、その人物の横をすりぬけなくてはならない。相手のレンズの奥の両眼は、ガラスのように静かで恐ろしく、ヘンリーが登ってくるのを見つめていた。ヘンリーが片手に持った紙には、例のモットーが書いてあった。「きみがコツコツ働けば、会社はその努力に報いる」きちんと三つ折りにしたその紙を、ヘンリーは歯科医のカルテのように顔の前にかざした。

もしこの男がマスタースンだとしたら、いったいどういう人間だろう？　ほんとにこの男があのすべてのメモの作者なのか、それとも、ただのお飾りなのか？　この男が本物のマスタースンを殺し、その後釜にはいったのか？　ヘンリーにおおいかぶさる感じで階段のてっぺんに立ったその人影は、ひとりの人間を完全にむさぼりつくした巨大なガン腫瘍のように見えた。むさぼりつくしたその人間の体つきに関するおぼろげな記憶が、いま残りの世界へ死の観念を吐きだしているようだ。

しかし、ヘンリーが近づくにつれて、ガン腫瘍は咳払いしたかと思うと、うしろにさがって彼を通した。その瞬間、ヘンリーはいままで見ていたものが光線のせいだったことに気づいた。そこにあるのは、たんに太ってくたびれた、自己憐憫に満ちた男の顔で、それ以外のなにものでもなかった。

第二課　四階

マスタースンはヘンリーにこう説明した。三階の部課を閉鎖して、すべての事務社員をこの階、つまり四階の製図室へ移すことにした、と。

　例の羊皮紙じみた肌の老事務社員がまたもや現れ、これまでヘンリーが存在も知らなかった部屋へ彼を連れていった。そこでは十二人の製図工がそれぞれの製図台の上にかがみこんでいた。ヘンリーはその横を通りしなに気づいた。どの製図工も、まったくべつの課題に取り組んでいる。

　最初の製図工は、大きな円と小さな円をいくつも描き、それらを四分円に区切っているところだ。マンダラか、車輪か、照準器か？　それがなんの図なのか、ヘンリーはたずねたかったが、むこうは仕事に夢中だった。

　第二の製図工は、ひと巻きの紙に、長く連続した曲線を描いていた。本人にたずねれば、これは永遠の表現だと答えたかもしれないが、ヘンリーは立ちどまらなかった。

　三人目が製図中なのは、牡牛とたくさんの陶器の壺の売上高、それとも消費量らしい。わかりきっていて、たずねるまでもないと思うが、ほんとにそうだろうか？

　四人目は、マッチ箱のレッテルに描かれた、**ひきよせて**《ドロー・ミー》と題名のある若い女の絵を複写していた。しかし、その複写では、上下も左右も逆になっている。ふしぎに思って、ヘンリーはその理由をたずねてみたが、悲しいことにその製図工は耳が聞こえなかった。

五人目は様式化された矢じりの絵を、図案帳から複写していた。ヘンリーはすっかり怖じ気づき、目的をたずねることができなかった。

六人目は〈ムーディーの新説教集〉という概念図を描きはじめたところだ。影になるからどいてくれ、とその製図工はヘンリーにいった。

七人目は一連の正多角形の輪郭を描きおわり、つぎにそれを黒く塗りつぶしているところだった。その製図工はヘンリーにいった。「気に入ったら、金を払ってくれ。気に入らなけりゃ、とっとと先へ進んで、つぎの客にこれを見る機会を与えてやってくれ」

八人目は鳥の翼を描いていた。〈部分図四十三B〉とある。ヘンリーはその美しさに口もきけなくなった。

九人目が描いているのは〝断面図〟の〝バルブ〟だった。その製図工が説明した。「これは『ここ数年間、わたしの人生は災厄の現場だった』という意味だ」ヘンリーは理解できなかった。

十人目が描いているのは、それともすでに描きおわったのは、もしかして人間の脳だろうか。しかし、描いた本人が製図台の前にいないため、ヘンリーはひとりでその図を解読できなかったし、製図工の帰りを待つ気もなかった。

十一人目は、ヘンリーに見えないように、自分の製図板にカバーをかけてしまった。おそらく白紙だろう。それとも、それを描いたためによその会社をクビになった、わいせつな落書きだろうか。

両の乳房に似た丘には、小さい人物たちがいちめんに群がっている。射手たちが石弓で空を狙っている、というか、空に浮かんだある種の物体を狙っている。数十もの大きくまがまがしい鎌状物体が、明らかに射手たちまたは乳房を攻撃する意図で下降中だ。背景には、城壁に囲まれた都市がある。おそらくニュルンベルクか。こうしたわいせつな絵を見ると、神父としてのわたしはいつもこう思う。この画家に五年間の禁固刑でなく、死刑を言い渡したい、と。

（地区裁判官ルーキングの回想より）

十二人目、つまり、最後の製図工は、無意味な落書きをしているようにしか見えない。この男は、その後マスタースン・エンジニアリング社を辞め、よそでポスターの文字書きの仕事についた。その後、彼は自室で、（その目的で買いもとめた）フランス製ナイフを心臓に突き刺し、自殺をとげた。警察が発見したとき、ナイフの柄のまぎわに串刺しにされていたのは、遺書代わりの大きなポスターだった。そこにはこうあった——

事故

第三課　歯よりも白い唇

製図工たちの横を通りぬけると、部屋の一角に、なじみ深い連中の顔が見えた。エディ・フッチはバリバリ音を立ててチョコレートを食べている。ボブとロッドは**『正確に』**と**『IBMを支持しよう』**という掲示を画鋲でとめている。ウィラード・バスクはクラーク・マーキーと奴隷制を論じている。ハロルド・ケルムスコットは、古いグレーのセーターで頭を包み、みんなに背を向けている。エド・ウォーナーだけが顔を上げ、ヘンリーを迎えた。

「遅かったな。みんなで噂をしたてんだぜ。三階で死んでるんじゃないか、と」

ヘンリーは、カールの事故死めいたものを思いだした。ついさっき起きたばかりなのに、そのことをすっかり忘れていたのだ。それを報告すべきだろうか、と考えた。報告するなら、だれに？ マスタースンは社長室にいて、近づけない。ドアに張られたポスターは最後の製図工の手書きだが、〝私語は禁止。これはきみのことだ〟とある。

生前のカールは、エドの死を報告して不必要なトラブルを起こすことに反対だった。だから、もしカールが死んだのなら、そのことに触れないのが賢明だ。ヘンリーは死者の願望に大きな敬意をいだいていた。

あの〝銃声〟は、街路を走るトラックのバックファイアの音で、〝拳銃〟に見えたものは、じつは電気カミソリか電気歯ブラシだ、とヘンリーは自分に言い聞かせはじめた。生前のカールは、いつも電気器具での清潔さが好きだった。それに、とヘンリー・C・ヘンリーは考えた。いったいなんの目的で？

以前から、彼は自分の歯、古い家具からにじみでた樹脂のように、ゴムに似た付着物で厚くおおわれた歯に、愛着を感じていた。そこで、古い家具類の好きなウィラードに、こう話しかけた。「もしぼくが一生かけて、毎日二回ずつ歯を磨きつづけても、どこかの路地でチンピラに顔をなぐられてて、歯が折れちまったらどうする？」

「そうとも！」とウィラードがいった。「きみのいうとおりだ。それとまったくおなじことが、サンフランシスコでおれの身に起きた。まったく頭にきたぜ、あのときは。故郷《くに》へ帰って、骨董屋でもひらきたくなったよ。出来のいい、古くてちゃんとした先祖代々の品物をならべるんだ。すげえ！　そんな機会があれば、だれだって、自分の片方の金玉とひきかえにしたくなるぞ」

ウィラードは製図台と製図工に関する討論をしたがった。彼らの何人かは、げんに、いや、どう見ても、黒人に思えるからだ。

エド・ウォーナーは、なぜ自分が公式に死亡と宣告されたのか、その理由をみんなにたずねてまわった。だれもその理由を知らず、また知りたがらなかった。それから数日後、ひげを剃りたての顔で現れたカールは、とりわけそうだった。どういうわけか、彼とエドはおたがいに口をきかない。カールがエドに代わって大声でいった――「もし、あいつが公式に死亡と宣告されたなら、ここにいないはずだし、つまりはそういうことさ。連中がそんなまちがいをするはずはない、そうだろう、クラーク？」

「そのとおり」小柄な非弁護士は、あれから三十センチほど背が伸び、なんとなく毛深くなっていた。「死人をまた新しく雇いなおす権利はだれにもない。生きたおおぜいの人間が失業しているというのに」

マスタースンもその問題には無関心でなかった。彼はあらゆる人種と国籍の人間を製図係に雇っていた。なぜなら、文字どおり奴隷化がきくし、とりわけ黒人や南米移民を雇うのが好きだったからだ。

「やつらはみんな、ぶっそうなでかいナイフを持ってる」とウィラードが主張した。

「それは信じられない」とクラーク。「刃渡り八センチ以上のナイフの携帯は許されない。法律違反だ。それに、あの連中がそんなナイフを持っているのを見たことがない」

「だったら、一生見ないですむことを祈ってろよ」とウィラード。「あの連中は、いよいよ使うときまでナイフを出さない。おれは実体験があるからな。レニングラードの街でやったけんかのことを話してやろうか。いや、すごかったぜ！　あの大男どもがおそいかかってきたときのナイフときたら、まるで……」
護身のため、それからのウィラードはいつも飛び出しナイフを身につけるようになったという。

第四課　消失

『することのない人間ほど多忙な人間はいない』とボブ（それともロッド）が壁に貼りだした掲示には書かれていた。ロッド（それともボブ）は、苦悩を隠した微笑という表情でそれをながめた。それから金槌をとりだし、掲示板の文句を〝することのある人間〟に書きかえた。復活祭が近づき、このふたりのコンビはみんなにヴァレンタインの贈り物を売りつけた――しかし、年とった事務社員、灰色の後光のような髪を生やしたアートにだけは売らなかった。これまでアートになにかを売りつけようとした者はいない。

地下霊を思わせる製図工たちは、自分たちの仕切りに閉じこもり、事務社員たちとはつきあわなかった。まるで病気の伝染を恐れているのか、それとも、階級の高い人間と仲よくすると仕事を取りあげられる、とでも思っているようすだ。なぜか、どのみち製図工の勤めはあまり長つづきしない。ひとりずつクビになって、製図台がとりこわされ、焼き捨てられ、やがてある日……しかし、そんな日がくるのはまだまだ先だ。アートが過去という屑かごをとっぱらって、自分の顔の真の一面を明らかにするまでは。

メモ——《わが子供時代》

歩けるようになったとたん、わたしはアクロフォービア、つまり高所恐怖症に悩まされた。もうすぐ二歳になるころ、ある日父親は不合理な恐怖を治療しようと、わたしを高い梯子（四ないし五メートル）の上に登らせ、悲鳴がやむまでそこにすわらせた。

——マスタースン

第五課　アートは語る

アートは解雇係で、これはピンク色の伝票に記入し、それを給料袋に入れるだけの仕事だ。ヘンリーはアートのその権力、紙きれを効果的に扱える権力がうらやましかった。すべての事務社員のうちでアートだけは、自分の仕事の具体的結果を見ることができる。アートはこの会社の創業当時からの、信頼厚い、年老いた雇い人だ。

いや、それだけでなく、ある日アートが昼食の席でもらしたところでは、彼がこの会社の創業者であり、マスタースンの父親だという。

「あなたが生きてることを社長は知ってるんですか？」ヘンリーはそうたずねた。この無害で、愛想がよく、きゃしゃで、痩せぎすで、好感の持てる老人が、ひとつの帝国と、恐ろしい皇帝を生みだしたとは信じられなかった。

「うん」アートはハンバーガーを小さくひと口かじり、しわだらけの口の奥で満足げに嚙みこなした。

暗緑色の手で、ネクタイについたハンバーガーのかすをポンとはじいた。「そう、わしはここの一切合切を作りあげ、しかも大恐慌のなかでそれを守りとおしたんだ。こういっちゃなんだが、たいへんな苦労だった。だが、その一方、安い労働力が長期間確保できた。古き良き時代には、失業中の建築家を時給十セントで雇えたんだ。もしそうしたければ、その男をなぐることもできた。あのいまいましい、おせっかいな労働局からやってきた連中から、うるさい質問をされることもなしにな」

アートは悲しげにのどのたるみをふるわせた。「そうとも、時給十セントだぞ。しかもだね、いいか、あの連中は忠実だった。当時の社員は、十年も十五年もけつを落ちつけたもんだ。戦争でそのすべてがおじゃん。昔から戦争には反対だったが、もしきみが顔が青くなるまで議論をふっかけてきても、わしはその意見を変える気はないね。戦争は安定性を破壊する。いまどきの若者は、たった一年かそこら働いただけで、さっさと徴兵されていく。会社の将来など、なにひとつ考えておらん」

第六課　マスタースンの社内巡回

昼食後のひとときは、マスタースンの午後の社内巡回の時間だった。社長は太った無毛の両手を体の両脇からすこし離し、車椅子の車輪をつかむようなぐあいに、くっつけた四本の指をすこし曲げ、親指をぎゅっと伸ばして、廊下を歩く。水っぽいガラス板のような顔のなかで、青白い生き物がふたつ、行ったり来たりする。

マスタースンは、ある製図工の製図台を、投げナイフに似た音を立てて指で突き刺し、こうさけんだ。「矢じり！　矢じりはだめだといったのに！　消せ！　矢じりはだめだ、といったはずだぞ！

一時間したらまたここへくるが、たったひとつの矢じりも見たくない！　矢じりはだめだ！　きみはこんなわかりやすい英語もわからんのか？」

その男はマスタースンの英語をひとことも理解できなかったが、抹消を求められていると気がつき、首をうなずかせた。製図台の上にいっそう深くかがみこむと、手に持った電動消しゴムのスイッチを入れた。

マスタースンはつぎの男に近づいた。「この数字はなんだ？」指を突き刺した。「3に見えるぞ、冗談じゃない」

「これは3です」

「ふーん、だとすると、どうも3には見えんぞ。消して、書き直せ」

微笑しながら、その男は命令にしたがった。マスタースンの顔が輝きはじめた。「ここに書いた数字をぜんぶ消して、書き直せ。どれも3に見えるようにしろ」

ついにマスタースンは、耳が聞こえず、口もきけないフロスガーのそばへきた。

「これをきみはなんという？　中心線か？　じゃ、これは？　もしこれが中心線なら、中心線らしく見えるようにしようじゃないか、ええ？」

フロスガーは傷ついた表情だったが、命令にしたがう動きを見せた。

「それと、きみには以前にもいったはずだぞ。ここところにもっとスペースを作れ、と。どうしてわたしの話をちゃんと聞かない？」

「ニャー・ニッグ！」と犠牲者が抗議した。

「口答えするな！」

第七課　質問

社長室から聞こえてきたのは、渾身の力と明白な憎悪をこめてナイフが投げつけられる音だった。エドがいったように、それは独裁的勢力が独裁的に腐敗するからだろうか。

マスタースンはいつも製図工たちをどなりつけるくせに、事務社員たちにはけっしてそうしなかった。事務社員たちには、仕事に関する質問もしなかったが、それは事務社員たちがなにをしているのか、彼には理解できないからなのだ。マスタースンにとっては、すでに答えが明らかでなければ、質問する意味がない。彼をなによりも激怒させるのは、ほかにも答えを知っている人間があると気づくことだった。

「光の速さはどれぐらいだ?」と、ある日マスタースンはなにげなくヘンリーにたずねた。ヘンリーは知らなかった。

「もちろん知ってます。人間の計測システムによると、秒速三十万キロです」とカールがいった。

「だれがおまえにたずねた?」とマスタースンの右目がいった。カールの内部のどこかで、もうひとつの目が永久に閉ざされた。片足で踏みつぶされたのだ。ブドウの種に似た目の種が、そこから飛びだした。

カールの両眼に見られる不愉快なまぶたのたるみは、微笑すると、よけいに目立つ。大きな青白い歯ぐきから、トガリネズミのように小さく鋭い歯がのぞき、きっと舌も黒いだろう、と見当がつく。カールは、ヘンリーが前にどこかで会っただれかに似ており、しかもカールは明らかに変化していた。

甘やかされた熊、神経質になった熊のようだ――しかし、あんな歯をどこから手に入れたのか？

第八課　さらに質問

マスタースンはハロルドの肩をたたき、給料日まで十ドル貸してくれないか、といった。「ちょいと金欠でな、へっへ」社長の冗談だと思ったハロルドは、くすくす笑った。

「いや、真剣な話だ。ある女とボストンで豪勢な週末を過ごしてな。懐がからっぽ。このつらさがわかるか。自分の給料の前渡しはいつでもできるが、それをやると帳簿がよごれる。理解できるな？」不承不承にハロルドは理解した。彼は十ドルを貸した。

「あの金とは泣き別れだぜ」と大柄なエドが完全に空白な表情でささやいた。ハロルドは、この老人の存在に気づかないふりをした。

ヘンリーは、現実のエドがどれほど空白になりかかっているかに気づいた。まるでだれかがエドをゆっくり消しゴムで消しているかのようだ。クラークのように（クラークは自分の口をむさぼりつくすほど大きなあごひげを伸ばしかけている）ぼやけるのではなく、明らかに影が薄くなっている。

つぎの給料日に、アートが給料袋をみんなに配ったとき、ハロルドはあの十ドルを返してもらえなかった。社長が部屋のなかを歩きまわるとき、ちらちらまたたくその目をとらえようとしたが、マスタースンはハロルドの存在に気づかないふりをした。

「古きよき時代には」とアートがヘンリーにいった。「だれからもなめたまねはされなかった。自分が社長であるというのは、いい気分のもんだよ。

そうさ、わたしはよくあの廊下を歩いたが、製図板の上になにがあるのか、そっちへ目をやったこともなかった。ただ、製図工ひとりひとりの襟首を穴のあくほど見つめるんだ。むこうがなぐられるんじゃないかと思いかけるまで。もし、むこうがビクビクしたら、その腕を二十回ぶんなぐってやる。ヒッヒッ、やつらはいつもビクビクしてたっけ」

ふたりは暖かい食堂にすわり、フライドポテトの鍋から立ちのぼる薄黄色の湯気——遠い現在のかすみ——をすかして話しあっていた。その前日、窓拭き屋たちがオフィスに現れ、冬の煤を洗い落としたのだ。彼らが帰って一時間後に、きたない雨が降りだした。

「いまはみんながオフィスでタバコを吸ってる」とアートはいった。「わしの時代はちがう。だれにもタバコなんか吸わせなかった。こっちは一日じゅう、五十セントの葉巻をふかしてオフィスのなかを歩きまわり、みんなの顔に煙を吹きつけてやったもんだ。むこうは気が狂いそうになってたな。とりわけ熱い灰を製図台の上に落としてやったときはな。そうとも、あのころの会社の規律はたいしたもんだった。

もしだれかがトイレでこっそりタバコを吸おうもんなら、わしはその一日じゅう、その男をトイレへ閉じこめてから、クビにしてやった。『せいぜい一服をたのしめ』と、鍵をかけながらいったもんだ。『まる一日堪能しろ、この利口もんが』

そうとも、ある日、新入りの若造が、朝の九時にタバコを吸おうと、トイレへ駆けこんだことがある。わしはそいつを六時まで閉じこめた。ヒッヒッ、ほかのみんなには気に入らなかったようだ。トイレぬきで、まる一日働くのはな。

さて、六時になって、わしはその男を出してやろうとトイレのドアをあけた。いったいその若造がなにをやらかしたと思う？　首を吊ったんだ！　そうさ、トイレの鎖を首に巻きつけて、石みたいに冷たくなっていた。しかも、水洗の水は何ガロンも何ガロンも流れっぱなし。あの月の水道代の請求書を見せてやりたいよ」

老人はおもしろそうに両眼のまわりにしわを寄せた。「ああ、そうとも、このアートがだれかに裏をかかれたのは、あのときだけだったな。ヒッヒッ」老人がうれしそうに新調の上着の襟をかきあわせると、コーヒーのしずくがあごの先へと流れていった。

第九課　神学的な美徳

区画A　信

ハロルドがまずい立場になりそうなことは、まもなく全員の目にも明らかとなった。

「社長に金を返してくれとたのんだのか？」とエドがたずねた。

「それは――無理だ。どうしてたのめる？　そんなことをしたら、信用してないと思われる」

「あいつを信用してるのか？」

「もちろん、信用してるさ。だって、むこうは社長だよ。いうならば、こっちは命を握られてるわけだ。こっちの名前がむこうの帳簿に載ってる。むこうは給料日のたびに賃金をよこす。どうして反抗できる？　ペンは剣よりも強い」

「だが、もしおまえがあの男を信用してるなら、なんの不満があるんだよ？」

破戒僧の息子として生まれたハロルドは、信仰という意味からこの点をじっと考えた。「金の問題じゃない、わかってくれ。くそ、あの十ドルを二度と拝めなくても、わたしは平気さ」

「じゃ、なにが不満なんだ？」

「ただ、わたしがむこうを信頼してるのに、むこうはその信頼を裏切ろうとしてる。借金を踏み倒そうとしてる」

「ひょっとしたら、度忘れしてるのかもな」カールがよごれた小さい歯を見せて、猫なで声でいった。

「ああ、そうとも。むこうが忘れた可能性もある。こっちは二度とあの金を拝めない。これはまちがいない話だが、もしこっちがむこうに十ドル借りたのなら、むこうはけっして忘れないと思う」

クラークが外交官的な提案をした。「こうしたらどうだ、こうたずねるんだよ。十ドル貸してもらえませんか。もしむこうがあの借金を忘れたのなら、それで思いだすだろう。もしむこうが踏み倒そうとしてるのなら、それがバレて、赤っ恥をかくわけだ。それに、この方法なら、むこうはその金がいますぐきみに必要だとわかる」

区画B　望

ハロルドはマスタースン社長に呼びかけた。「社長、給料日まで十ドル貸していただけませんか？へっへ。ちょいと金欠でして」

ふくらんだ人影が、幌馬車隊のようにおごそかにふりむき、彼と対面した。まる一分以上も、マスタースンは強烈な軽蔑と不信のこもった視線で、ハロルドをながめた。それから大きくため息をつき、紙入れをとりだした。ハロルドもため息をついた。

「きみもそろそろ収入に応じた生活を心がけるべきだな、ケルムスコット。わたしはローン会社じゃない。今回はこの金を貸すが、これで最後だぞ、わかったな？」蝶番《ちょうつがい》つきのふたつのレンズが、彼の上にのしかかってきた。

「しかし、わたしは収入に応じた生活をしてます」ハロルドはどもりながらいった。「ボストンで女と週末を過ごしたのは、わたしじゃありません」

淡いブルーの瞳はなんの反応も示さなかった。マスタースンはまたもやため息をつき、贅肉のだぶつく大きな肩をゆすった。「きみの私生活のうすぎたない細部に興味はないな、ケルムスコット。もしきみがわたしの払う給料で生活できないのなら、どこかよそで仕事を探したらどうだ」嫌悪の吐息とともに、マスタースンは分厚い札束から一枚の十ドル札をひきはがし、ハロルドのデスクにたたきつけた。それから社長室へと大股に歩きだした。おそらく壁に向かってナイフを投げつけにいくのだろう。

区画C　愛

なにかが壁にぶつかるたびに、ウィラードはびくっと跳びあがった。「ああ、神さま」とうめきをもらした。「わかってる、あの男がでっかい、ぎらぎら光るナイフを何本も持ってるってことは」ときどきウィラードは自分のナイフをとりだし、その動作をためしてみる。しかし、思ったように速く投げることができない。

昼食の時間に、ヘンリーはピンク色の伝票のことをアートにたずねた。クビにするときまった社員に、それを予告したことはあるんですか？

老人は咀嚼《そしゃく》運動を中断した。「きみ、言葉に気をつけたまえ。解雇という仕事は神聖な義務だ。わが息子のマスタースン社長は、社員それぞれを意味するあのピンク色の伝票の保管と分配という仕事を、このわしに一任してくれた。その信頼を裏切れるとでも思うのか？　わが実の息子を？」

ぐいと背を伸ばすと、その瞬間のアートは名将軍のように見え、薄っぺらな胸が新調の上着のしわを埋めたようだった。

「それに」とアートはぜいぜい息をしながらつけたした。「その封筒をひらいたときの、相手の顔を見るのがたのしみなんじゃ。いいか、相手には、この町の街路と、この町の職業紹介所と、無料給食の行列までが目にうかぶらしい。ヒッヒッヒ……」その笑い声は、やがて空咳の発作に変わった。

第十課　社長室

その日の午後、マスタースン社長はヘンリーを社長室に呼びつけた。これまでその部屋には、アート以外のだれもはいったことがなく、いまではアートもそこがどんな部屋だったかを思いだせない。ロッドとボブはうらやましげにヘンリーを見やったが、カールはヘンリーがクビをいいわたされるときめこんだように、薄笑いをうかべた。

「おれの意見をいわせてもらうなら、おまえはたぶん静かにクビをいいわたされると思うぜ、ハッハッ！」

ウィラードがヘンリーをわきにひきよせ、こういった。「クールにやれよ、だんな。むこうがナイフを抜いたら、大声でおれを呼べ」

ヘンリーはポスターの貼られたドアを押しあけた。なんの飾りもない、くすんだ部屋。一方の壁には奇妙なダーツの的があり、その下の床にはプラスチックの尾のついたダーツがうずたかく積もっている。向かい側の壁ぎわには細長いデスクがあり、そのうしろにマスタースン社長の上半身が見える。社長が両手に握っているのは、緑色のプラスチックの尾がついた一本のダーツ。部屋のなかのそれ以外のものは、表現不可能だった。

社長は中腰になり、向きを変え、ダーツを投げた。投げられたナイフのような音を立てて、それは壁の裾板に当たり、つかのまそこにぶらさがってから山の上に落ちた。

「いつものとおりか」マスタースンはため息とともにいった。それともこういったのだろうか。「きみは昇給を望むか?」

「はい、もちろん」

「その手順はこうだ。新契約がいくつか生まれるかもしれん。すでにわが社にはいくつかの新契約がある。ビッグ・チャンスだ。東海岸のほうぼうの製菓会社が動力計への転換をはじめている。そこで大量の記録やなにかを切り替える必要が生じるが、そこがこっちの付け目。もし、そのうちの一社の切り替えでもひきうけられたら、そいつをうまくやる。そうすれば、ほかの会社もいい仕事をしてほしいから、わが社へ注文をよこす。わかるか? そのあと、もし軍が電話機から無線機に切り替えることになったら、こっちは準備ＯＫ。わかるか?

だが、それまでには新しい助力が必要で、わたしにはきみの助力が必要だ。きみはわたしの片腕になれる。そうすればわが社に大金がころがりこむわけだ、いいな?」

第十一課　謎のモットー

ヘンリーは自分のモットーを思いだした。この会社に雇われた日、社長が口にした言葉だ。それを思いだすたびに、ヘンリーは自分の解釈をつけたしていったため、いまでは一覧表がいっぱいになった。しかし、社長が実際にいった言葉はどれだったのか？

きみがコツコツ働けば、会社はその努力に報いる。
きみらがボツボツ働けば、会社はその努力に報いる。
きみがコソコソ働けば、会社はその努力に報いる。
きみらがボソボソ働けば、会社はその努力に報いる。
きみがコツコツ働けば、会社はその度胸に報いる。
きみらがボツボツ働けば、会社はその土曜に報いる。
きみがコソコソ働けば、会社はその無力に報いる。
きみらがボソボソ働けば、会社はその余録に報いる。

これらに加えて、〝働けば〟を〝羽ばたけば〟、〝会社〟を〝害者《ガイシャ》〟、〝報いる〟を〝むく犬〟におきかえると、すごくたくさんの組み合わせができる。もっとも、社長が、「きみがボソボソ羽ばたけば、害者《ガイシャ》はその余録にむく犬」といったとは思えないが、可能性を無視するわけにはいかない。社長と握手して、部屋から出ようとしながら、ヘンリーはそう考えた。

「だが、その前にひとつ」マスタースンは人差し指を立ててひとつという数を意味しながらいった。「もちろん、いずれ会社の接触《コンタクト》が契約《コントラクト》になったあかつきには、きみにも大金がころがりこむが、それに先だって、しばらくは多少の減給を承諾してもらわなくちゃならん。いいね？」

ふたりはもう一度握手し、ヘンリーが部屋を出ようとしたとき、社長が二本の指を立てた。「第二に、これできみが幹部になった以上、同僚に関する情報を提供してもらわなくちゃならん。いいか、社長には真の友人はいない。偉人はつねに孤独だ。

そこでだ、だれがわたしに憎悪をいだき、だれがわたしに好意をいだいているかを知らせてくれ。みんながこのわたしのことをどういっているかを、残らず知らせてくれ、わかるな？」マスタースンはまたダーツを一本手にとり、奇妙な的をめがけて投げた。

「そのときがくれば――」ダーツは盤のへりに力なく突き刺さり、垂れさがった。「きみはその報酬に浴するだろう」ダーツが静かに床に落ちた。

「特に知りたいのは、父親がわたしのことをなんといっているかだ。きみはわたしの父親といっしょに食事した、ちがうか？」

「どうして知ってるんですか？」

マスタースンは太い人差し指をふりたてた。「おおぜいのスパイがいる。おおぜいのスパイが」いたずらっぽい口調で、「だが、教えてくれ、父親はわたしのことをいろいろしゃべったか？」

「いいえ」

「嘘をつくな！　父親がいつもわたしの噂をしているのは先刻承知だ！　もういい、出ていけ。うまい汁のことは忘れろ」

ヘンリーはピンク色の伝票を待ちうけたが、それはやってこなかった。いや、どうやらいずれ昇進はありそうだ。なぜなら、その前に減給があったのだから。

第十二課　新しい幸運にともなう危険

その週、事務社員たちは入札関係の仕事をした。マスタースンは一度も廊下を離れず、じだんだを踏み、さけび、テーブルをたたき、何ダースものダーツの尾を噛みくだいた。そして、父親に指図した。わたしのじゃまをする人間や、うしろにこそこそついてくる人間には、かたっぱしからピンク色の伝票を渡せ、と。

メモ――《ほかの惑星に生物は存在するか？》

この疑問は、実際に航空宇宙産業に籍をおくか否かに関係なく、われわれ全員にとってきわめて重大な意味がある。なぜなら、それはある包括的な疑問の言い換えだからだ――この宇宙にいるのはわれわれだけなのか？　また、もしそうでなければ、ほかにだれがいるのか？　これらの疑問は、まだ答えの出ていない問題を提出する。われわれはそれに驚嘆し、希望をいだき、そして祈るしかない。だが、ほかの惑星に生物が発見されようとされまいと、われわれ全員がひとり残らず、この疑問に最大限の注意深い考察を行うだろうことを、わたしは確信している。

――マスタースン

最初の真の危機は紙から生まれた。マスタースンが、ふつうのトレーシング・ペーパーの値段は高すぎると考え、新聞印刷用紙を使うことにしたからだ。このざらざらした吸収性素材は、インクの線をクモの巣に変え、文字をクモに変えた。マスタースンは製図工たちをどなりつけはじめた。ときには雄弁に、ときには言葉を省いて。

「なぜ黒い線や文字がきちんと書けないんだ?」マスタースンはそう詰問しながら、新聞をひろげた。ハリケーン〝パティ・スー〟の記事を指さして、「これをよく見ろ。やつらはきちんとした文字や線をすらすら書いてるじゃないか。この手際のよさを見習え」

製図工たちがあらためて努力したすえ、またもや用紙に関する苦情を訴えると、マスタースンは殉教者のような笑みをうかべて答えた。「わかった、わかった。きみらのために値段の高い、上等の紙を買ってやる。しかしだな――」

マスタースンは出ていき、一時間後に、幅の広い、つるつるのトイレット・ペーパーのロールをかかえてもどってきた。ロールの片側のへりには、こんな緑の文字が小さくならんでいた――〈ドイツ国有鉄道〉。

オーストリアでは、でっかいメルセデス・ベンツが一台、でっかいタイヤに乗ってガソリン・スタンドにはいってきた。スタンドの係員がおじぎをして給油をはじめると、太った男が運転席からのっそり下りてきて、ベルトをずりあげ、川へ向かう象の行列さながらにトイレへ向かった。日ざしが男の上に降りそそぎ、湿った髪とミラクル繊維製の白いワイシャツの上できらめいた。ワイシャツのポケットのひとつには革のライナーがつき、おなじデザインのボールペンとシャープペンシル、それにセンチとインチの目盛りつきのスチール定規がはいっていた。もうひとつのポケットには、ロス・ヘンデルのタバコ一パックと、リキュール・キャンデーひと包みがはいっていた。男はつかのま日ざしの下で立ちどまり、近くの原っぱにいる四頭の茶色の雌牛をながめた。この町には、ダッハウの死体焼却炉を設計した技術者が住んでいる。旅行者はそんなことを考えながら、トイレへ向かった。この男もやはり技術者だった。むかし、この技術者は、アメリカのある雑誌宛てに、エンジニアリングの会社、とりわけマスタースン・エンジニアリング社を含めた特殊なタイプの会社に関する問い合わせの手紙を出したことがある。しかし、だれかの怠慢のせいで、返事を受けとれなかったのだ。

製図工たちは何度も何度もやりなおしたが、その仕事はマスタースンから見て満足のいく出来ではなかった。ついに、巨大なレンズの奥で両眼をふくらませて、マスタースンはどなった。「やめろ！みんなストップ。ぜんぶを消せ。なにもかも消すんだ」

一時間というもの、聞こえる物音は電動消しゴムのうなりだけだった。なかのひとりかふたりは、薄い紙に消しゴムの穴をこしらえた。彼らにはただちにピンク色の伝票が渡された。最後にマスタースンは二十枚の白紙を集め、美術用消しゴムできれいに仕上げてから、ていねいにそれを包装し、みんなを外へ追いだした。

「これでうまく契約がまとまるぞ」マスタースンはうれしそうに事務社員たちに打ち明けた。「ほかのどの社にも、これほどきちんとした仕事はできないだろう。たったひとつのミスもないぞ！」

しかし、その翌日、ロッドとボブが世を去ったパッケージに捧げる花束を買おうと募金中に、そのパッケージがもどってきた。マスタースンはぶあつい両手をふるわせながら、ぼろぼろになった用紙の梱包をひらいた。そこに添えられた手紙の文面を朗読したが、マスタースンの声には蛇口からしたたる水滴のように、すすり泣きがくっついていた。

『拝復

本月十三日付けの貴翰の件。現在、当社は鉄道のトイレット・ペーパーに関する特別な需要を持っておりません。

当社にご留意いただだいたことに感謝します』

第十三課　終わりよければすべてよし

マスタースンはメガネをはずし、さきほどのティッシュでレンズを拭きはじめた。つつしみ深くうしろを向いているため、だれにも彼の両眼は見えない。マスタースンはふたたび頬の上にメガネをかけると、奇妙になじみ深い音で咳ばらいをした。ヘンリーは身を乗りだし、エドにたずねた。「なぜあんたが公式に死亡と診断されたのか、わけを話してくれないか？」

エドは聞こえないふりで、社長をじっと見つめていた。見つめられた社長は、ゆっくりとつま先歩きでアートと呼ばれる小柄な老人のデスクに近づいた。「自分に対してピンク色の伝票を出せ」そこでため息をつくと、急いで社長室に逃げもどった。アートはいそいそとうなずき、さっそくピンク色の伝票の記入にとりかかった。

翌日は給料日。みんながじっと観察する前で、アートはつぎつぎに給料袋を分配していった。いつものように、アートは微笑しながら腰をおろし、自分の給料袋をひらいた。自分がそのなかに封入した現金と、自分がサインしたピンク色の伝票がいっしょに滑り出てきたとたん、アートの顔は三つ折りになったように見えた。まるでビジネス・レターのように。

いつも他人の気分のバロメーターであるクラーク・マーキーが、アートの気分を察して、しくしく泣きはじめた。アート本人はじっとそこにすわったまま、デスクの上に横たわったピンク色の伝票を見つめているだけだった。

「まさか」と老人は小声でいった。「わたしにこんな仕打ちをするなんて。この年老いたアートに」

まるでお悔やみのあいさつのような口調だった。

「こりゃひどい」クラークが感情をこめていった。「自分で自分に解雇を通知させるなんて、あんまりだ」

アートはゆっくりと社長室まで歩き、ポスターの上をノックして待った。部屋のなかでダーツの音がやんだ。

「なかへ入れてください」アートはさけんだ。「お話があります、マスタースン社長」

「帰ってくれ、おやじ」くぐもった声がいった。アートはとぼとぼとコート掛けのそばまでひきかえし、古いすりきれたコートをはおって、外に出ていった。

それから一、二秒後には、ダーツのゲームが再開された。

メモ――《わが子供時代》
父親はファースト・ナショナル・シティ銀行振出しの高額小切手で、母親は疲れきっていた。
――マスタースン

第一課　改善

事態が好転してきた。営業成績はずいぶん向上したようだった。会社の全員が大幅な減給を受けたからだ。カールは昇進し、以前のアートの仕事まで担当することになった。高精度のホチキス作業に加えて、いまの彼はピンク色の伝票の作成者兼事務用品仕入れ担当者になった。さっそくカールは浪費の原因を探りあて、それらを除去しはじめた。

ボブとロッドは密告者に昇格した。このふたりはあらゆる失敗をマスタースンの父親のせいにしたため、給料をカットされずにすんだ。

クラーク・マーキーは法律の勉強をはじめた。いまの彼は、あまりにも法律上の疑問が多いために悩んでいた。どうして死人の再雇用が可能なのか？　どうして社員の強制的自己解雇が可能なのか？　昼休みにも、彼はクリームチーズ・サンドの食べかす（細かい活字の単語ひとつ分より大きい）をページの上にこぼしながら、分厚い法律書の上に背をかがめていた。弁護士でないため、長いパラグラフの多くはちんぷんかんぷん。そこに自分が探しもとめる答えが隠されているのではないか、と彼は疑いをいだきはじめた。

マスタースンは生まれかわったように元気がよくなった。死体を思わせる肌が、毎日生き血をすすっているかのように、ピンクの色艶をとりもどした。ぶよぶよの体もひきしまり、新しい波形ソールの靴で社長室のなかを歩きまわりながら、手のひらに拳を打ちつけて、こんなひとりごとをいう。

「これで枯れ木が一掃されたから、思いきり動きまわれるぞ」彼は作業進行表を作成した。

カールは社内での驚くべき書類用紙の浪費を切りつめようと考えた。「いいか」と彼は事務社員一同に説明した。「ここに使用ずみの古い用紙がいっぱい溜まってる。どうしてこいつをインク消しできれいにして、再利用しないんだ？」

第二課　断食

クリスマスのあと、ハロルド・ケルムスコットは断食を開始した。本人にいわせると、それは社長が彼に借りた十ドルを返さないことへの抗議だった。インドの断食座り込み《ダールナ》の模倣ともいえる。だが、給料袋の係であるカールは、もっと内情にくわしかった。マスタースン社長は、ハロルドに二十ドルの貸しがあることを理由に、ハロルドの給料全額を差し押さえたのだ。

「きみの給料は」とカールは説明した。「社長が二十ドルの返却を受けたときに支払われる」

「二十ドルだと！　わたしが借りたのは十ドルだけで、その前にむこうはわたしから十ドル借りたんだぞ」

「もし彼がきみから借りたとすれば、どうしてきみが彼からその金を借りる必要がある？　しっかりしろ、ハロルド、借金を踏み倒したりするな。きみは気のいい男なんだから。社長に二十ドル返せ。

そうしてくれるな？」

「どうしてそんなことができる？　こちとら給料だってもらってないのに。こりゃ債務者刑務所よりもひどいよ。なあ、クラーク？」ハロルドは同情を求めて、非弁護士の顔をうかがった。

「えっ？　それはどうかな。英国の民事法をチェックしないと」クラークは熟読中のニューヨーク市法典から顔も上げず、つっけんどんに答えた。

カールは短く刈った頭を横にふった。「ハロルド、きみは問題児だ。これまで見てきたなかでも最悪だな。社長がきみを騙してるわけじゃないことは、百も承知だろうが。じつをいうと、おれは社長に頭を下げてたのんだよ——頭を下げて、きみをクビにし、法廷へ突きだすように、とな。きみがそうされて当然なのは神もご存じだ。

ところがだ、社長はきみの給料からその金を差っ引こうとしなかった。社長はこういうんだ。もしきみがその金を払いたくないなら、それはきみと良心のあいだの問題だ、と。『ハロルドのことが心配だよ』社長はおれにそういった。『彼が借金を返済するまでは、給料を差し押さえるだけにしておこう』

いいか、社長はきみがボストンに女を囲ってることも知ってるし、それがきみにとってよくないことだとも考えている。だが、きみが借金を清算するころには、相手の女はきみのことなんかきれいさっぱり忘れてるだろう。それだけじゃなく、それまで溜まってた給料をもらえるわけだ。どんとまとめて」

「わたしは断食する」とハロルドは謙虚にいった。「死ぬまで」

カールは紙クリップをかぞえつづけ、「まったく頑固な男だな」とつぶやいた。

第三課　その後の進展

古い紙クリップを曲げなおし、再利用する方法を考案後、カールはさらに近道を発見した。古い書類からインクを消すより、最初から〝見えないインク〟を使えばいい。

ウィラードはいつもナイフを握り、だしぬけに動く人間や、大声でしゃべる人間を警戒していた。いつもナイフを手放さない口実に、彼は木ぎれを削りはじめた。ある日、彼のそばをジョギングで通りかかったマスタースンが声をかけた。そんなに手先が器用なら、ひとつテーブルを作ってみないか。

一週間後、ウィラードはマッチ箱サイズのロココ様式のテーブルを、社長にプレゼントした。ちゃんと塗装した上に、金箔まで張ってある。ウィラードはたこのできた自分の手のひらからそれをつまみあげ、社長のデスクの中央においた。

「ばかもの！」とマスタースンはどなり、その上から拳固をたたきつけた。「わたしがいったのは本物のテーブルだ。われわれの進歩を示す図表《テーブル》だ」

「待ってください」とカールがいった。「これだけのものが作れるウィラードなら、事務社員のみんなにそれぞれ大きなテーブルを作れるでしょう。そしたら、古いデスクをぜんぶ売りはらえばいいんです」

マスタースンはすでに壁からダーツの的をとりはずして、捨てたあとだった。いまや社長室の壁は、チャートでおおいつくされていた。マスタースンとカールはたくさんの新しいチャートと図表《テーブル》を企画し、ハロルドがそれを仕上げた。

そこには、取引高と紙クリップ消費量の比較対照チャート、仕事量と労働時間、ウォーター・クーラー内部の水量と生産高、それにマスタースン社長の体重と握力の比較対照チャートもあった。この両者は反比例しているため、社長の体重がもしゼロになれば、握力は五百キロに達する理屈だ。

一日三回、マスタースンは社長室でウェートを持ちあげ、つま先立ちのまま、食いしばった歯のすきまから息を爆発させる。昼休みには、社屋のあるブロックを三周し、シャワーを浴び、自然食品をもりもり食べる。たいていの朝は、指関節を赤むけにして現れ、ウィラードが怖じ気づくような喧嘩の話をする。もはやマスタースンは年齢不詳のブヨブヨ男ではなく、二十五歳見当のハンサムでたくましい男だった。

「きっと死ぬために体調を整えてるんだぜ」とエドが〝意見を吐いた〟。

マスタースンは自分の進歩に関するチャートを、ハロルドに貼りださせた。そこには彼の二頭筋や三頭筋のグラフもあり、頭部の骨相学的チャートもあった。マスタースンはこの会社がいかにみごとにシェープアップされはじめたかを話しはじめ、話しながら握力養成器を握りしめた。

「ここかしこの贅肉をとり、製図工たちを解雇すれば、この会社はきっと最高の体調になるぞ」その翌日、マスタースンは三週間分の賃金未払いのままで、製図工たちを全員解雇し、ヘンリーはそのことでクラークにぐちをこぼした。

クラークはクリームチーズと法律書がたたって、二重あごの近眼になっていたし、ずいぶん短気にもなってもいた。「わたしにどうしろというんだ?」と問いかえした。「買い手の危険負担《カヴェアト・エンプトル》。なぜきみの問題をここへ持ちこんでくる? わたしの希望は、法律と水入らずになることだけだ」

ヘンリーはよごれたぼろぼろの用紙を床からさらいあげ、隠しインクでそれに記入した。ここ数週間、このオフィスからは作業結果がまったく外部に出ていない。処理ずみの書類を受けとるべきメッセンジャーたちが、マスタースン社長の用で自然食品を買いにやらされるからだ。カールも彼らを使って見えないカーボン紙を買いにいかせたり、つぎつぎにウィラード作のテーブルと交換されていくデスクを売りにいかせたりしている。

用紙のぎっしり詰まった巨大な梱包は山積みで、ほこりをかぶっていた。何度もいじられるために用紙はぬるぬるで真っ黒になり、それを扱うヘンリーもぬるぬるで真っ黒になった。ヘンリーはしきりに手を洗い、歯を磨いたが、生まれつきの性質でないものは長つづきしなかった。彼は悪臭を放ちはじめた。

ボブとロッドが清掃キャンペーンを組織した。オフィス内の汚れた用紙をぜんぶ集め、それをクリーニングしたのだ。この努力にすっかり感激したカールは、すりきれた書類につぎを当てることを許可した。しかし、いつもの慣例で、これは見送られた。それでも、窓がなくなったあとは、もはやゴミとは対抗できなくなった。

フルタイムで事務社員の仕事をしているのは、いまやヘンリーとエドとエディだけになった。クラークは執務時間中ずっと法律書に読みふけっているが、マスタースンはそれを褒めたたえるようになった。「優秀な口きき屋がいつ必要になるともかぎらん」そういって、クラークのことを〝口きき屋〟と呼びはじめた。しかし、この口きき屋はだれにも口をきかない。

ハロルドは会社とマスタースン社長に関するチャートを、フルタイムで作りつづけている。チャートはオフィスの壁からあふれだし、廊下の壁をおおいはじめた。

そのなかには、命令系統を図解したチャートがあったし、作業の流れを図解したチャートもあった。

事務社員のそれぞれが一日に扱う書類の目方を図解したチャートもあれば、マスタースン社長の肉体の全筋肉を図解した（半アンシャル字体でハロルドが書いた学名つきの）チャートもあった。会社の全生産高と世界人口を比較したチャート、それにミネソタ州北部の魚釣り地図もあった。マスタースンがいつかそのうち訪れたがっている土地だ。また、事務社員それぞれに関して、月別の致命的人身事故と、非致命的人身事故を図解したグラフもあった。

カールの仕事には、これらすべてのデータの調査も含まれていた。彼はクリップの数をかぞえ、ウォーター・クーラーの水量を調べ、マスタースン社長の二頭筋のサイズを巻き尺で測り、書類の目方を量り、世界人口の見積もりまでおこなった。ハロルドがくすくす笑いながらいうところでは、カールの見積もりはあまり控えめといえないらしい。

しかし、マスタースンは、カールがいかに能率的であるかを指摘した。おなじ書式でピンクとブルーの用紙を使うのが無駄な重複であることに、ほかのだれが気づいたというのか？　カールが考案した新しい単一書式はリトマス試験紙に印刷されており、その日の天候しだいで、ピンクにもなれば青にもなる。エドはあごひげを生やしはじめ、マスタースンさえおびえるほどの外見になった。いまのクラークは縁なしメガネをかけていた。

清掃サービスは打ちきられた。家賃の払いが滞ったからだ。カールの見積もりでは、清掃サービスなしでも会社はむこう一年ぐらい平気だし、それで数千ドルが節約できる。

近くの劇場のステージでは、ふたりの若い女が、ひとりは男の服装で、ささやかな贈り物の歌をうたっていた。その女の片方は本気だが、どちらがそうかは見わけがつかない。ボブとロッドは社長に説明した。社長の父親が清掃サービスの手抜きをしていた、と。

「あの人はこの会社がりっぱになることを見とおしていました」とふたりのどちらかがいった。「そこで、強引に経営へ割りこもうとしたわけです」

「それに対する用意はできていたよ」とマスタースンはいった。「やるならやってみろ」にやりと笑いながら彼は腕を屈伸させ、力こぶがまるで舞台の上の俳優のように動きまわるのをながめた。ロッドとボブ、いや、ドッブとロブと呼ばれたがっているふたりは、オフィスの清掃をはじめた。ふたりは自分たちのリストアップした慈善運動――CORE（人種平等会議）、CARE（米国援助物資発送協会）、KKK（3K団）、CCC（市民保全部隊）、BBB（商業改善協会）、AAA（全米自動車協会）、それにスリーエム社――への寄付を拒む人間へのサービスを断った。ハロルドだけが断固として募金を拒んだ。

ある日、ふたりはハロルドを問いつめた。「どういうことだ？　ここで自分が飽食し、満足しているあいだも、何百万人ものアジア人が飢えかけていることを、きみはなんとも思わないのか？」ハロルドは答えようともしなかったし、もしかすると答える体力がないのかもしれなかった。その骸骨じみた顔は奇妙な感情を浮かべていたが、チャートから目を上げなかった。空腹からくる手のふるえを落ちつかせ、美しい、流れるようなアンシャル文字を書きつづけた。

ほかの事務社員の昼食の食べ残しと、クラークの法律書にくっついたクリームチーズのかすで命をつないだハロルドの体重は、すでに四十五キロを切りかけていた。彼はウォーター・クーラーの水をがぶ飲みしたが、とうとうカールからそれを禁じられた。水の消費量の予想グラフが狂うから、という理由で。

一度ハロルドは気絶し、マスタースン社長が自然食品の小さな大豆食で彼を蘇生させた。ハロルドはそれをがつがつと食べ、高価な食品が姿を消していくのに驚いたカールが、急いで容器をひったくった。「ゆっくり食え」とカールはいった。「一度に食いすぎると、体によくない」

ウィラードは古いデスクをぜんぶ取り替えられるだけのテーブルを作ったが、もっと多くのテーブルが必要になった。カールの説明によると、取引高が確実に増加の一途をたどっているという。ウィラードのテーブル製作状況に関する図表《テーブル》をながめても、カールは満足しなかった。「どうしてドアでテーブルを作らないんだ？　そのほうが手っとり早い」

「それとも棺桶を作るとか」とエドがひそひそ声でいった。

ウィラードはすべてのドアをテーブルに改造した。それでもまだテーブルが不足なので、窓ガラスをはずしてテーブルの板に代用した。窓が煤けていたため、部屋が明るくなったと、ほとんど全員が喜んだ。

クラークの視力はしだいに衰えてきた。いまではエディ・フッチが彼に法令集を読み聞かせていた。クラークはすわりづめの生活がたたって痛風に罹り、杖をついて歩くようになった。ときどきオフィスのなかを一周し、いたるところで落ち葉のように、歴史のように積み重なっている、死んだ用紙の山に向かって杖をふりまわした。食いしばった歯のあいだから、ひとりごとのように法律用語をつぶやくこともあった。

ふたたび春がめぐってきて、冷たくほこりっぽい風がオフィスのなかにまで吹きこみ、たえまない竜巻が図面や書類を巻きあげた。それらをすこしでも吹き飛ばされないようにするため、ヘンリーはマスタースンの社長室からウェートを借りてきた。

最近では、社長はめったにそこにいない。週の大半をジムでのワークアウトに打ちこみ、この会社がまさに驚くべきスピードで損失をとりもどしているのをときどき確認にくるだけだ。よごれた書類は、いまや足首の高さまで床に積み重なっていた。

メモ――《夢》

わたしは憎しみのかけらを見つける夢を見た。

わたしはぼんやりした夢を見た――なんとなくヘミングウェイにも、またユングにも似た精神科医と話しあい、メモに書きとめた夢の内容を相手に見せている。どうやら重要な部分をいつも忘れてしまうらしい。そのあとは忘れた。

わたしはガラスのお城のお姫さま、ジオパトラを愛する夢を見た。そのお城は鏡と水泳プールだらけだった。

――マスタースン

だれも口をきかず、エディ・フッチが法令集の一節をぼそぼそと読みあげているだけだ。若いエディが朗読でつっかえると、クラークは大声で罵りを上げ、相手の背中を杖で打ちすえる。興奮した非弁護士クラークは、こんなことをつぶやきながら、足をひきずって部屋を一周したこともある。

「……ゆえに我在り《エルゴ・スム》……不当推理《イグノラティオ・エレンキ》……不当前提《ペティティオ・プリンキピー》……精神異常《ノン・コンポス・メンティス》……聖なる山《モンス・ヴェネリス》……」

〝エド〟はヘンリーをつつき、クラークの鈍重な動きを指さしながら笑った。「連中はいずれ殺すときのために、やつを太らせてるんだぜ」

「だれが？」ヘンリーの尻は冷たくなった。

「だれにわかる？　ひょっとしたら、だれでもないかも。ひょっとすると、〝連中〟というのはただの擬人法かな……だけど、ひょっとすると、いいか、ひょっとすると、おれたちも擬人かもしれない、ちがうか？」

メモ――《本日の公園の状態》

出所不明の濃いピンク色の風船がいくつか、公園の上空をただよっていた。それを見て連想するのは、バラ色の精液の巨大なしずくにはいった少年と少女だ。そのふたりの足もとにはいろいろの花が咲きみだれ、少年は金色インクのボールペンをとりだして、気どりのない、しっかりした、男性的な筆跡で、愛の詩を書いた。

その詩は消防自動車やその他のいろいろの興奮と、テレビ放送可能な情熱、食べ物からできあがった愛の巣と、そこにふたりが落ちつくことを物語っていた――

うるさい警笛を鳴らす車は一台もない。

今夜警笛を鳴らしたものは、市長から死刑の宣告を受ける。

どの車も、警笛の代わりにナイチンゲールをつけている。

少女は自分の脈打つのどに香水の一滴をつけ、自分の腕のやわらかな内側で、文字を書く少年の手を包みこみはじめた。ピンク色の風船のどれにも、そのなかに百ドル札がはいっていた。通りかかった警官が、水玉模様の空に向かって警棒を突きあげ、純粋な喜びにみちた笑い声を上げた。まわりの花がいっせいに遠くの射撃練習のような音を立てた。少年が驚いて飛びあがり、少女が笑った。その笑い声で警官のガンベルトがゆれ、頭上ではオパール色の光が静かにぶつかりあっていた。

――マスタースン

「なぜおれが公式に死亡と診断されたか、そのわけを知りたいか?」とエドがたずねた。ヘンリーは首を横にふり、自分のテーブルに貼りつけられた掲示を指さした。〝私語は禁止。これはきみのことだ。〟

「おれが公式に死亡と診断されたのは、カールがおれの死亡診断書を四カ所、ホチキスで綴じたからだ」水道は出ない。ヘンリーはエドの首すじをつかみ、カラカラの蛇口を締めるように、のどを締めた。息をふさぐのでなく、息の流れをとりもどすために。

「アートが水道を止めたんです、いま」ロブとドップがアートの息子に報告した。

「そうか、むこうはわれわれを餓死させる気だな、ええ?」がっしりした、形のいいあごがきびしくひき結ばれた。「結果を見てやろうじゃないか」

ハロルドが、最近の、というか、最後の努力の成果を彼に見せた。基本的な自然食品とその成分に関するチャートで、円グラフで示されている。けばけばしい金と赤の彩色をほどこしたそのグラフには、こんな名称がついていた――**〝生命の車輪〟**

「じつにすばらしいよ、ハロルド」社長がそういって、手を伸ばすと、特別仕立てのスーツの上からでも筋肉がさざ波のようにゆれるのが見えた。「しかし、きみはずいぶん体重が減ったようだな。どうしてだ? 握力を強めるためのダイエットか? わたしも試してみたが、効果は驚くべきものだった。

ところで、ハロルド、こんなことはたずねたくないんだがな、いったいきみは、いつになったらわたしに借りた二十ドルを返してくれるんだ？　わたしはいま切実にあの金が必要なんだよ。ボストンのでっかい週末がせまってきた。それがなにを意味するかは、きみにもわかるだろう」マスタースンはウィンクし、クラークにもウィンクした。
「さてと、口きき屋よ、なにか法律的なことをしゃべってくれ」社長は大音声をとどろかせた。クラークのもつれたあごひげの奥から、しわがれ声が出てきた。杖を空に向けてふりたてながら、こういった。「体の治癒《メンス・サナ・イン》――」そこで苦しげにげっぷして、「――概括して《イン・コルポレ・サノ》」
「いいぞ、いいぞ」マスタースンはそれを聞き流しながらいった。力強いふくらはぎが、膝までの深さの紙くずの海をらくらくと渡りきり、彼を社長室へと運んでいった。

メモ――《コミュニケーションについて》

――Jqw534w9h

社長室からはウェートのドスンガチャンという音が聞こえ、食いしばった歯のあいだからもれる息使いが聞こえた。「聖なる書式」という文字を書きおわったところで、とつぜんハロルドはくずおれた。ヘンリーがまっさきに駆けつけ、彼の頭を持ちあげた。ハロルドはやりかけの仕事に悲しげな視線を向けて、こうつぶやいた。「わたしは……死亡登録局へ行かないと」そういって息絶えた。

カールがいった。「さてと、あの死亡事故のチャートはどこへしまったっけ?」

そこへ奥深い反響音がひびいた。マスタースンが立てた音ではない。マスタースンは胸に汗の粒を光らせて、社長室からスエットパンツ姿で飛びだしてきた。「いったいなにがはじまったんだ?」とたずねた。「だれかがここでウェートリフティングをやってるのか? こっちのタイミングが狂っちまった」

一同は謎のウェートリフターを探すため、社長のあとにつづいて階段を下りていった。エディが先頭で、クラークがしんがり。みんなが一歩ずつ進む。当然ながら、エドとハロルドはあとに残った。

階下のオフィスはどこもからっぽだった。表の歩道まで出た事務社員たちは、やっと怪音の正体に気づいた。一台のクレーン車が、会社のビルを鉄球で破壊しているのだ。

マスタースンが文句をいおうと作業監督に近づくと、むこうはつかのま破壊作業を中断させた。

「この建物は取り壊し中」

「なぜだ?」

「見捨てられた空き家だから」

「……なにかのまちがいか、それとも……」

「だけど、ここじゃだれも働いてないぜ」

マスタースンがなにかいったとき、作業監督の合図でクレーン車のエンジンが唸りを上げた。背の高いクレーンが指人形のようにぎごちなく向きを変え、鉄球を振りだした。

作業監督はピンクのヘルメットをかぶった頭を横にふった。「父親なんて知らんな」と大声で答えた。「おれが知ってるのは、これが仕事だってこと」彼はクレーン車の運転係に合図を送り、運転係は鉄球を大きくうしろへ引くと、壁をめがけて振りだした。

マスタースンはまっしぐらにそっちへ走りだした。波形ソールの靴をはき、ダンサーのように優雅な動きだった。つかのま、まるで鉄球は彼の巨大な胸からあっさりとはねかえされそうに見えた。

ジョン・ノヴォトニイ
バーボン湖

The Bourbon Lake
by John Novotny

「これはバカンスなのよ、マイケル。オートレースじゃなくて」妻のメアリにたしなめられて、マイケル・フリンは素直にアクセルから足をうかせた。車のスピードが落ちるのにつれて、近くの景色がはっきりと見えてきた。

「いまのは道路標識かな？」

「もうちょいスピードを落とせよ、マイケル。つぎのは、おれが見逃さないようにするから」ジェイムズ・オハニオンは友人にそういってから、妻に声をかけた。「アイリーン、もう一度地図を見てくれないか？」

「ご自分でお調べになったら？」アイリーンは答えた。「もうこりごりよ。こっちに調べさせといて、わきから文句たらたら」

「しかたないじゃないか、うっかりメガネをトランクのなかへ入れちまったんだから」ジェイムズ・オハニオンはいった。「とにかく、正しい方向に合わせて地図をひろげてから、ストラウズバーグを探してくれ」

「プロヴィンスタウンの近くかしら？」アイリーンが熱心に地図を調べたすえにいった。「だとすると、これは六号線ね」

「その町のまわりはみんな青色かい？」ジェイムズが優しくたずねた。

「ええ」アイリーンがうれしそうに答えた。

「だったら、それは大西洋で、きみが指さしてるのはコッド岬だ」とジェイムズ。「なあ、アイリーン、膝の上に地図をひろげたからって、かならずしも車の前方へ向けて指をたどらせなきゃいけない理屈はないんだぜ」

「だって、車は前方へ走ってるのよ」

「だから、地図の向きをあべこべにして、さかさまに地名を読めっていってるんだ！」

「なによ、メガネを出し忘れといて、逆にいばるんだから――」

「ストラウズバーグを見つけてもらえないかな」運転席のマイケルが、とりなすようにいった。アイリーンは唇をかみ、夫をにらみつけ、もう一度地図の上にかがみこんだ。メアリも横からのぞきこんで、助言をはじめた。まもなく二人の女性は地図の向きをあべこべにすると、車の進行方向へ指をたどらせはじめた。ジェイムズはため息をつき、道路の先へと目をやった。

「トレントン？」とメアリがたずねた。

「ストラウズバーグ」マイケルがくりかえした。「しかし、かなりいい線まできたよ」

「おれの下着の替え、数をチェックしたかい？」ジェイムズ・オハニオンがきいた。自分のカバンのなかへこっそり忍びこませた小さい酒瓶の安否が、急に気になりだしたのだ。アイリーンは地図から顔を上げた。

「ええ、ジム」とアイリーンは甘い声で答えた。「数は十分あるわよ。小さい品物をひとつとりのけただけで、二組よぶんに詰められたものね」

「そりゃよかった」ジェイムズはそうつぶやくと、体をいっそう低くずらせ、座席の背に頭をのせた。赤と黄のネオンのまたたきがフロントガラスに映り、右手へ移動してから、闇の中へ消え去っていく。

「いまごろ、みんなはケイシーの酒場だろうなあ」

「これから二週間は、がまんしていただきます」とアイリーン。

「二週間か」ジェイムズは悲しげにつぶやいた。「おまけに、カバンの中身は下着だけだとさ」

「ストラウズバーグは見つかったか?」とマイケルがさいそくした。


翌朝早く、ジェイムズ・オハニオンとマイケル・フリンは、大きなダブル・キャビンのドアから、それぞれに追いだされた。

「散歩だなんて!」マイケルは妻をにらみつけた。腕組みをしたメアリは、彼がベッドにもどれないよう、入口でとおせんぼをしている。「散歩ってやつは危険だ。こういうバカンスには、体をぼつぼつ慣らしていかなくちゃ。こんな初期段階でてくてく歩いたりしたら、むりな負担が心臓にかかって、かえって有害だよ」

「じゃ、のんびり歩けば?」とメアリ。

「それと、近くの酒場へ直行したりしないこと」アイリーンが隣のポーチから口をそえた。

「その点は心配ご無用」メアリ・フリンが笑いながらいった。ふたりの男はけげんな面持ちで彼女を見やった。

「あなた、どうかしたんじゃない？」アイリーンがいった。「なにしろ、この人たちのことだから」

「ゆうべ、このふたりがスーツケースを運んでるあいだに、ドラモンドさんといろいろ話をしたの」メアリが説明した。「クリーニングや食料品店のことをきいたあとで、酒場のこともきいてみたのよね。このあたりには一軒もないそうよ。酒場を開いてもやっていけない、そんな土地柄だって」

ジェイムズはポーチに手をついて体を支え、マイケルはあんぐり口をあけた。

「酒場がない？」蚊の鳴くような声。

「さあさあ出発」アイリーンがうながした。「悲しいニュースは歩きながら考えてちょうだい。メアリとわたしは、ご近所へあいさつまわりをしてこなくちゃ」

茫然としたふたりの男は、ゆっくり向きを変え、明るい土曜の日ざしのなかへとぼとぼと歩きだした。その小道は、ほかのキャビンの前を通りぬけたあと、大まわりしてみやげ物屋と小さいレストランへ。そこで小道はふたまたに分かれた。片方はテニスコートとバレーボールのコート、もう片方は森と野原に向かっている。マイケルとジェイムズはその分岐点で立ちどまった。

「どうだ、はりきってバレーボールでもやりますかね？」マイケルがわびしげにたずねた。

「いやいや、ご遠慮しましょう」とジェイムズ。「こんなことなら、ケイシーの酒場でちょいとシャッフルボードのゲームでもしてたほうが――」

「事前調査をしとくべきだった」

「だれがそんなことを思いつく？ 観光地に酒場がない、だなんて。客が渇き死にでもしたらどうするんだろうな。おい、マイケル、あっちでふたりの紳士がテニスをおはじめになるようだ。あれを見てると、汗が出てきていけない。こっちの道にしよう」

ふたりは縦一列になり、首をうなだれ、土ぼこりを立てながら、のろのろと歩いた。土の小道はまもなく草ぼうぼうの小道になり、やがてふたりは森のなかへさまよいこんで、丘をつぎつぎに登っては下った。ある丘の頂きでとつぜんジェイムズは立ちどまり、マイケルの腕をつかんだ。

「おれもとうとう頭をやられた。さっきから情けないことばっかり考えてるんで、なにかがプツンと切れたらしい」

「なんでまたそんなことをいいだすんだ？」マイケルがきいた。

「たったいま、ケイシーの酒場の匂いがしたんだよ」とジェイムズ。

「きみの発狂をなっとくさせたところで、奥方どもがバカンスを途中で切りあげるとは思えんがね」

「幻覚だ。オハニオン家の人間は、そんなものに無縁だと思ってたが」

ふたりは考えこみながら、また歩きだした。こんどはマイケルが先に立ち、せまい小道を進んでいたが、とつぜん足をとめたので、ジェイムズがその背中にぶつかった。

「どうした？」

「きみの病気がうつったらしいぞ。ジェイムズ」マイケルは鼻をクンクンさせた。

「ケイシーの酒場か？」

マイケルがうなずくのを見て、ジェイムズも鼻を上に向け、息を吸いこみはじめた。

「よくわからん」とジェイムズ。「なにかで匂いが薄められてる」

「新鮮な空気だろうよ、きっと」とマイケル。

「しーっ」ジェイムズがさえぎる。「匂ってきた」

「こっちの頭がおかしいのかな？」とマイケルが疑問を声にした。「それとも、ひょっとして、この近くに酒場があるのをドラモンド氏がご存じないのでは？　ジェイムズ、その匂いを逃がすなよ。いまからきみは猟犬だ。それいけ」

ジェイムズ・オハニオンは前進をはじめた。マイケルもぴったりそのあとにくっついた。ふたりの足どりに勢いがついてきた。人生に目的をいだいた人間のように。

「もう猟犬はいらない」マイケルは鼻をひくつかせた。「こんなにぷんぷん匂う酒場ははじめてだぜ」

あたりの空気には濃厚なウイスキーの匂いが漂っている。いつのまにか走りだしたふたりは、小さな高台の上まで登った。お目当ての酒場はそこになかった。その代わり、森にかこまれたきれいな湖があった。

「おれたちはやっぱりどうかしたんだよ、マイケル」ジェイムズがいった。「心のなかのなにかが、同時にプツンと切れたにちがいない」

「つきあいのいいことで」

「鼻だけじゃなく、目までおれを裏切りやがった。湖というのは青いものだと、昔から思いこんでたんだが」

「実物を見たことがあるのか？」

「あるさ、セントラル・パークで」

「ふん！」マイケルがせせら笑った。「あんな飼いならされたの。こいつは野生の湖だぜ。色がちがったって、ふしぎでもなんでもない」

「しかし、きれいだな。赤味がかってるというか、濃い琥珀《こはく》色だ」

ふたりは湖の岸辺まで下りて、深呼吸をした。

「野生の湖は公園の湖よりいい匂いがする」とジェイムズ。「あそこを見ろよ。これこそ自然だ」

彼は岸辺ぞいにむこうを指さした。湖のへりに木が一本、その木の根かたに一ぴきのビーバーがすわっていた。ビーバーは平べったい尻尾を前にひろげ、お尻を地べたにくっつけ、木の幹にもたれている。ときおりビーバーは前足を湖のなかにつけて、口もとへ持っていく。そしてせっせとすみずみまで前足をなめる。

「ありゃどういうビーバーなんだ？」とジェイムズ。

「こっそりそばへ寄って、調べてみよう」マイケルはそういうと、抜き足差し足でビーバーのほうへ近づいた。ジェイムズもそのあとにつづいた。ビーバーはふたりが近づくのをながめた。目を糸のように細めて待ちうけた。ふたりの男はビーバーをはさんでその両側に立ち、上から見おろした。

「野生動物は人間が近づく気配に敏感だという話だけど。こいつは眠ってるみたいだよ」マイケルはビーバーを上からにらみつけた。ジェイムズはしゃがんで、ビーバーの顔をのぞきこんだ。ゆっくりとビーバーは片目をあけ、また閉じた。

「おれにウインクしやがった」とジェイムズ。

「とうとうきみの狂気も安全基準を通りすぎたな。こういう動物はウインクなんかしないもんだ。待て、そこにじっとしてろ」

マイケルは両手で湖の水をすくった。

「飲めよ。頭がはっきりするかもしれん」

ジェイムズは素直に友だちの手からそれをすすった。唇をなめ、首をかしげた。

「すまんが、もう一杯すくってきてくれないか？」

マイケルはそのたのみを聞きいれ、ジェイムズはもう一口すすった。そしてうめきをもらした。

「拘束衣を注文してくれ、マイケルのだんな。おれは完全にいかれてる」

マイケルとビーバーは、ジェイムズをまじまじと見つめた。

「どうして?」とマイケル。

「この湖の水、バーボンの味がするんだ」ジェイムズがささやいた。

そういうと腰をかがめて、こんどは自分の手で水をすくった。

「うん。バーボンだ」断定的な口ぶり。

マイケルはさっそく自分も味見してから、ビーバーの反対側に陣どった。ならんだ一同は熱心にすくい飲みをつづけた。五分後、腰を上げたビーバーは、ジェイムズの足につまずいて転倒したあと、千鳥足で去っていった。

「あいつ、へべれけだ」ジェイムズが感想をのべた。マイケルがすくい飲みの合い間にうなずいた。

十分間が過ぎ、マイケルは木の幹にもたれかかって、あたりの景色を見わたした。

「オハニオン君、このみごとなバーボンの容器の大きさを見たまえ。そうせかせかとがっつく必要はない。簡単になくなりゃしないよ」

「そのとおりだ」とジェイムズ。「明日のことも考えなくちゃな。そのまた明日のことも」

「二週間この楽しみがつづくんだぜ。しかも、ふたりでしゃかりきになったって、減りっこないぞ」

昼をかなり過ぎてから、ふたりは小さな高台の上にもどり、もときた道をひきかえしはじめた。

「目印の草むらをぜんぶおぼえておけよ」とマイケルが注意した。

「酔眼朦朧の範囲内でな」ジェイムズがつぶやいた。

テニスコートの近くの分岐点にたどりついたところで、ふたりは立ちどまった。

「悲しむべき事実だね、この長い道のりでちょっぴり酔いがさめるのは」

「いや、かえってそのほうがいい」とジェイムズ。「女房どもに、この森のユートピアを見かぎる決心でもされたら一大事だ」

「さすが、読みが深い。明日は忘れずに紙コップを持ってこよう。ぼくは手が小さくて、たっぷりすくえない」

「バーボンの湖とはね」ジェイムズが幸福そうにいった。「そういえば、先週の日曜だったよな、きっと楽しいバカンスになりますよ、とライリー神父がいってくれたのは。どうしてあの人にわかったんだろう？」

「偉い人だよ、ライリー神父は。きっとわれわれのために祈ってくれたんだ」とマイケル。「ペパーミント・ガムが残りすくないぞ、ジェイムズ。明日の朝、レストランでもっと仕入れていこう」

ふたりはキャビンに向かって元気よく小道を歩いた。アイリーンとメアリが大きなポーチにすわっていた。

「おや、さすらい人たちのお帰り」アイリーンがいった。「いまもふたりで噂をしてたのよ、あの悲報を聞いて、自殺協定でも結んだのじゃないかしらって」

「ミセス・オハニオン、悲報とおっしゃいますと？」マイケルがききかえした。

「酒場がないことですわ、ミスター・フリン」

「酒場？」ジェイムズが心外そうな声を出した。「まさかそれは、われわれが酒場なしには生存できないという意味じゃなかろうね？」

「これまでは生存できなかったわ」とアイリーン。「そんなお芝居、よしなさい」

「森のなかで自然にしたしむと、興奮剤の必要なんかなくなるよ」とマイケル。

「へえ、自然にしたしむ、ねえ」メアリ・フリンが皮肉な口調でからかった。「わたしはボーイスカウトと結婚したのかしら。ねえ、木の苔はどっち向きに生えてた?」

「これを聞くと諸君も驚くだろうが、本日、ジェイムズとぼくは至近距離からけだものを観察したんですぞ」マイケルは妻にいった。

「そんなことでしたら、わたしも長年やってます」とメアリ。

「からかうのはご自由ですがね」ジェイムズはいった。「あのけだものは、まさしく造化の妙でしたな。小さくて、毛がふさふさして。ひょっとするとミンクかな」

「じゃ、毛皮のコートを罠にかけてきてよ」アイリーンがいった。「でも、おふたりが見たのが、小さな、毛のふさふさしたけだものだと聞いて、安心したわ。蛇やピンクの象だったらたいへん」


翌朝、メアリとアイリーンは、なんの苦労もなしにマイケルとジェイムズをキャビンから送りだすことができた。ふたりの男は朝食をおいしそうに平らげると、さっそく散歩にでかける意思を表明したのだ。ふたりの妻たちがまだこのショックから立ちなおれずにいるうちに、マイケルとジェイムズは分かれ道のそばにある小さなレストランを訪ねた。そして、ペパーミント・ガムと、サンドイッチと、紙コップを買いこんだ。それからバーボン湖への道をたどりはじめた。

「ゆっくり歩こうや、ジェイムズ。早朝からの飲酒は体にわるいというぜ」

「たぶんそいつは、あの女房どものいいふらした噂だろうよ」ジェイムズが答えた。「しかし、きみのいうとおりだ。あわてることはない」

　ふたりはのんびりと森のなかを歩き、いそがしそうな駒鳥にうなずきを送ったり、兎に「おはよう！」と声をかけて、びっくりさせたりした。ときどき、どちらかひとりが鼻を上に向け、深く息を吸いこむ。それからにんまりほほえみ、もうひとりに向かってうれしそうにうなずき、ふたりは自信たっぷりに前進する。最後の丘を登りきると、そこには琥珀のさざ波を日ざしにきらめかせたバーボン湖が、ふたりを待っていた。

「美しい」マイケルが嘆息した。

「夢みたいだ」ジェイムズが補足した。

　ふたりはウイスキーの岸辺に生えた木のそばまで歩いて、きのうの仲間をさがした。ビーバーの姿は見あたらない。ふたりは木の根かたに腰をおろしてくつろいだ。感心なことに、すぐに紙コップのカートンをひらいたりはしなかった。暖かい日ざしのもとで、目をつむったのだ。半時間後、近眼のカワセミが真上に飛んできて、このおかしな色の湖になにかが泳いでいるのを見つけたらしい。カワセミが飛びこんだとつぜんの水音で、マイケルははっと目がさめた。目をあけると、ちょうどぐしょ濡れの鳥が水面に顔を出し、空中に飛び立とうとしているところだった。だが、尾羽がぐんにゃりと垂れさがり、カワセミは十メートルほどばたばたもがいたすえに、やっと岸にたどりついた。それからカワセミは向きをかえると、この奇妙な湖をつぶさに調べた。どうも怪しいぞというように、長いくちばしをそろそろと液体のなかへつっこみ、それから羽毛におおわれた頭をうしろにかしげる。マイケルが見ているうちに、カワセミは空へ飛び立ち、湖の上でくるりと輪を描いてから、翼をたたんで、急降下をはじめた。日ざしとバーボンの作る金色のしぶきのなかにカワセミが姿を消すのを見て、マイケルは思わず目をつむった。

「いくらなんでも時間が早すぎる」とマイケルはつぶやいた。

　水曜の午後には、いっときはらはらするような出来事が起きた。ジェイムズとマイケルが二杯目に口をつけかけたとき、雨が降ってきたのだ。ふたりは木の下にうずくまって、空をにらんだ。

「雨のやつ、なにをしてるか知ってるか?」ジェイムズがきいた。

「知ってるさ」マイケルが答えた。「バーボンを水で薄めてやがるんだ」

「しかし、こんなことは前にもあったにちがいない」

「そりゃそうだ。しかし、あんまり考えたくない感じだなあ」

　雨が上がったあと、ふたりはおそるおそる紙コップで試飲した。微笑がもどった。

「自然の猛威をはねつけて、この香りとこくをたもてるというのは、よほど高級な銘柄だぞ」マイケルが尊敬を新たにしていった。

「それに」とジェイムズが答えた。「この湖を水割りにするには、相当な豪雨が必要だろう」

　木曜日に、ふたりは一頭の鹿が、遠吠えをつづけている猟犬の群れを逃れて、湖のなかへ駆けこむのを目撃した。鹿は膝あたりの深さで足をとめ、琥珀色の液体に鼻づらをくっつけてから、びっくりしたように首をひっこめた。二度目のひと口はもっと長かった。三口めで効き目が現れた。猟犬の声がどんどん近づいているのに、鹿は枝角の重みをたしかめながら、ゆうゆうと湖から出ていったのだ。二頭の猟犬の唸り声は、茂みから飛びだして、獲物の姿を見つけたとたん、うれしそうなきゃんきゃんという鳴き声にかわった。しかし、途中まで鹿に近づいたところで、猟犬たちは、その長いキャリアを通じてもはじめての現象に気づいた。獲物の反対側の一端と対面していることに。その一端は、むこうへ逃げずに、こっちへ近づいてくる。そこには白い尾の代わりにとがった角があり、しかもその目は鹿らしくもない飢えた光をたたえている。二頭の犬は急に立ちどまると、主人の姿を求めて、きょろきょろあたりを見まわした。主人がまだずっとうしろにいるとわかって、犬たちは指図を受けにあわててひきかえした。鹿はのんびりそのあとを追おうとしてから湖のことを思いだし、ここを永《と》遠《わ》の住処にするつもりか、あたりの探検にとりかかった。

金曜日に、ジェイムズとマイケルはもうひとりの客に出会った。休暇施設経営者のドラモンド氏だった。その小柄なスコットランド人は湖岸ぞいにゆっくり歩いてくると、ふたりの酒飲みのそばに腰をおろした。帽子をぬぎ、紙コップをひとつ選びとって、さっそく手酌をはじめた。

「やっぱり、あんたらもこの湖を見つけたか」ドラモンド氏は穏やかにいった。

「おかげさまで」とマイケル。

「うん」とドラモンド氏。

三人がそれぞれに紙コップをかたむけるあいだ、長い沈黙が下りた。

「これでわかったかな？　なぜこの界隈で酒場が成り立っていかんかが」

「わかります」とジェイムズ。

「うん」とドラモンド氏。

「ふたりで湖のまわりを歩いてみたんですがね」マイケルがいった。「ここへ流れこむ川は一本もない。一度見たかったんですよ――バーボンの川を」

「うん」ドラモンド氏はじっと考えた。「だが、それは見つからんて。この湖は地中から湧きだしとる。わしらの推測では、どこかこの下に朽ちた草木が埋まっとるらしい。そいつが石油にならずに、自然発酵した上、ひとりでに蒸溜されて、こんなうまい酒になってくれた」

「自然の力は偉大ですね」ジェイムズが紙コップを湖面に近づけながらいった。

「バーボンが好きらしいのう」ドラモンド氏が感想を述べた。

「そりゃもう」とジェイムズ。

「じゃ、いい年にきなすった。毎年、ここの酒は変わる。来週の金曜になると、このバーボンがぜんぶ地中に吸いこまれる。この現象はうまいことに、毎年きまっておなじ日に起きてくれるんでな、ぎりぎり最後になってから、瓶や樽に貯えを詰めりゃええ。すると、春のはじめに、また湖がいっぱいになる」

「その日はみんな大喜びでしょう」マイケルがいった。

「うん」とドラモンド氏。「反面、気がもめるがね。つまり、毎年この湖は変わっていく。べつの酒になるのさ」

「まさか」とジェイムズ。

ドラモンド氏は彼をじっと見つめた。

「べつの酒になるのさ」そうくり返した。

「去年はなんでした?」ジェイムズはきいた。

「アイリッシュ」ドラモンド氏は答えた。

木の根かたに沈黙が下りた。ようやくマイケルが口をひらいた。

「一年遅かった。こんなすばらしい幸福を味わってるくせに、すごく惜しい気がしますよ。ぜいたくな言い草だけど、これがアイリッシュ・ウイスキーだったら——」

「そう悲しみなさんな」ドラモンド氏はにやりと笑っていった。「来年はまたアイリッシュがもどってくるかもしれん。だが、もし予定どおりだとすると——ちがうな」

「予定？」マイケルがききかえした。

「うん」ドラモンド氏は答えた。「わしらの推測だと、ここの地下にいろんな溜め池があって、いっぱいになるまでに年数がかかるらしい。もう長年のあいだ、その順番にはめったに狂いがない」

「来年の予定はなんです？」ジェイムズがきいた。

「アップル・ブランデー」ドラモンド氏はうれしそうに答えた。

マイケルとジェイムズは、わが意を得たようにうなずいた。

「来年もまたきますよ」

「奥方たちがこのことを聞きこまなけりゃな」ドラモンド氏は紙コップをまたいっぱいにしながら、抜け目のない口ぶりでいった。

「聞きこむおそれはあるでしょうか？」とマイケル。

「あるんじゃないかね。あいにく、この界隈の女どもは、湖のことを知っとる。どこかでその話が出るのは、ありそうなこった」

「まあいいや。そのときはそのときです」

「よろしい。ところで、新しい紙コップはないかね。こいつは洩れてきた」

森のなかを縫うようにして、自分たちのキャビンに帰りついたマイケルとジェイムズは、アイリーンとメアリが上機嫌なのに気がついた。

「きょうはとてもたのしかったわ」アイリーンがはしゃいだ声でいった。「パーティに招かれたの。

ドラモンドさんの奥さんが、すてきなパンチをごちそうしてくださって」

「パンチ？」マイケルは声をひそめた。

「ええ」メアリがうきうきと答えた。「オールド・ファッションドとかって名前」

マイケルは片手で目をおおい、ジェイムズに耳打ちした。

「おい、いよいよ危機到来だぜ」


危機は月曜の朝にやってきた。メアリとアイリーンは、週末にオールド・ファッションドという名のパンチのあらゆる魅力を探りあてようとしたのはいいが、そうした探検家がだれでも横断しなければならない沼地で立往生したのだ。メアリは目をさますなり頭をかかえた。半時間後、彼女はアイリーンと自分の手記を比べあった。

「マイケルがときどき見せたあの顔つきと、おんなじ気分」とメアリは訴えた。

「あなたの髪の毛も、わたしのみたいに、頭のてっぺんを押さえつけてる？」アイリーンが悲しそうにきいた。

「わたしたちが飲んだのは、ウイスキーだったのかしら？」

マイケルとジェイムズは、戸口から浮かぬ顔で妻たちを見まもった。

「こりゃアイリーンの潜在意識に悪影響をおよぼしそうだ」ジェイムズがささやいた。

「ぼくはメアリの意識が心配だよ」とマイケル。

女たちは薄目をあけて、ドラモンド氏の大きなキャビンに当たる日ざしをながめてから、マイケルとジェイムズを見つめた。

「わたしたちがもどるまで、でかけちゃだめよ」メアリが命令した。「わかった?」

　マイケルがうなずくと、ふたりの女は急ぎ足に出ていった。ふたりの男はポーチのステップに腰をおろした。

「いよいよ終末がやってきたのかな?」

「もしそうだとしても、雄々しくそれに立ち向かおうぜ」とマイケル。

「ところが、おれは弱虫なんだ、マイケル。あの湖へ身投げして、二度と浮かんできたくない気がする」

「美しい考えだよ、ジェイムズ。しかし、おたがいに男である以上、この試練に男らしく立ち向かおう。湖のことは忘れろ」

「あの湖を忘れる?」ジェイムズがいった。「そいつは冒瀆だぞ! ケイシーの酒場を爆破するほうがましだ!」

「思い出で自分を苦しめたいのか? 女房たちがもどってきたら――」

　急にマイケルは口をつぐみ、大きなキャビンのほうを見つめた。メアリとアイリーンがドラモンド氏に手をひかれて、ポーチのステップを下りてくるところだ。ドラモンド氏はふたりにそれぞれのキャビンを指さして教え、軽く背中を押しやった。アイリーンは二、三歩進んでからうしろを向き、小柄なスコットランド人に投げキスを送った。ドラモンド氏もいんぎんにおなじ動作を返した。アイリーンはもう一度くるりと向きを変えてから、メアリの背後へまっしぐらに歩きだした。メアリは両目を寄せ、鼻先三センチのところにひらひら浮かぶ黄色い大きな蝶々を見つめているところだ。蝶々はメアリの吐く息の香りにひきよせられたらしい。うしろからアイリーンにどすんとぶつかられて、メアリは大きく息を吐きだした。蝶々はうれしそうに羽を畳んで気絶した。ふたりの女は笑い声を上げ、腕を組むと、キャビンに向かって思い思いの方角へ歩きだそうとした。夫たちはのろのろと立ちあがったが、あんぐり口をあけたままで、声も出てこなかった。

「なんでもなかったわ、ジミー」アイリーンが呼びかけた。

「あのすてきな朝の飲み物で、あっさり治っちゃった」メアリが鼻歌まじりにいった。「でも、おかしな名前だったわね。犬の――」

「――犬の毛（二日酔いの迎え酒のこと）」ジェイムズとマイケルが声を合わせた。

「それだわ」メアリがさけび、アイリーンといっしょに笑いだして、あやうくひっくりかえりそうになった。夫たちは妻たちの手をひいて、籐椅子にすわらせた。マイケルが頭をしゃくり、それから二、三分後、ジェイムズが彼を追ってキャビンの裏手までやってきた。

「われわれは救われたよ」マイケルがいった。「きっとライリー神父が時間外のお祈りをしてくれたんだ」

「おれとしては、女が酔態を演じるのはあんまり感心しないが」とジェイムズ。「問題がひとつある。どうすれば、女房たちがずっとあの調子でいてくれるだろう？」

アイリーンの声が、まろやかにポーチから漂ってきた。

「ジミー！　ジー・ミー！　聞こえる？」

「ああ――聞こえるよ」ジミーは答えた。

「散歩にでかける前に、ドラ……ドラモンドさんとこへ魔法瓶を届けてちょうだい。ふちまで一杯パンチを詰めてあげると、約束してくださったの。ねえ、忘れないでよ」

「だいじょうぶだ、アイリーン。忘れないよ」ジェイムズはうれしそうに呼びかけた。

「ふちまで一杯」メアリがくり返した。

「なみなみとね」マイケルがいった。


湖にたどりついたふたりは、ドラモンド氏とビーバーがすでに木の根かたにすわっているのを見いだした。ビーバーはちょっぴり不満な唸りを上げながら、体をにじらせて、新来者たちのために場所をあけた。

「失礼」ジェイムズは紙コップを手に身を乗りだした。ビーバーはあきらめたように目をつむり、人間がウイスキーをくみおわって、うしろにさがるのを待った。

「ドラモンドさん」マイケルがいった。「いろいろありがとうございました」

「うん」ドラモンド氏はにこにこしてうなずいた。「これで悩みも晴れた。あんたらの休暇の残りは、楽しいものになるじゃろう」

「それを祈って乾杯しますか」とジェイムズ。

三人の男とビーバーは、湖のバーボンをすくいとった。

「来年の予約なんですが——」とマイケルは切りだした。

「それはもう奥さん方がすませたて。けさ、二日酔いを治しに見えたときにな」

四時には、まだみんなが立つことはできたが、歩けるのはビーバーだけだった。そのビーバーも、自分の堰へ帰る途中で、湖へ落っこちてしまった。

グラックの卵

ハーヴェイ・ジェイコブズ

The Egg of the Glak

by Harvey Jacobs

デイヴィッド・ヒーコフ博士の思い出に捧げる。
安らかに眠れ。ほかによい方法がなければ。

春の夜。キャンパスは静か。風はやわらかな吐息。ぼくはこわばった両脚でバランスをとりながら、持ち場についていた。月光のもと、一九〇八年寄贈の噴水が澄んだ音を立てる。そこへ彼がやってきた。らっぱに似た鼻息はマンモスなみ。足音はどたばた、体がかしぎ、よろめき、しりもちをつきかけ、背を伸ばして、のどの奥から吠える。こりゃ厄介者だ。

「たいせつな二重母音。やつらはたいせつな二重母音を単母音化した。あの蛙ども。あの蛙ども」

その声のこだまが四角い中庭を揺るがす。

ぼくは彼をつかまえようと走りだした。まるでクマを抱きとめるようなものだった。あやうく共倒れになりかけた。

「かわいそうにな。かわいそうな坊や」彼は短い両腕をふりまわしながらいった。「きみも犠牲者のひとりだぞ。大母音推移の。ノーサンブリア王国の裏切りの」アルコール純度五十パーセントの涙で濡れた両頬を、畝織りのネクタイでぬぐっている。なんと、こいつは酔いどれ学生じゃない。教授だぞ。いい年をして。

「ストーン（酔っぱらう）という動詞の活用を、歳月に色褪せたかたちで練習するか。わしのあとから復唱しろ。復唱しないと、ぶちのめしてやる。スターン、スターン、スターネス、スターネ、スターナス、スターナス、スターナ、スターヌム」

「落ちついてくださいよ」とぼく。

「ノルマン人、くそくらえ！」と彼はさけんだ。「やつらがわが言語をだめにしたんだ。裏切り者のマーシア人、ケント人、ウェスト・サクソン人、ノーサンブリア人。それに、お追従屋のフランス人。おまえたちの子供と、そのまた子供の子供に、何世代にもわたって伝えろ。二重母音は単母音化された。お助け」

「いま助けようとしてます」

「警察か」

「学内警察です」

「犠牲者か」いまの彼は声をひそめていた。「あわれなまぬけ」

千年前になにが起きたかを、いったいどれだけの人間がおぼえている？　ヒーコフから聞かされなければ、母音推移のことなど、ぼくはかいもく知らなかったろう。そのせいで自分の生活と性格が一変した、というのに。その呪われた母音推移が、われわれの英語をうなり声からのどを鳴らす音に変えたのだ。

調べてみればわかる。まあ、文献を読んでみてほしい。古き良き時代のアングル族や、サクソン族や、ジュート族が、歯のすきまからどれほどさかんに唾を飛ばしたかを。そこへフランス人がやってきて、どのように彼らを征服し、われらが母音を英語の片隅へ押しやり、われわれの舌にビロードめいた毛皮をかぶせたかを。

ヒーコフにとっては、母音推移こそが歴史の中心だった。それ以前は、毛深い人間、骨つき肉をしゃぶる人間の時代。それ以後は、シルクのズボンと男根弁解の時代。

「チュートン人からスカタン人へ」とヒーコフはぼくに語った。「去勢だ。扁桃腺園の旱魃《かんばつ》だ。この道化師町で連鎖球菌咽喉炎が猖獗《しょうけつ》を極めるのもふしぎはない」

音。ヒーコフ教授の人生はさまざまな音だった。内臓をゆるがす音。チョークのきしり、動力鋸が材木を切断する音、ガラスとフォークのふれあう音、こする音、ブーンといういうひびき。生ごみ粉砕機《ディスポーザー》の咀嚼《そしゃく》音、ジェット機の悲鳴、歯科医のドリル、ポンプののど鳴り、排水管の嚥《えん》下《か》音、タイヤのきしり、救急車のサイレン、巨人の放屁、ブーン、バーン、ガーン、ビリッ、バリバリ、爪がシルクをひっかく音。

もっとソフトな音もある。音楽やオルゴール、ベル、チャイム、〈エド・サリバン・ショー〉に出演するボトル演奏家、それらすべて、雑音のすべて。だが、なによりも、背すじの寒くなる音だ。彼の大好きな音は——人びとの生活音。肉体から発する音、話し声、ガヤガヤ、ビチャビチャ、言葉、歌声、あやす声、罵り、命令、質問、返答、言いわけ、強要。彼にとって大母音推移が大きな意味を持つのも、そういうわけだ。

「あの好色なゴール人どもは、わしになにをしたか。この声帯を半分に縮めたんだ。やつらはわしから声を奪った」

ヒーコフは声をからし、口角泡を飛ばしてしゃべるのが好きだった。彼の肺はオルガンの風袋そこのけで、巻き舌のRやCHの音が堰きとめられて、ちょろちょろした滴りになる。彼は自分の声に聞きほれた。『ベーオウルフ』や、チョーサーや、『散文エッダ』を朗読してはテープに録音し、それを再生した。その声が物語るのは、太陽が大地をのみこんだ、強風の時代と狼の時代だった。

「アッグクルル、鼻の穴でしゃべるな。鼻声の連中はろくでなしだ。横隔膜。両肺。いちばん深い地下道。それを使え。言葉をゆっくり形づくれ。頭のなかでだ。それを飢えた動物のように口から出す。熱い煙の輪をな。センテンスのひとつひとつを、つながった美しいソーセージのようにしゃべれ。ぼそぼそつぶやく人間はげす野郎だ。**堂々としゃべれ。自分の意見を述べろ。それによってきみは成功するだけでなく、全人類に奉仕することにもなる**」

ヒーコフ。ぼくたちは親友になった。錯覚じゃない。そりゃ、最初は彼にもなにかの動機や、よからぬたくらみがあったかも。いいさ、お好きなように考えてほしい。

「落胆し、幻滅した魂」、「毒舌家、皮肉屋」、「怒りのかたまり」、「悪影響の源」そんな噂、いやもっとひどい噂も聞いたことがある。だが、ぼくにとってヒーコフは救い主、親愛なる同志だった。目をつむると、その姿がまざまざと浮かびあがる。

ヒーコフ。

カンタロープ・メロンそっくりの体、小さい頭、大きいあご。紫色の唇の奥にある濡れた口。荒い息。短い四肢。ハーハー、フーフーと音を立てる奇妙な機械、無軌道機関車さながら。何台ものトレーラーをひっぱり、ときには積荷なしで突っ走るトラックさながら。切除された心臓。ディーゼル車の燃料は重油だが、ヒーコフの燃料は食べ物だ。つねに燃料。つねにガスの放出。ぼくは彼が大好きだった。いないのが淋しい。

「わが友、ノースよ」ハーハー、フーフーとにこやかな声で、彼はいった。ゼイゼイあえぎながら、コーヒー・テーブルのまわりでぼくを追いまわしたあとにだ。「認めよう、きみの抑圧された内気さをな。ああ、魚神王も照覧あれ、男の性器がどれほどのトラブルを生みだすかを、きみはまだ知らんのだ」そこで自分の太鼓腹を上から指さして、「**しかも、四十年このかた、わしはおのれの一物を見たことがない**」

ああ。それがどんな種類のトラブルかは、ぼくも知っていた。当時のぼくはもう十歳ではなく、はたちだったから。だが、あれはヒーコフの冗談だった。あの春の夜、彼を自宅へ送りとどけたときから、ぼくたちは友人になった。季節はめぐって夏のある日、彼はぼくを夕食に招待した。ごちそうだった。完全な満腹状態。それを消化中に、彼はぼくを犯そうとした。

ヒーコフはぼくを口説いた。まず、ミスター・ユニバースと名づけたディスポーザーに殻や皮をほうりこむ。それらはピューレとなって呑みこまれる。つぎに、リープフラウミルヒをすすめる。それからぼくを追いかけた。二本足の機関車は、嵐と凪《なぎ》を歌った母音推移以前の韻文をわめきちらし、ぼくの敏捷さに刺激され、同時に挫折を味わった。

「すみません」ひと息入れた瞬間に、ぼくはいった。「その方面の嗜好はないんで」

「その青臭い頭の上にアルプスを落っことしてやる」ヒーコフが絶叫を上げると、防風窓がガタガタ鳴った。しかし、われわれはひとつの合意に達することができた。彼の血圧が正常にもどるのを待って、率直な話しあいをしたのだ。

「いいですか、ヒーコフ博士、かりにぼくが性的倒錯に興味があったとしても、あなたとはそうする気になれません。ぼくにとって、あなたは大伽藍のようなもの、ステンドグラスを通した光と象徴的な内容でいっぱいのね。妙なことにぼくはあなたが大好きですが、方向がちがいます」

「親しきなかにも定義あり、か」ヒーコフはちょっぴり悲しそうだった。「いつか気が変わったら、最初に知らせてくれ。料金着払いの電報でな。それまでは、従来どおり友人の関係でいよう。きみはいい頭をしている。いい頭は、数すくない貴重な宝石だ」

その後もぼくたちは友人でありつづけた。ぼくは自由講座聴講のために大学警備員のアルバイト中だったが、聴講をつづけるうちに、やがて隊長になった。ああならなければ、いまもまだそうだったろう。

週に一度はヒーコフの家を訪ね、いっしょに食事をした。コアントローとマンダリン・オレンジのあと、彼はいつもちょっぴり興奮状態になったが、もう二度とぼくを犯そうとはしなかった。けっこう抑制がきいていた。

ぼくたちは人生と詩を語りあった。当時のぼくは詩を書いていた。彼はぼくの作品を読み、ときにはそれを古英語に翻訳してくれた。批評もしてくれた。ぼくを信頼し、励ましてくれた。

ぼくが書いたのは、人生と、勇気と、主体性と、時間と、死に関する詩だった。こうした主題にヒーコフは喜んだ。彼は非常なロマンチストで、エデンの園に目がなく、アダム礼賛派、イブ礼賛派、蛇礼賛派、神礼賛派、ガブリエル礼賛派であり、昨今の風潮への反対派だった。彼の自己像は、ケープをはおり、鋭利な剣を帯びていた。彼の信仰の対象は血なまぐさい戦闘と、なごやかな和睦だった。要するに、ヒーコフの理想像は、一種の殺しとキスの合体なのだ。

重要なのは、つねに嵐を巻きおこし、がらくたを宙に舞わせることだ。

「感情をゆり動かすのはいい。だが、かき混ぜすぎてバターにしないこと」と彼はいった。「パステル調のイメージを生みだすドラッグや、酒や、キノコを使うな。人生を使うんだ、ハロルド。人生中毒になれ。きみ独自の薬品、きみ独特のトランスとダンスを生みだせ。これは絶対者ヒーコフのお言葉だぞ」

たびたびいっしょに過ごした夕べは、ぼくにはたのしかったし、彼にとってもたのしかったろうと思いたい。ぼくはまるで彼の息子のようで、彼もおなじ意見だった。あえていうが、実の父親以上だった。その関係が百年もつづいてくれればいいのに。しかし、人生のならわしで、とつぜんそれは断ちきられた。

みんなが家に閉じこめられた冬の一夜、電話が鳴った。電話がかかってきたとき、ぼくはまだ眠ってなかったが、夢のとば口にいた。渦巻く雪のなかから夢が現れようとしていた。電話のベルはけたたましい虫で、ぼくはそいつをたたきつぶそうとやっきになった。そのあげく、起きあがった。寒い部屋に裸でふるえながら。トラブルの予感があった。

最初に頭をかすめたのは火事だった。それとも寮生の自殺か。パンティー狩りの季節じゃないし、寮内ではレイプは時代遅れだ。

「はい、もしもし？」

「ハロルド・ノース？　あなたが彼？」

「彼。はい」

「こちらはキップマン・プレースの〈賢い羊飼いクリニック〉。わたしはミス・リンカーです」

「はい」

「患者のヒーコフ博士が、あなたに会いたいと……」

その夜は凍てついていた。光沢印画紙に焼きつけた氷のようにぎらぎら輝いていた。下水溝から立ちのぼる蒸気もおぼえている。その蒸気で街路にもやがかかっていた。ありがたいことに、車がガクンとスタートする音が聞こえ、プラグの火花が想像できた。

車の時計は三時。ぼくはいつも時計を四十五分進めておく。世界の終末と関係した愚かな習慣だ。このとんまな思いつきだと、かりに大破壊が訪れた場合も、あともどりして準備する時間が小一時間残される。

病院ではさっそく病室に通された。博士は重態だった。両側の枠をひきあげた白いベッドの上の小山。看護婦がそこに背をかがめると、博士はまるで彼女がカナッペであるかのように、舌を出してはひっこめ、ぺろぺろと左右に動かした。意識の混濁状態で、ひとかたまりの単語をつぎつぎに吐きだしたが、どの単語も日なたにおかれた飴玉のように溶けてくっつきあっている。酸素吸入がはじまった。博士は何ガロンもの酸素を吸い、ボンベをつぎつぎに空にした。

ぼくは泣きだした。

看護婦が〝だめ〟と首を横にふった。

彼女はある判断に達した。希望があるとしても、それはほんの一瞬だけきらめく、針の頭のような光にすぎない。博士は大噴火にも似たとてつもない心臓発作を起こした。その溶岩が血管に流れこみ、黒い灰でじょじょに血管を埋めていくのだ。

看護婦はぼくに二通の手紙をよこした。封筒の表には、それぞれ《初めに》と、《最後に》とあった。ぼくはふたつの封筒をポケットにおさめ、ベッドのそばに残った。汽笛の音が聞こえたから、もう五時。その汽笛がヒーコフへの合図だった。彼は目をひらき、酸素吸入マスクをむしりとり、両拳で看護婦を追っぱらうと、ベッドに起きあがり、ぼくを見てこういった。「手を。手を」

ぼくは両手で彼の頭をかかえ、彼を支えた。そのまんまるな頭は、おびえた両眼のついたバスケットボールだった。「ぶあつい本を書くぞ」と彼はいった。そこで両眼がうつろになった。ヒーコフは死んだ。

白い病室は、彼の肉体をぬけだした魂や、ケープや、剣や、そんなもので満たされた。窓にちょっぴりすきまがあり、死者の魂はそこを抜けて冷気と合体した。

ヒーコフの亡骸は、りっぱな葬儀のあと、火葬に付された。遺言書には、遺灰をキャンパスの灰皿のなかへ撒いてくれという依頼が記されていた。だが、そうはならなかった。遺灰は銀の箱におさめられ、遺族のもとへ送られた。やはり、オークのような樹木の肥料に使われるべきだったと思う。こんもり茂る枝葉、やみくもに突進する渇いた根、文字の彫りつけがきく幹と、何トンもの雪を受けとめられる枝を持つ大木の肥料に。

葬儀のあと、ぼくは隠遁生活にはいった。

死んだ友人のことを考え、彼をひとつの記憶にまで形づくる時間がほしかった。博士を思いだすことはたやすい。最初の季節の変わり目には記憶が薄れるような、印象の薄い相手ではない。その姿を見るだけでなく、その声を聞き、亡霊のバイブレーションを感じることができた。博士の思い出はそっくりそのまま残っていた。

その思い出をたもてる確信が芽ばえたところで、ぼくは《初めに》と書かれた手紙を読んでみた。《最後に》を初めに、《初めに》を最後に読みたい誘惑にかられもした。ヒーコフがぼくを煙に巻いてるんじゃないか、という気がしたからだ。だが、それはないだろう。死が意識をひきしめた状態では。あのヒーコフも月並みな行動をとるにちがいない。堕落した月並みさかげんは、死を前にして純化されるのだ。

親愛なるハロルド、

きみがこの手紙を読むとき、わしはすでに死んでいるだろう。そう考えると滑稽だ。わかってくれ、どこかべつの世界できみとの再会をたのしみにしているよ。もしそうなったら、きみの霊魂教育をはじめよう。もし肉体も不死性を獲得するなら、きみへの性的誘惑もつづけるか。

まあ、それはともかく。頼みごとがひとつある。もちろん、ばかげた頼みごとで、しかも非常に骨の折れる作業だ。もちろん拒絶は自由。いや、ぜひとも拒絶すべきだろう。

クラップ・オフ・ザ・ハドソンという高貴な小村に、プードルヴィルという店を経営するご婦人がいる。女性ホルモンと、営利心と、動物を育てる天賦の才を一身に兼ね備えたそのご婦人は、とほうもない発見物を所有するめぐりあわせになった。

グラックという鳥の卵を。

その鳥の卵は、当節絶えて目撃されたためしがない。おそらく最後にして唯一のグラックだろう。その卵を彼女のもとに届けたのは、ラブラドルのレーダー部隊に勤務していた彼女の親族だ。わしがその卵を見たのは、オウムを一羽買うつもりでその店を訪れたときだった。ありがたいことに、卵は放熱器のそばにおかれていた。ハロルド、その卵は受精卵だと、わしは信じている。

それ以来、そのご婦人に金を払って、卵を温めつづけてもらうことにした。グラックの孵化期間は七年と四日。この情報は、人類学部の故ネイグル博士から仕入れたものだ。彼はそのグラックの誕生を、来年の四月中旬と予測した。

ハロルド、グラックは公式には**絶滅種**だ。それだけでも想像がつくだろう、この一件の重要性が！（わしが感嘆符を使うのは、ヴィルヘルム二世死去以来のことだよ）

それまでは、自分の身になにが起こるか、予想せずにおこう。こんなに気分がわるくなったのは生まれてはじめてだが、裏返せば、それはすばらしい健康の徴候ともいえる。だが、このわしが、もしも空飛ぶマンホールの蓋や、落下するボウリングのボールや、忍びよる性病で倒れた場合は、また、もしもきみがこの手紙を開封して読むという悲しい義務に直面した場合は、どうかつぎのようにしてほしい。

1　アップステート信託銀行へ行け。われわれふたりの名義で、五〇〇〇ドルの預金口座が見つかるはずだ。

2　プードルヴィルの店主、ミス・ムーニッシュに連絡をとれ。かねてからの取り決めどおり、卵の保管料として、彼女に二五〇〇ドルを払ってほしい。

3　卵をしかるべく包装し、それを四月十三日まで温めよ。つぎにその卵を、知られている唯一のグラックの繁殖地へ運べ。つまり、ラブラドル北部へだ。

4　**警告**。人類学部のネイグル博士は亡くなったが、彼は生前に、この発見の件を息子のジョンに伝えたらしい。それと、ネイグルの右耳に一種の痙攣が走ったことから見ても、あの老人が名声に憧れていたこと、アメリカン・スカラー誌（ハーバード大学が刊行する季刊思想誌）に『ネイグルのグラック』という巻頭論文の掲載を夢見ていたことはまちがいない。人類学者たちが激烈な野心に駆りたてられていることは、つとに有名だ。とすれば、その息子たちは？　ネイグル青年に気をつけたまえ、ハロルド。わるい予感がする。

5　ネイグルの暗黙の脅威という理由で、きみには早急の行動を勧める。
わが息子代わりのハロルドよ、これが奇妙な依頼に思えるだろうことは承知の上だ。この老いぼれの遺言をどう扱うかは、よく考えてからにしてほしい。

もしきみがわしの力になれぬときは、すべてを忘れてくれ。わしの金を受けとって、快楽に使ってくれ。この手紙をディスポーザーへ投げこんでくれ。〈主よみもとに近づかん〉を歌いながら、プイイ・フュイッセを飲んでくれ。シャンパンのボトルを自分の頭にぶつけて割り、船出してくれ。きみのやるべきことをやってくれ。

ハロルド、これを書き、つづいて《最後に》(なんらかの奇跡によってグラックが健康なひな鳥として孵った場合にのみ、開封のこと)を書いただけで、わしは身ぶるいがとまらなくなった。ラードを五〇〇グラムも飲みこんだような気分だ。自分の死を考えると悲しみが育まれ、悲しみに満たされる。

さようなら、親愛なるハロルド。夜に群れなすものがきみを祝福してくれますように。

愛情をこめて
デイヴィッド・ヒーコフ

ぼくは《初めに》を下におき、《最後に》をまたポケットにおさめ、ロウソクの炎を吹き消して、闇のなかにすわった。

ヒーコフが死んだのは二月、彼を納めるにはどうにも窮屈な月だった。

その二月はアイス・キューブのように冷たかった。凍った腋の下と、青白い人待ち顔を持つ雪男のように、二月はクラップ・オフ・ザ・ハドソンの町の上にまたがっていた。ヒーコフが火葬という最後の大放熱を選んだのもふしぎはない。ときには世界が生命を歓迎することもある、という思い出のよすがは、マッチの炎と、街路下の下水管から出現する蒸気の幽霊と、タバコの先端の赤い輝きだけ。だれもがほほえみを失ったように見える。

ヒーコフの依頼に応じる決意が生まれるまでに、凍結の一週間がかかった。その一週間でのぼくの買い物は、釉薬《うわぐすり》のかかった小さいヒーコフ像。それはある学生彫刻家の記念制作品だった。オレンジ色と焦げ茶色のまじった陶製のヒーコフは、レモンの大きさで、故人によく似ていた。ぼくはそれをお守り代わりに身につけて歩いた。病的なのはわかっている。だが、そのおかげで決心がついた。

ということで、ほんの二、三時間、ぼくは五千ドルの持ち主になった。アップステート信託銀行にはたしかに故人の預金口座があり、副頭取がぼくの訪問を待っていた。預金口座が存在する以上、おそらく卵も存在するだろう。それに、ネイグルもまた存在するだろう。それでもまだ、このすべてがヒーコフの冗談じゃないかという気がしてならなかった。彼はとてつもないユーモア感覚の持ち主で、抱腹絶倒できる能力と、抱腹できるだけの太鼓腹に恵まれていたからだ。

それに、ハロルド・ノースとしての選択もある。

あのヒーコフ、先見の明のあるヒーコフは、ぼくの目の前に黄金の餌をぶらさげた。そうしようと思えば、ぼくはその金を遊興に使える。もっとも、隠者同然の生活をしてきたぼくには、どんちゃん騒ぎの計画などまるきり頭にうかばない。だが、紙幣の一枚一枚は時間に換算できる。マジョルカ島へも行ける。生活の心配なしに、指先がすりへるまで詩を書きつづけられる。

グラックか。グラックくそくらえ。世にも美しい何種類かの動物は絶滅し、忘却のなかで成長をとげ、博物館クラスの名声を獲得した。ビルほどもでっかい尾を生やした、でっかい緑色の生き物。何キロもの重さのあごと強力な目を持つ毛深い生き物。酸のしずくを垂らし、空を飛ぶドラゴン。歯科医を串刺しできるほど大きな牙を持つ象。グラックがその仲間入りをして、なぜいけない？　絶滅は自然の成り行きだ。この世界にグラックが必要か？　その消失でだれが悩む？　どこかのだれかが、グラック剝奪症になるとでも？　だが、選択の余地はない。あの世のヒーコフの命令にしたがわなくてはならない。ぼくたちの飲み食いの量はあまりにも多かった。ぼくは自分の割り当て分をあまさず平らげた。なのに、彼の最後の依頼に対して、けつを向けられるか？

そう、当然ながらぼくは図書館へでかけた。銀行訪問の前に、グラックのことを調べた。わかったことはわずかだった。ツルに似た背の高い鳥で、騒々しい鳴き声が、グラック、グラック、と聞こえるらしい。この鳥の求愛ダンスは有名で、そこには背羽を時計とは逆回りにすばやくひねる芸当も含まれる。生息地は北米東海岸の亜北極地帯。一八五〇年代にはグラックの生存数が激減と判明。一九〇二年に絶滅と認められた。

グラック、グラック。いつだったかヒーコフはこういった。母音はそのままけつを落ちつけ、われわれのほうが推移したんじゃないか。グラックグラックからピヨピヨへと。こっちの知ったことか。

銀行で五〇〇〇ドルの札束をながめながら、マッキノー・コートの左のポケットに忍ばせた陶製のヒーコフ像をなでてみた。アップステート信託銀行の副頭取がこちらの手の動きを見つめているので、ヒーコフ像をとりだし、テーブルの上においた。

「ヒーコフ像です」

「ヒーコフ像？」

「ぼくにこの預金を残してくれた人」

「いつもそうして持ち歩いてるんですか？」

「特別な場合だけ」

「すてきな記念品だ。流行するかもしれませんな」

ぼくはその金を当座預金に入れた。

つぎに、電話帳でプードルヴィルの番号を調べた。電話をかけると、人間とも、売れ残りの動物とも、区別のつかない声が返事した。細くてかんだかく、酸素不足ぎみの声。

「こちらはハロルド・ノースです。ヒーコフ博士からお聞きと思いますが……」

「お電話を待ってたわ」

「お会いできますか？」

「もちろん。なるべく早く」

プードルヴィルは、クラップ・オフ・ザ・ハドソンの町でも、とりわけ上流の顧客を持つ店だった。その見世《みせ》（看板にはshoppeとある）は、町でもいちばん歴史の古い住宅地にあった。どの家も頑丈で、りっぱな作りで、それぞれに広い庭と、木立と、門が備わっている。この地方に移住してきた先祖を持つ人びとと、すこし遅れてやってきたが、ほほえむ幸運の女神にめぐりあった人びとの家だ。どの家も堂々としていた。どの家も、特別なプライバシーを守る砦だった。どの家もたびたびの厳冬を経験していた。

そうした旧家の大きな窓ごしに、すばらしいおもちゃのかずかずが見えた。クリスタルのシャンデリア、金色の額縁におさまった油絵、白目《しろめ》のジョッキ、銀のサモワール、分厚いカーテン、欄干つきバルコニー、カーブした階段、古い羽目板。どの家も生命の温かみを秘めた卵だ。ときどきその殻が割れ、なかから生き物が飛びだしてきて、自家用車やタクシーに乗りこむ。

　小さな動き、まだ新雪に覆われてない足跡、煙突からのひとすじの煙、それらがのろい動きであたりの風景に生気を与えていた。冬はすでに街路を包囲下においた。なんとなく墓地に似た気分だ。ヒーコフがぼくのうしろをよたよた歩いてくるのが想像できる。ぼくの行動を監視し、雪に閉ざされた高級住宅地の静けさをたのしむ、あの世のスパイ。

　プードルヴィルは、褐色砂岩造りの建物の一階を改造してある。商売を連想させるものはほとんどないばかりか、おきまりの犬や、鳥や、魚や、猫や、ハムスターや、サルの姿もない。いや、アリの群れさえ目につかない。ガラス仕切りの奥で餌をせがむ小犬たちもいない。陳列窓を上品に飾っているのは、一ぴきのプードルの記念写真だ。繁殖用の雄の適性を持つ高慢な鼻づら。ピンクの引き綱と、宝石におおわれた首輪。

　ドアをあけると、鈴がチリンと鳴った。動物たちの鳴き声。消臭剤に隠れたジャングルのにおい。だが、その店内でさえ、やはり落ちついたムードだった。

　いまはじめて、エルジー・ムーニッシュの姿がちらと見えた。熱帯魚水槽のそばに立ち、水槽からの青い光でX線写真をながめているところだ。彼女のすぐ頭上の棚で、カナリヤが歌いはじめた。三、四頭の犬が、キャンデー・ストライプに塗った横木に頭をぶつけた。眠っているキュウカンチョウのそばでは、一ぴきのサルが止まり木の上でブランコしながら、ネズミのようにチーチー鳴いていた。ミス・ムーニッシュはまだふりむかない。ネガ写真を見つめたままだ。プードルの脾臓か、インコの腎臓が気になるのだろう。

あの悪声から想像したのとは大ちがいで、ぽっちゃりした四十代の美人だった。グレーの縞のはいった黒髪をヴァリアント王子風のおかっぱにした魅力的な女性だが、ちょっぴり大根足。

ぼくが店へはいってきたのに気づいたのだろうか。鼓膜があるなら、気づいたはずだ。入口の鈴が鳴った上に、動物たちが反応したのだから。ぼくはまったく音を立てなかった。息を吸いこむ拍子にひとつくしゃみをしただけだ。ちょうどカゼのひきかけで。

そのくしゃみがミス・ムーニッシュに届いたらしい。なにしろ、ヒトラーの鼻腔から噴きだしたような、とてつもない鼻息だったから。むこうはとつぜんの驚きを示す口実に、それを待っていたのかもしれない。いまのが求愛の呼びかけだと気づかないのか、動物たちさえ鳴りをひそめてしまった。

「わたしの膵臓」と彼女がいった。

「はあ?」

「わたしの膵臓が心配なの。でも、だいじょうぶみたい。見てみる?」

「いや、夕食前なんで」とぼくは答えた。

「よくいわれるのよ、心気症だって。つまり、死を恐れてるってことね。そのとおり。わたしはX線が大好き。放射線が有害だなんて悲しい」

「複雑な問題があるのは世のならわし。ハロルド・ノースです」

「あら。もう片方じゃないのね」

「もう片方?」

「ネイグルという男」

キュウカンチョウが目をさまし、まばたきして、オトコ、オトコ、オトコといった。

「そのネイグルという男と、もう話をされたんですか？」

「つい最近に。あなたの競争相手よ。お気の毒なヒーコフ博士。死亡記事は新聞で読んだわ。死因はなんだったかしら、脳血管発作？　すてきな方だったのに。お気の毒」

エルジー・ムーニッシュの声のかぼそい理由がわかった。ほとんど息を吸わないからだ。あえぐように空気を吸ってから、いつまでもそれを持ちこたえる。呼吸の終わりごろには、声がほとんど消える。この女性との取引には、ヒーコフも苦労したことだろう。

「それも卵ひとつのために大騒ぎ」と彼女はいった。「驚くわね」

「卵の話が出たついでに、見せてもらえますか？」

「あのお値段なら、スクランブル・エッグにだってしてあげるわよ、ノースさん」

まずミス・ムーニッシュは店の入口のドアに鍵をかけた。客が殺到する気配はどこにもないのにだ。彼女は動物用アクセサリーや、飼料や、巻き毛の散らかった刈りそろえ台の横を通って、ぼくを小さいドアへみちびいた。ドアの奥に上り階段があった。

褐色砂岩造りの建物の一階がプードルヴィル。その階上を占めるミス・ムーニッシュの住居は、優雅だがなんとなく古めかしい。高い天井、ステンドグラスの窓、円柱のならぶアーチ形の廊下と、ぜいたくな家具のそろった部屋だが、どれもちょいとすりきれている。あたりには腐敗一歩手前の威厳がただよっている。導かれた青い張りぐるみの安楽椅子は、クラブボクサーの両腕のようなひじ掛けつき。腰をおろして、ぼくは待った。

彼女は別室に向かった。そこが寝室なのはあとでわかった。まもなく彼女はダンボール箱をかかえてもどってきた。画家の荷造り用にといって、食料品屋からもらってくるような種類の箱だ。箱の上には赤い文字（口紅）で、**ワレモノ　保温注意**と書いてある。少々期待はずれ。こちらが予想していたのは、ガラスケースか黒檀の箱なのに、そこにあるのはトマトの古い空き箱なのだ。

エルジー・ムーニッシュは、そのなかから五百グラムもの古新聞をとりだし、それからビロードの丸い包みをとりだした。ていねいに、といってもさほどていねいな手つきではないが、そのビロードを剝がすと、問題のものが現れた。ただの卵。ニワトリの卵より五、六センチ大きく、菫《すみれ》色の斑点だらけ。

さも自分が最初からこの一件に関係していたような口調で、ぼくはいった。「ははあ。無事でいてくれたか」

彼女から卵を渡されて、それを検分した。卵は温かく、コンディションは良好らしい。さっさとそれをビロードの巣へもどしてやった。

「ヒーコフ博士はね、いまあなたのすわってるその椅子にすわってたわ。何時間も何時間も。その卵のことを家族と呼んでいた。すっかり夢中で」

「なるほど」

「『この部屋は冷えるな。すきま風がはいる』だって。とても思いやりのある人」

「たしかに」

「ノースさん、そろそろビジネスにとりかかりましょうか。ああいうことのあったあとで、ちょっと無神経かもしれないけど。でも、人生はまだつづくんだから」

「では、ビジネスを」とぼくは答えた。「ヒーコフ博士の指示にもとづいて、このポケットに小切手帳を持ってきました。二千五百ドルの小切手を切る用意があります」

「ノースさん、それはすてきね」彼女は卵をダンボール箱へもどしながらいった。

「どういたしまして」

「ノースさん、露骨な表現を許してちょうだい。まるで自分が売春婦の女王みたいな気がする。でも、けさネイグルという人物が電話をよこしてね、四千五百ドル、つまり、彼のこの世の全財産をその卵に支払うというオファーをしたのよ」

「しかし、あなたはヒーコフ博士に約束を……」

「ノースさん、わたしにとってお金とはなんでしょう？ 時間？ 健康？ ただ、この心気症はとんでもなく高くつくわけ。どの先生も、むちゃくちゃな料金をふっかけてくる。恥知らずもいいとこ。あるものをお見せするわね」

彼女は卵を寝室へ運び、大きな本をかかえてもどってきた。写真のアルバムだ。

「これをぱらぱらめくってみて。わたしのレントゲン写真。五年間のレントゲン写真と、友人や家族の写真。ほら。わたしの子宮。五十ドル。わたしの尾骨。はっきりおぼえてないけど、十五ドルか二十ドル。心臓、肺臓、下部消化管。その料金の想像がつく？」

知りあってまもない相手の臓器をながめるのは、なんとなく気がひけた。もし医学雑誌に折り込みページがあるなら、彼女はトップモデルになれたろう。どの臓器もすっきりして、手入れがよかった。何ページかをざっとながめただけで、彼女と肝胆相照らしたような気がしてきた。

「ミス・ムーニッシュ。正直にいいます。手持ちのカードの表を向けて、テーブルにならべます。ヒーコフ博士は、ぼくにある金額の現金を残してくれました。あなたに支払いをすませ、しばらくのんび暮らし、グラックを古巣へもどしてやれるだけの現金を」

「あのネイグルという男はとてもしつこいのよ。すべてを賭ける用意があるって」

「こちらも先方のオファーに合わせます。ぼくとしてはかなりつらいことになりますが。四千五百ドルにもう一ドル上乗せしましょう」

「すてき。それでひと安心。ノースさん、ふたりの成熟した男性が張りあうのを見るのはスリリングね。とりわけ、ふたりの付け値が同額で、おたがいに資力の限界に達した瞬間というのは。そこでどちらも原初の能力にひきもどされるわけ。精神的、肉体的な特質に。あなたのいう上乗せ。プラス・プラス」

「どういうことでしょうか」

「ノースさん、あなたのお金か、それともネイグルさんのお金か。結局はおなじことなのよ。入札額は相殺される。ふたりの男がわたしの卵にご執心。どちらも現金をオファーした。そこでべつの要素がこの状況へ忍びこんできたわけね。それがプラス・プラス。わたしはね、この状況を手放したくない。ここの生活は退屈なの、ノースさん」

「いま、あなたはべつの要素といいましたね。どういうべつの要素？」

「この町は凍りついてる。ありとあらゆるものが何トンもの積雪の下に生き埋めだわ。わたしは店番をして、ペットたちの世話をして、プードルの毛を刈って、そんなことをしてるだけ。食べて、眠って、退屈な何カ月かが過ぎるのを待つ。レントゲン写真には写るけど、この季節は体ががらんどうになった気がする。からっぽの壺みたいに。そのからっぽの壺が――なんといえばいいかな――蜂蜜を恋しがってる。わたしは蜂蜜がほしいのよ、ノースさん。蜂蜜のプラス・プラスを。思い出を」

「というと、ムーニッシュさん、あなたはまったく初対面の人間に、こんな提案をするわけですか？　つまり、直接的、または間接的に、学生たちのよくいう〝ボディ・コンタクト〟の可能性を含む状況を？」

「頭の回転が速いわね、ノースさん。それにあなたは率直だわ。わたしも自然にしたしんでるから、率直な物言いをするほうだけど」

「ムーニッシュさん、ぼくは大学警備員として働いてます。詩を書いてます。本もたくさん読みます。社交生活はほとんどありません。ぼくはブルドーザーじゃない。はっきりいってセックス面ではラクダなみです。セックスぬきで何キロもの旅をつづけられます。働くことがぼくのセックス。それで昇華してるわけです。それに、あなたのことをまだよく知りません」

「わたしはあなたを魅力的だと思うわよ、ノースさん」

「それに、ネイグルという男がいます。ぼくの想像では、おそろしく好色な男らしい。議論の材料としてお聞きしますが、かりにあなたがネイグルのプラス・プラスをより魅力的だと思った場合は？」

　エルジー・ムーニッシュは立ちあがり、伸びをしながら、ゆっくりと一回転した。

「これはわたしのグラックよ。わたしがすわってるのはネコマネドリの席（有利な地位の意味）。いいえ、グラックドリの席。グラック卵の席。わたしはこの成り行きにすっかり魅惑されてる」

「わかりました。じゃ、五千ドル。これだと、ささやかな虎の子、自分の退職金まで含めることになりますが。五千ドル」

「わたしを抱きたくないため、よぶんに四百九十九ドル払うってわけ？」

「そうです。いや、ちがいます。個人的感情は含まれてません」

「いいえ、含まれてるわ。でなければ、たんなるあなたの不安感の値段？　このささやかな競技を、あなたの……能力をもとに判定されたくないと思ってるから？」

「ちがいます」

「そうよ」

「ひょっとしたら、そうかも」

「勇気を出して」

「下でなにかがピーピー鳴いてますよ、ムーニッシュさん。ひょっとすると、空き巣狙いかも……」

「空き巣狙いはあなたよ。狙いなさい」

いまいましいヒーコフ。あんたになんの借りがある？　最初は誓いだ。あんたが物事を真剣に受けとめるならいうが、こんどはぼくのいちばん貴重な持ち物だぞ。それを一羽のグラックのために？

「ぼくは親密な関係が好きです」

「好きでない人がいる？　それが好きでない人がどこかにいる？　でも、Rの字のつく月には、所有をともなわない愛のことを語りたくなる。それが人間関係でいちばん苦痛な種類なの。短期滞在渡り鳥歓迎。刺激的で、かつ腹立たしい。最終的行為だけど、所有はしない。まあ、ひとつの教訓だと思ってよ、ノースさん。それは別離の教訓をよみがえらせてくれる。冬の肉体の魔法を思いださせてくれる。融合と非融合。おまけにそれは春の恐ろしい欲望に対する免疫までこしらえてくれる」

これだけの言葉を一気にまくしたてた彼女は、いまにも減圧で破裂しそうだった。

「ぼくは哲学者じゃないですから」

「哲学は舌の先にあるのよ。それと、腰のくびれや、耳のうしろや、両脚が胴体とつながる部分や、太腿の内側や、膝のうしろや、山の頂上や、谷間に。非武装地帯に」

「ぼくは自分のさびつき《ラスト》が怖い。いや、肉欲《ラスト》が。いまのはフロイト的失言です。ぼくは冷静じゃない」

「おいで」とミス・ムーニッシュがいった。


裸のエルジー・ムーニッシュはとてもすてきだったが、肌の下から内臓が透けて見えるような気がしてならなかった。融合と分離を何時間かくりかえし、所有せずに愛しあい、冬のハンディを克服し、春に備えて血液を強化した。階下の動物たちがふたりのために音楽を奏でると、まるでベッドが草地のように思えた。ここは田園だ。エルジーは濡れそぼり、何度も何度も求めた。驚いたことに、ぼくは青春の泉だった。長かった禁欲期間。

「ハロルド、もうどれぐらいになるの？」

「二年前」

「相手は？」

「警察の残虐性について論文を書いてる女子学生」

「その子が憎い」

やがて、あまりにも早く、彼女はこういった。「いま達したわ、あなたにいつまでもいてほしいポイントに。だから帰って」

「もう一度」

「だめ」

「プラス・プラス」

「帰って」

いっしょにシャワーを浴びた。彼女はぼくに石鹸の泡を塗りつけ、あなたの体が気に入ったといった。ぼくも彼女に石鹸の泡を塗りつけ、おなじ気持ちだと伝えた。ぼくが服を着はじめると、明日きっと電話してね、と彼女はいった。

ぽっぽと湯気を立て、ゼラチンのようにふるえながら、ぼくは寒さのなかへ出ていった。ひきかえしたかったが、彼女はぼくを送りだしたあと、急いで店の戸締まりをすませたのだ。

帰宅してみると、驚いたことに、自分の部屋が不法侵入者に荒らされていた。なにもかもがひっくりかえっている。盗まれたものは、《初めに》の手紙だけ。さいわい、《最後に》は、ぼくが持ち歩いていた。すぐさまエルジー・ムーニッシュに電話したが、いつまでたっても呼び出し音だけ。

盗みを働くネイグルはやけくそのネイグルだ、とぼくは考えた。やつは卵の持ち主とどんなふうに取引するのか？　エルジーのことが心配になった。つぎに自分のことが心配になった。やつはめっぽううまい取引をするかも。ネイグルには会ったことがない。ひょっとすると、アメフト選手タイプ、歩くペニスじゃないか。

すわったまま、ネイグルの第二次性徴を空想しながら、あやうく懐疑の深み、茫然自失状態に落ちこむところを救われたのは、警備員根性のなせるわざだった。こちらがルールを守り、あなたの勝ちよ、というエルジーからの知らせを待っているあいだも、鎖を離れた掟破りのネイグルは野放し状態だぞ。なんたる受動的なまぬけ。ぼくが雪のなかへ飛びだしたころには、もしかしてエルジー・ムーニッシュはすでに大型トランクに閉じこめられ、アメリカン・エクスプレスに乗せられているかもしれなかった。

プードルヴィルまでタクシーを飛ばしたが、それでも遅きに失したようだ。見世《みせ》の前にとまったとき、通りを急ぎ足に遠ざかる男の後ろ姿が見えた。その男は大きなダンボール箱をかかえていた。大型トランクほどではないが、けっこうでっかい。タクシーの運転手に料金を支払う前でなく支払い中に、それがグラックの箱だと気づいた。

あたかもその瞬間、プードルヴィルの二階の窓が荒っぽくひらいた。部屋着にくるまったエルジーが窓から身を乗りだし、左右を見まわしながらさけんだ。「グラック泥棒！」

ぼくは逃げるネイグルのあとを飛ぶように追いかけたが、つるつるの舗道の上で靴がやたらに滑る。グラックの箱を胸に抱いたネイグルは、不運に妨げられさえしなければ、そのまま逃げおおせたろう。この町の古い一角は、ローマなみに坂が多い。どこからともなく街路を滑走してきた太った子供の橇《そり》が、ネイグルの踵にぶつかった。ネイグルの両脚がまるで鋏のようにひらいた。卵の箱が宙に舞いあがった。橇の子供はどすんところがった。ネイグルもくたくたとその場にくずおれた。

ぼくはその箱を空中で受けとめた。つぎの瞬間、滑りつづける橇の上に落っこち、尻が下、箱が上になったまま、プードルヴィルの丘をくだりはじめた。舗道は凍ったガラスのよう。橇はオリンピック記録を塗りかえた。世界がぼうっとかすみ、ミス・ムーニッシュの姿がちらっと見え、つぎに木々の枝と灰色の空が見えた。下へ下へと滑りつづけ、まわりではヒュンヒュン風を切る銃弾の音が聞こえた。

ネイグルが拳銃を乱射しながら近づいてくる。さいわい、橇が舗道から滑り落ち、下水溝へ飛びこんだ。車の往来はなく、さえぎるもののない滑走だ。熱い閃光を感じた。弾に当たったが、まだ死んではいない。

時速約千五百キロの滑走はつづき、鉄道線路をめざしている。前方から汽笛と轟音が聞こえた。交通信号が赤になった。遮断機の白黒模様の腕木が下りてきた。ぼくはまっしぐらにその踏切へと向かい、腕木の下をくぐりぬけ、線路にぶつかり、貨物列車の先頭、煙にかすんだ一つ目の巨人を見てとり、ダンボール箱を両腕でしっかり抱いて、橇を離れ、一度でんぐりがえってから、吹きだまりのなかへ落ちついた。貨物列車がぼくの姿を敵からさえぎってくれた。

ぼくは痛みを忘れて、ダンボール箱を小脇に、空の貨車へよじ登った。そういうことなのか、と思った。肉体がここに横たわったまま、悲しい貨物が全国を馳せめぐる。ぼくは大声で泣きさけんだ。やり残した仕事が山とあるのに。蕾のまま摘みとられるのか。

ユーティカの操車場で制動手がぼくを発見した。つぎに目が覚めると、ぼくは総合病院にいた。

「医療保険証を持ってるかね？」

「ううう」

「きみの症状の大部分は、寒気にさらされたことと、ショックからきてる。しかし、それだけじゃない。ノースくん、感情ぬきで簡潔にいうならばだね、きみは二二口径の銃弾で完全に包皮切除された。まさか一種の自殺未遂じゃあるまいね？」

「ヒーコフ」ぼくはすごい見幕でまくしたてた。「もしネイグルの射撃の腕がもっとたしかなら、あんたの遺骨を集めて、組み立てなおしたあんたのケツをけとばしてやるところだ。爪の甘皮から盲腸にいたるまで完全に無傷だったのに、いまはこんなざま。なんというトラウマをこさえてくれたんだ」

医師はぼくに鎮静剤を打った。

まもなくわかったのだが、救助者は、ぼくを病院に運びこむとき、いっしょに卵も運んでくれたらしい。いまそれは、ベッドわきのホット・クローゼットのなかにあった。あのてんやわんやで、グラックがどんな損害を受けたかは知るすべもないが。

かわいそうなグラック、とぼくはささやいた。もしおまえがちょいとひん曲がった姿で生まれてきたら？ 忘れろ。おまえがひどいショックに耐えたことを、全世界に知らせてやれ。すべての生き残りは傷痕をひけらかすべきだ。目に見える傷痕だけでも。元気を出せ、グラック。

これがヒーコフなら、病院の物音をたのしんだことだろう。深い闇の奥から聞こえる恐ろしい苦痛のうめき。怒りと空腹を訴える乳児の明るい泣き声。夜の仲間のこうした物音には、母音推移がない。スピーカーが、なになに先生やだれだれ先生、それに解剖があるときはモーティマー・ポスト先生を呼びだす声、トレイやテレビの音、見舞客の話し声、カートの音——これらすべての物音を、ヒーコフならきっと興味深く聞いたことだろう。そこには白壁のような正直さがある。ヒーコフはたのしんだろうが、ぼくはちがう。

退院の日はうれしかった。体重は四、五十グラム減ったが、体調は良好。ダンボール箱をかかえる手に新しい情熱がわく。ネイグルの銃弾で動機づけもできた。わが身を削った投資で、ぼくはこの冒険への参加資格を得たわけだ。

もし卵が孵るものとして、殻が割れるのはまだ六週間先（いまは三月だ）。それまでがまんして、かぎられた予算でラブラドルへ行かなければ。それと、ネイグルを用心しなくては。半狂乱のネイグルは、きっとぼくを追跡するにちがいない。とすれば、まず最初にやるべきなのは、隠れ家を見つけることだ。ひとりの男と一個の卵がそっとしておいてもらえるような、人里離れた、目立たない場所がいい。

案内広告を調べた。二つの広告に目がひかれた。その片方は、明らかにこのぼくに語りかけていた

——

H・Nへ。ユーティカにいるのは知ってるぞ。すべてを許そう。話しあいできるか？　G計画での同意を得たい。敵対関係はおたがいの損。待つのは危険。


待つのは危険。とすると、ネイグルは貨物列車の終着駅をつきとめたのか。利口なやつだ。おまけに妥協も辞さない。あの銃撃と、たとえかすり傷にしろ、だいじな一物の負傷がなければ、ぼくは彼の私書箱へ返事を出したろう。なぜいけない？　やつはやつの父親の息子であり、正しい衝動で行動中なのだ。ヒーコフとはなんの血縁関係もない。

だが、歩くとまだ傷口が痛むぼくは、まったく交渉に応じる気がなかった。

第二のそれは貸間の広告だった。清潔快適で、暖房のきいた、見晴らしのいい家。賄《まかな》いつき、仲よしの家族、並木道ぞいで、交通至便、各宗派の教会にも近い。家賃もそこそこ。ぼくはその番号にかけた。はい、部屋は空いてますよ。

その家はぼくを歓迎しているようだった。雪だるまのある小さな庭。一本の常緑樹。ダンボール箱を気にしつつ、呼び鈴を押した。階段が冷たそうなので、両腕にかかえたままだ。身重の花嫁を抱きかかえた、公認の花咲く花婿であるかのような態度をとろうとした。

家主のフォンクル夫人からすると、そのダンボール箱にはなんの問題もなかった。おそらくこのあたりの貸間は、買い手市場か。

ぼくは科学者ですと自己紹介した。ただし、爆弾を作るタイプの科学者ではない。信用がおけて、安全で、礼儀正しく、多くを望まず、物静かで、気の優しい科学者です。いま研究中の課題は、おおぜいの人びとの食料になるような、新しい大型の種類のニワトリを育てること、うんぬん。フォンクル夫人はその説明が気に入ったが、大型のニワトリという点にひっかかったらしい。

「どれぐらいの大きさ?」と彼女はたずね、ぼくは両手を一メートルほどの幅にひろげてみせた。

「すごいニワトリね」彼女はそういうと、顔を真っ赤にして笑いこけた。

最初の夜、夫人はぼくを夕食に招待してくれた。

フォンクル一家は色とりどりの組み合わせだった。むかし、フォンクル夫人は鉛筆のように痩せた、色素欠乏症の男と結婚した。だが、その夫は、ひとりの娘を残して他界。いま、その娘は二十代なかばで、いかなる角度から見ても美しく、熱情家で、身ぶりゆたかだ。

フォンクル夫人の現在の夫は水道工事人で、ミディアム・ウェルに焼いた脇腹肉のステーキそっくり。この夫婦のあいだに生まれた娘はまだ十九歳。色黒でソフトな感じで、全身がバネではちきれそうに見える。

夕食の席の話題は、科学と、キノコ雲と、むかしの世界のほうがよかった、というコメントに占められた。先夫の娘のマーナがいった。「みんなもやっと気づきはじめたんじゃない。戦争してもなんの得にもならないってことに」

「じゃ、どうしてみんなが戦争するのさ?」と年下の娘のシンシアがいった。

「戦争をやめる方法はふたつあります」とぼくはいった。「ひとつは、宇宙の彼方からきた生物、あらゆる種類の人間に対する猛烈な食欲を持った生物を発見すること。もうひとつは、セックスの得意な国民は行進がへたくそだ、という事実に含まれた希望にすがることです」
「教えて。あなたは結婚してるの？」フォンクル夫人がお代わりをよこしながらたずねた。
「いや、独身です。仕事と結婚したようなもので」
「うちの家内はせんさく好きでね」とフォンクル氏がいった。
「このうちは、どこのドアも開けっぱなしだもの。いくつかの質問をする権利はあるわよ」と夫人が答えた。

たしかにフォンクル夫人の家では、どこのドアも開けっぱなしだ。ネイグルの影におびえてパラノイア気分のぼくでさえ、自分の部屋のドアに鍵を掛けなくなった。

第一週は好調に推移した。ぼくとこの家族のあいだに親密さが芽ばえたといえる。こんなに他人と親密に暮らしたことははじめてだった。

毎日、ぼくは詩を書いて過ごした。夜になると卵をチェックし、散歩にでかけた。ドレッサーの上、レースの敷物にすわったヒーコフ像も落ちついたようすだ。しかし、そこで問題が持ちあがった。

ある晩、ごくふつうの晩に、ぼくは夕食をすませ、自室にもどった。いつものように卵を調べてみた。卵はブルブルガタガタと身ぶるいし、揺れていた。地震か、なにかの大天災か。だが、外力が卵を揺すっているわけじゃない。卵そのものが跳ねまわり、ちょっぴり回転している。

ダンボール箱をラジエーターに近づけてやると、ジャンプがゆるやかになった。

そのあとだ。最初からそうするべきだったことを、ぼくがやったのは。

ぼくは卵を抱いた。

卵を枕の上にのせ、その枕を椅子の上にのせ、下着一枚になって、体重の大部分を両腕で支えながら、そうっと卵の上に尻をおいたのだ。

ピョンピョン、クネクネ、ブルブルという動きが完全にやんだ。そうか、たしかにグラックはこのなかにいるぞ。やつは寒さに抗議していた。この卵は、自分が当然受けとるべきもの、つまり、体熱をほしがった。だれがそれを責められる？

おい、見てくれ、とぼくはヒーコフ像にいった。いいおとなが、尻で卵を温めてるんだぜ。見てくれよ、あんたはぼくをこんなざまにした。あんたがぼくに食事をおごったり、いまの女性化社会をさんざん嘆いてみせたりしたのは、このためか？　あげくの果てに、抱卵の姿勢を強制するとは。防空気球なみのデブだったヒーコフ、いまごろあんたはどんなに笑いころげてることだろう。

フォンクル夫人のあけっぴろげな態度に感化されたぼくは、部屋のドアを半開きにしていた。そこへやってきたのは、薄いパジャマ姿で、トルコタオルをかかえ、カーラーを隠すため髪を布で巻き、はだしで、ノーメークの骨ばったかわいい顔をしたマーナだった。ようすを見にきたらしい。

「だいじょうぶ、ハロルド？」

「快調だよ」とぼくはいった。「ちょっと露出過度だけどね。ごめん。ドアを閉めときゃよかった」

「あらまあ」マーナはタオルを投げてよこした。ぼくはそれで両膝を覆った。「さっき、なんだか音をさせてたじゃない。舌打ちみたいな音」

「ニワトリのまねさ。声に出して考えごとをしてたんで」

彼女の入室とぼくの驚きによって、お尻の圧力と温度が下がったらしい。またもや卵がぼくの下で跳躍をはじめた。すごいエネルギーだ。振り落とされないように、しっかり椅子につかまる必要があった。

「カゼをひいたみたいね」そういいながら、マーナが部屋へはいってきた。

「いや、だいじょうぶ」

「脈を測ったげる」マーナがいった。ぼくは片手をさしだした。

「一分間に百十五！」

「正常だよ。ぼくにとっては正常」

「なにかを気にしてるみたいね、ハロルド」マーナはぼくのベッドの上にすわった。「話してみて。わたしは聞き上手よ」

「なんでもない。それにだね、マーナ、もしきみのお母さんが廊下を通りかかって、そこにパジャマ姿で腰かけてるきみを見たら、どう思う？　そうだろう？」

マーナは真剣な面持ちで立ちあがると、ドアを閉めた。ベッドにもどってきて、横になり、両手であごを支えた。くつろぎきったようすだ。

「あなた、悩みがあるのね」とマーナはいった。「そうでしょう」

「もう帰ったほうがいいよ」

マーナのパジャマ姿はじつに魅力的だった。パジャマは安物のコットンで、幼い女の子向きの青い花模様。彼女が動くと、その花模様が両胸をきゅっと締めつける。小さなふたつの火山をだ。ついでにおしりもきゅっと締めつける。すらりとした感じに似合わず、肉づきがいい。その細長く、けだるそうな肉体は、まるでうねりくねる道のよう。

「おなかが鳴ってるの、ハロルド？」

「いや。きみのおなかだろう」

「嘘いいなさい。こっちへきて、ちゃんと話して」

「ここから動けない」

「どうして？」

「驚いちゃいけないよ。さけんだりしないでくれ、マーナ。いいか、ぼくは卵を抱いてるんだ。こうなったら、正直に話すしかない。ぼくは大きな卵を抱いてるんだ」

「ハロルド？」

まぬけにも、ぼくは彼女にすべてを打ち明けた。すべてを。万事を。ダムが決壊したように。だれかに打ち明けたいという欲求は、あきれるほど強かった。いままでずっとひとりぼっちだったので、いっきょにガードを下げてしまったのだ。これだから人間的接触は怖い。人類はそれによって子孫をふやしてきた。

ぼくがグラックの物語を話しおえたとき、マーナは泣いていた。

「なんといったらいいのか。ある意味で、〝ラプンツェル〟以来、わたしが聞かされた最高にすばらしい物語だわ。ハロルド、愛するハロルド、いまのわたしの衝動は、あなたをいつくしみ、あなたを抱きしめ、あなたを温めかえすこと。それがまちがいなのは知ってる。わかってる。あなたの仕事はそれ自体が報酬だし、あなたがヒーコフ博士のためにしてるのは自己充足的で美しい行為だと思う。でも、あなたを抱きしめ、いっしょに裸になって、この夏にウィナポーク湖で浴びた日ざしをたっぷり充電してあげたい。それがいまの正直な気持ち。その卵をここへ持ってきてよ。わたしがあっためたげる」

ぼくはアルミ製のロボットか？

マーナとグラックとハロルドはひとつになり、ふたたび冬は戸外へ追いやられた。

卵までが上機嫌だった。幸福で、満足して、落ちついた卵を見たことがなければ教えるが、それはすばらしい経験だった。かわいいマーナ、半分は胸郭、半分は空気のマーナは、コイルのように火花を生みだした。彼女の神経は皮膚から飛びだしそうだった。彼女は惜しみなく火花を与えてくれた。

自分の部屋にもどる前に、マーナはこう約束した。スケジュールどおり、規則的にここへかよって、ぼくの卵と、ぼくの雪解けのために協力する、と。すばらしい気分だった。友だちと、恋人と、育むことしか頭にないベッドのお相手が、一度にできたのだ。

翌朝目ざめると、疲れがとれていた。草野球の試合に出たあとのように、ちょっぴり体の節々が痛いが、元気は回復し、さあ、なんでもこい、という気分。ベッドのへりに腰かけると、卵のほうからにじりよってきた。まずゴトンと音を立て、軽くふるえ、半回転したのち、ぼくの太腿めざしてころがってきたのだ。

「おい、待て」とぼくはいった。「物には限度がある。いいか、グラック、ぼくは自分の役目を果たし、ちゃんとおまえの世話をするつもりだが、その回転運動だけはやめてくれないか。こっちにもすることがあるんだから」

ぼくはまた枕を使って卵のために巣を作り、毛布の下へ隠した。それから洗面所へ向かい、顔を洗い、ひげを剃り、歯を磨いた。

ペニー銅貨のようにピカピカになり、メントールのヒリヒリする感触を味わいながら部屋へもどる途中で、巨大なくしゃみが聞こえた。

ぼくの部屋のなかに立ち、ハンカチで鼻をかみ、ぼくのベッドのそばでぼくの毛布をかかえたまま、卵を見つめているのはシンシアだった。ナイトガウンの上にキルトの部屋着をはおった彼女は、長い髪をおろし、浅黒い顔をいつもよりも浅黒くしていた。

「ハロルド」と彼女はいった。「聞きたいことがあるんだけど」

「きょうはどうして家に?」とぼくはたずねた。

「カゼをひいたのよ」

「きみのお母さんは?　ここはすきま風がはいるよ」

「ハロルド、なぜベッドに卵がおいてあるの?」

「ぼくが産んだわけじゃない。もしきみがそう考えてるなら」

「どう考えていいのか、わかんない」

「いいかね、シンシア、きみのお父さんは水道工事人だから、棒ピストンを持ってる。ぼくは科学者だから、卵を持ってる。これは完全にすじの通った説明だよ」

ぼくの声を聞きつけて、卵がぐるぐる回転をはじめた。なんと利口で、敏感なグラック。こっちはそう思ったが、シンシアはそれを見て、すっかりおびえた。なにぶんまだ十九だ。彼女も姉のように泣きだしたが、今回は大泣きだった。

「ああ、たのむから泣かないでくれよ」

「男のひとが卵なんかといっしょに寝るなんて」

「旧約聖書から引用しよう。わたしを裁くあなたは何者か?」

「変態じゃないの。この家のなかでなにが起きてるかを、もしママが知ったら……」

「シンシア、どうしてママやパパがこれと関係がある?　シンシア、年を食った連中は、こういうことに神経質だ。むこうはすぐこう考える。もしその卵が孵って、頭のへんな肉食鳥が生まれてきたら？　シンシア、お願いだ、この一件は極秘にしといてほしい。もし冷静さをたもったことがあるなら、いまこそそうしてくれよ」

「男のひとが大きな卵を抱いて寝るなんて、まちがってる」

そこに突っ立ったまま、シンシアはいろいろの戒律をこしらえていく。だが、彼女をながめるのは有益だった。シンシアが溜まった息を大きく吐く。すると、頭の上に文字どおり雲がわく。足の指がプスプスいぶりそうになる。すっかりのめりこみ、きわめて情熱的なシンシアは、マーナと比べると、染色体だけではないちがいがあった。彼女の血管には水道工事人の血が駆けめぐっていた。全身のバルブがシューシュー鳴っている。計器の針が上がり、警報ランプが点滅している。

なにかの説明をしなくては。聴き手にそれだけの借りはある。マーナはすべての事実を知った。だが、それとおなじ物語をシンシアにするのは、なんとなく不実に思える。

「シンシア、この卵を孵すのがぼくの責任なんだよ。この部屋で起こることには、おおぜいの人命がかかっている。だって、この卵はふつうの卵じゃないもんな。墜落した、ふしぎな未確認飛行物体、UFOのなかで見つかった卵だから」

「ハロルド、やめてよ」

「シンシア、ぼくの心臓にかけて誓う。おそらくこの事件はなんでもなくて、たんなる悪ふざけという可能性もある。もしかすると、この卵の中身は、ただのでっかいヒヨコかもしれない。もしかして、ぼくは対照実験の試験台なのかもしれない。

このぼくのような研究員が四十二人、これとよく似た四十二個の卵といっしょに、四十二の部屋のなかにいるんだ。自分の預かってるのが本物の宇宙卵なのかどうかは、だれひとり知らない。無用な競争を避けるためなんだよ、シンシア。スタンダードな手順だ。問題は、この卵がひょっとしたら本物かもしれないってこと。だから、このことはきみひとりの胸におさめといてほしい」

「宇宙からきた怪物がこの家にいるってこと？」

「かわいい生き物だよ。草食性だし。それだけはテストでわかってる。レタスや、ニンジンや、パセリや、そんなものしか食べない。コンピューターの計算では、柔らかい毛に包まれたウサギみたいなけものらしい。ウサ公だよ。かわいいだろう？」

「けもの？　なぜ、けものなんて言葉を使ったわけ？」

「そりゃまあ、いくら柔らかな毛のウサ公だって、やっぱりけものだからね、シンシア。けものはけものだ」

「なんといったらいいのか」

「どうってことはない。だから、きみの仕事にもどってくれ」

「どうしてこの家に？」

「ＩＢＭの選択だよ。パンチ穴のはいった案内広告の山から、ＩＢＭコンピューターが完全に機械的に選んだんだ。人里離れた場所。小都市。静かな土地。発見の可能性はほとんどない。ＩＢＭはきみを計算に入れたわけじゃないんだよ、シンシア。つまり、もしこの一件が外部に漏れたら、パニックが起こりかねないから」

「ハロルド、そんな話、とても信じられないわ。あたしにとって重要なのは、自分が知ってることだけ。つまり、青春がどんどん過ぎていくのに、あなたがへんてこな卵といっしょに寝てることだけ」

「青春とこれと、なんの関係がある？　それに、きみが青春についてなにを知ってる？　まだ若すぎて、青春とはどんなものかも知らないはずだ」

「あたしをよく見てよ。両目の下まぶたにたるみがあるのが見える？　この一カ月でどんなに睡眠不足になったか知ってる？　あなたがこの家にいるからよ」

「ぼくが？」

「そう。なのに、そっちはなにさ。映画から出てきたみたいな、レタス食いの怪物の話をするんだもの。ハロルド、あたしはなんにも知りたくない。あなたなんか大嫌い、こんな怪物も大嫌い」

また卵が転がった。シンシアはもうがまんできなかった。ちり取りをひっつかみ、大きくふりかぶった。間一髪で、ぼくはその平たい底へ手をあてがった。でなければ、彼女はグラックのしぶきをあたりいちめんに飛びちらせたことだろう。

われわれの格闘は、ぜんぶがぜんぶ暴力ではなかった。物のはずみというか、もつれあううちに、とどのつまりはシンシアがぼくに背を向け、ぼくが両腕を彼女の胸にまわし、シンシアが首をのけぞらせ、香水のにおう黒髪のなかにぼくが顔を埋める結果となった。なめらかで柔らかい感触、力をこめると枕のようにへこむが、すぐにふくらむ。いまの彼女は格闘をやめ、またもや泣きだした。ぼくは彼女を向きなおらせて、必死になだめた。ほかにどうしようがある？　大泣きのままで外へ出ていかせる気か？

頑丈な（メープル材の）ベッドの上へ、いっしょにどすんと倒れたとき、シンシアが片足で卵をけとばそうとした。ぼくはそれを防ぎとめてから、卵を床へおろしたが、卵は狂ったようにそこで跳ねまわっている。

その朝、愛の交わりが生まれた。

「ハロルド」と、正午近くになってシンシアがいった。そろそろ母親がスーパーからもどるころだ。

「あなたがだれで、何者かなんて、どうでもいいよ。問題は、あたしの順番が最初で、火星からやってきた七面鳥もどきなんかじゃないってこと」

「わかった、シンシア、ぼくの名誉にかけて。それと、卵の一件はふたりのあいだの秘密」

「やめてよ、ふたりのあいだなんて。あたしのいる前で、あなたがこの卵をなでたりしたら、たたき割ってやるから」

「ふたりのあいだにいるって意味じゃないよ。ここだけの話って意味だ。ハッシャバイ。ふたりだけの秘密」

「そっちこそハッシャバイ。もう一度眠らせて」

一時間とたたないうちに、リンパ腺が腫れてきた。これこそ天の助けだ。できればハシカか耳下腺炎のほうがありがたいが、リンパ腺でも用はたりる。いまのぼくには時間が必要で、シンシアのすてきなカゼのウイルスは、ぼくに寝汗とさむけとふるえだけでなく、時間をも与えてくれたのだ。

卵の時間と競りあうため、マーナが炎の情熱をさしだし、シンシアが敵意をむきだしにするなかで、ぼくの身がひとつしかないとすれば、必要なのは時間、時間、時間、時間だ。

ぼくは回復をこばんだ。だが、病気はぼくを守ってくれなかった。この家の姉妹はぼくの無力さに心を動かされたらしい。毎晩がひと苦労。まずマーナがやってきて、まもなく眠ってしまう。ぼくはその上から毛布をかけてやる。シンシアはベッドの反対側が好きだ。彼女はぼくの耳に炎を吹きこむ。フォンクル家の娘の片方は眠る。もう片方は夜更けまで目を覚ましたままだ。ぼくは破壊された。

もはやグラックのためになにをしてやる気力もない。くたくたで、氷柱《つらら》状態。あまりにも冷たく無関心で、タイタニック号さえ沈められそうだ。愛情欠如状態のグラックはやたらに跳びはね、ベッドカバーを床の上に払い落とす。

「ハロルド」それからまもないある灰色の朝、フォンクル夫人がいった。「なにかが起きてるみたいね」

「なにがです？」ぼくは咳きこみながら、弱々しくたずねた。

「ふたりの娘を持つ母親は、いつも目を大きくあけてるわけ。おまけに、ああいう娘たちだしね。あのふたりはあなたが好きらしいわよ、ハロルド」

「すてきな娘さんたちですね」とぼくはいった。「とてもかわいい」それ以上の会話を避けようと、口内用でもない体温計を口にくわえた。

「それに、わたしの直感はこういってるわ、ハロルド。あなたもあのふたりが好き。でも、ふたりってことはマーナでもなく、シンシアでもないわけ。おわかり？　おや、ハロルド、毛布がふるえてるわよ。だいじょうぶ？」

「むむ」ぼくは卵を押さえつけようとした。

「人生は決断の連続よ。遊びとたのしみのとき、そして決断のとき」

この避けられない対決を予想して、こちらも準備をととのえてあった。ぼくは体温計を口にくわえたまま、いきなり枕の下へ飛びこんだ。うなりを上げた。そこにひと缶のシェービング・クリームが用意してある。その泡を自分の頭に吹きつけた。口にも、顔にも、両目にも、髪の毛にも。泡の噴き出る音をかき消すため、大声でわめいた。それから潜水艦もどきに、絶望の海の底から浮きあがった。

フォンクル夫人は魚雷攻撃を受けた。

ぼくの濡れた白い顔と、ふりまわす両手と、けとばす両脚と、跳びはねるベッドカバーは、驚異的効果を発揮した。もともとが貨物船のフォンクル夫人は、喫水線下を直撃された。ＳＯＳを発信するいとまもなく、波間へ沈んでいった。

夫人を先方の部屋まで運び、ベッドの上に横たえ、濡れタオルをひたいにのせてから、ぼくは自室へもどった。体温計は床に落っこち、その水銀柱は正常体温の銀のラインすれすれだ。急いでペルメルを吸いつけて、下がった水銀柱をその火で温めた。四十度まで上がったのを見て、これでよし、と体温計を目立つ場所におき、顔や手足をきれいに拭いてから、ベッドにもどり、大騒ぎが持ちあがるのを待った。

もしかりに、空襲警報のサイレンと、栄養失調治療剤の広告と、ガンの警告のすべてがむだになったとしても、それが完全な損失といえるだろうか？　ハロルド・ノースよ、社会はおまえを警戒態勢におくため、どれほどのアドレナリンを注入し、吸血鬼の気配に聞き耳を立てさせたのか？　その訓練を生かせ。挑戦と取り組め。ぼくはそこに横たわったまま、つぎのアイデアが生まれるのを待った。

昏睡、なんと美しい言葉だろう。ぼくの解答はそれだった。昏睡。

ようやくフォンクル夫人の起きあがる気配が聞こえ、ぼくは自分を昏睡状態におとしいれた。自作自演のみごとな鬱状態で、ぼくはベッドに横たわり、モナリザの微笑をうかべながら、グラックの卵をなでていた。

当然ながら、彼女は医者を呼んだ。

「で、そのあいだもずっと、毛布がぴょんぴょん動いてたんですか？」

「ハンドボールみたいに……」

廊下の話し声。フォンクル夫人が医者を連れてぼくの部屋へはいってきた。医者がぼくの腕に針を刺し、血液を採り、血圧を測るあいだ、当方は昏睡状態をつづけた。

医者が帰ったあと、みじめな気分のフォンクル夫人は、荒々しく部屋にもどってきて、ぼくがしがみつく毛布をひっぱり、このペテン師、仮病使い、嘘つき、好色漢、とぼくをなじった。

「ジッパー先生は、なんの病気もないとおっしゃったわよ。水虫さえも」

ジッパー先生に栄誉を与えたくない。だが、事実、彼は仮病を見やぶったのだ。

「だから、ノースさん、ほんとのことを白状なさい」

「ダーリン」とぼくはいった。「ダーリン、ダーリン、ダーリン」フォンクル夫人ののどにキスをした。「あなたはピルを飲んでますよね。すくなくともなにかの避妊法をしてますよね」ぼくは愛情こめて彼女を見つめた。彼女の目がぎょろりと回転し、スロット・マシンがジャックポットを当てた。

「あなたはなんにもしなかったのよ」と彼女。

「ぼくはしません。したのはわれわれ」

「なんにも起こらなかったのよ」

「ちょんの間」とぼくはいった。「こんどはいつ？　教えてください。早く。教えて」

「なんにも起こらなかったわ」

「あれはジョークじゃなかったんだな。みんなのいう、ママのお得意」

「このブタ。気を失ったレディを」

どんなにぼくは自分を憎んだことか。もしそうできるものなら、ずらりと植わった犬釘の上に寝ころんでもいい、と思ったほどだ。とにかく、彼女の内部のなにかはおだてに乗るだろう。若い男がここまでの騒ぎをしでかしたことに、気をよくするだろう。ぼくのことは、人間の屑、痴漢、社会保障までの道中の携帯食と思わせておけ。

トレイで夕食を運んできてくれたのは、マーナだった。

「ハロルド、あなたのことをよく考えてみたわ。いまの衰弱状態では、この卵の世話は無理。心理的にね。ひとの世話より、まず自分の世話を考えなくちゃ。ダーリン、みんながとっても心配してる。ママでさえ放心状態みたい。今夜なんか、パパに三切れもレバーをすすめたのよ。早くあなたに元気になってもらわないとね。卵はわたしが預かる。あなたが回復するまで、卵のお守りをしたげる。わたしの部屋へ預からせてよ、とにかく、夜のあいだだけでも。ハロルド、お願いだからうんといって」

どうしていけない？　恋の残り火のくすぶるマーナがグラックを世話してくれるというなら、ちゃんと世話してくれることだろう。彼女なら信頼できる。それにぼくの毛布も、ぴょんぴょん跳びあがらずにすむ。

「賛成だ」とぼくはいった。「ありがとう、ぼくの大切な人。ありがとう」

マーナはにっこりした。さっそくダンボール箱を手にとり、不機嫌な卵をそのなかへもどして、自分の寝室まで運んでいった。運搬中の彼女は子守歌をハミングしていた。

「さて」とマーナはからっぽのトレイをかたづけながらいった。「エネルギーのぜんぶを回復のために使ってね。なにもかもケチンボなみに残しとくのよ。全快するまでは」

「残しとくよ」ほっとした気分で、ぼくは泣きだしそうになった。

義務を果たすため、マーナはさっさと、いや、いそいそとひきあげていった。彼女は生まれてはじめて自分のドアに鍵をかけたんじゃないかと思う。家のなかが落ちつき、マーナが眠りにつき、フォンクル夫妻がテレビを見ているとき、こんどはシンシアがデザートのジェローを運んできた。

「ハロー、ジェロー」とシンシアがいった。

「きみにもハロー、ジェローだ、エンジェル」

「ハロルド、あたし、あれから考えなおした」

「いまになって？」

「ハロルド、あのいやらしい卵を始末してよ。あれに体力をどんどん吸いとられてるじゃない。政府の仕事だろうとなんだろうと、あたしがあの卵をぶち割ってやる。最初から好きじゃなかったけど、いちおうがまんしてきたんだ。でも、あの卵があなたを傷つけた上に、回復のじゃまをしてるなら、早く手を打たなきゃ。あの卵をたたき割る許可をちょうだい。許可のあるなしに関係なく、ここへきたんだから」

「ちょっと考えさせてくれ」

「急いで考えてよ。あたしの性格は知ってるでしょ。その目が閉じたりするのを見たら、こうだよ――ガシャン」

「急いで考える。個人的利益と、誓いの言葉を天秤にかけて……」

「あたしの考えはいまいったとおりだからね、ハロルド」

急いで考えた。わるくない。あの卵、いや、すくなくともなにかの卵をシンシアに始末させて、なぜいけない？　それで彼女の絶望や、心配や、闘争心がおさまるのなら？　それに、グラックが消失したことに彼女が気づいた場合、そのあとの好奇心が怖い。

ぼくがいつもの調子でジェローを扱ったあと——つまり、カップのまわりにすきまを作り、上から皿をのせ、皿ごとひっくりかえして、赤い小山のようなジェローが現れるようにしたあと、シンシアは皿をかたづけた。

「いまから映画を見にいく。帰ってくるまでに決心してよ、ハロルド。それと、あなたのジェローの食べかたって、いやらしいほど肉感的ね。早くいっしょになりたい」

ぼくは彼女の鼻にキスをした。

なんとすてきな家族。階下ではフォンクル氏までが大笑いしている。『じゃじゃ馬億万長者』を見ているのだ。

ちらちらまたたく生活の断面で現在フォンクル夫妻を魅了中のテレビは、リビングルームにある。リビングルームは、ダイニングルームでキッチンから隔てられている。

ぼくはそうっと階段を下り、この家の管理センターに忍びこんだ。そこの冷蔵庫をひらき、卵を三個くすねた。なぜ三個？　グラックの卵がでっかいことをシンシアは知っている。というか、あの卵はもうすでに小型のフットボールなみに成長している。大きな卵は大きなしぶきを上げるはずだ。

ぼくは自分の足跡をたどって、そっと二階へひきかえした。部屋にもどり、ドレッサーの引き出しの底に敷いてある紙から、セロハンテープを剝がした。まだ糊の残るテープで、ふたつの卵をくっつけた。さいわい、ちょうど卵をくっつけるだけの長さは残っていた。つぎに自分の小指をナイフで切り、くっつけた卵にA型陽性の血液で斑点をこしらえた。出血がとまらないうちに、第三の卵にもおなじことをした。

その卵爆弾を、毛布の下、グラックのもといた場所へ隠した。第三の卵は、衝動的に枕の下へ入れた。

そこで驚いたことに、専門家の到着。その男を案内してきたのはフォンクル氏だ。

「ハロルド」とフォンクル氏がいった。「こちらはビム先生。ジッパー先生が助言を求めて呼んでくれたんだよ。きみは謎の症例、医学界にとっての新しい現象らしい」

ビム先生がうなずいた。こちらもうなずきかえした。ぼくが仮病なのをジッパーが見ぬいたなら、なぜこんなことを？　医療ミスの予防策か。そう考えて、ヒーコフ像の顔をうかがった。

「安心したまえ、ハロルド」とフォンクル氏はいった。「いま、家内とテレビドラマを見てるさいちゅうでね。じゃ、失礼」

ビム先生は手を洗いにいき、それからもどってきてドアを閉めた。手を乾かしたあと、白い木綿の手袋をはめた。

「医者がそんなことをするのをはじめて見ましたよ」とぼくはいった。

「だれにもそれぞれのやりかたがあるからね」とピム先生。「さあ、仕事だ」

彼はハンマーのような両手で、ぼくの体をたたいた。

「では、目をつむって、口をあけてほしい」

ぼくは目をぎゅっとつむり、口を大きくあけた。

「ハロルド、よしといったら、目をあけたまえ。それまではあけないように。舌を押さえるよ。おや、すごい舌苔だな」

「あぐー」

「目はつむったままで」

「ぶるーぷ」

「では、ぐっと嚙んで」

ぼくの歯が嚙みしめたのは、拳銃の銃身だった。思わずぼくは目をあけた。

「声を立てるな」相手は銃身を口からひきぬいたが、銃口を向けたままだ。

「ネイグルとお見受けする。どうやってぼくの行方をつきとめた?」

「新聞の貸間広告を調べたんだよ、ハロルド。きみが消えてからの数日間のやつをな。あとは、たずねまわった。プードル販売業のさる女性に宛てた手紙の郵便番号とか」

「まったく知恵のまわる男だな。おそろしく」

「ありがとう」ネイグルはぼくの度量の広さに感服した。「われわれがより文明的な合意に達しえなかったのは残念だ。ハロルド、どうか当方の動機も理解してほしい。たとえば、わが父親。一生かけて、こまごました業績を築きあげた男だぞ。想像してくれ。五十年間、アメリカン・スカラー誌に名前が出るのは、わずかな〝同書〟と、いくつかの〝前掲引用書〟という脚注だけ。ただの一度も目次に出たことがない。ただの一度も。ところがある日、きみの友人のヒーコフが、正真正銘のグラックの受精卵をかかえて現れた。『教えてくれ、ネイグル博士』と、やつはあのけばけばしい声でいった。『わたしがここになにを持ってきたと思う?』その瞬間、おやじの人生のたそがれに陽が昇ったんだ、ハロルド。影の落ちる寸前、おやじは目もくらむような光を見た。わかるか?」

「ああ、理解するのはむずかしくない」

「老いぼれ人類学者にとって、グラックの受精卵が意味するものの想像がつくか?」

「すこしは」

「不滅の名声だ。生まれてはじめて、おやじは懇願した。なにを？　ワリカンだよ。それ以上の何物でもない。五十一パーセントとはいわない。五十パーセント。いうならば、『ヒーコフ＝ネイグルの発見』だ。しかし、ヒーコフはその訴えを一笑に付した」

「あの卵は、ヒーコフ博士にとって大きな意味があったんだよ」

「おれは葬儀の席で誓ったんだ、ハロルド。おやじの思い出の礎を、二流のエジプト人の墓から出るミイラの一部よりも、うんとでっかいものにしてやろう、と。いま、おれはその誓いを果たした」

「ネイグル」とぼくはいった。「きみがこの計画を思いついたのは、お父さんのためか、それとも先祖たちよりも賭け金を上げたいという、きみ自身の欲求のためか」

「その頭の皮を剝いでほしいか？」

「すまん。だが、こっちも誓いを果たそうとしてるところだ。《初めに》と書かれた手紙は、きみも読んだろう」

「今夜は《最後に》を読むつもりだ」

「むりだね。あの手紙はなくなった。あのあと病院で目がさめたときは、もう……」

ネイグルは耳を掻いた。「かもしれん。それがどうした？　《最後に》なんて、どうせヒーコフの古英語のたわごとのつづきにきまってる。声帯の男らしさ。ヒーコフの男らしさの証はそこだけだった」

「趣味がわるいな」とぼくはいった。「もう、先方は死者の仲間なのに」

「《最後に》なんて、ユーティカ＝モホーク線の線路ぞいで風に舞わせとけ。問題は卵だ」

「われわれはパートナーになれたのに」

「ふん。おまえはガッツがあるよ、ハロルド。だが、いまさらパートナーになるには手遅れだ。さあ、ネイグルの大発見をよこせ。ためらったり、渋ったりしたら、いや、臭い息を吐いただけでも、ヒーコフといっしょに聖歌隊で練習することになるぞ」

ネイグルはいいやつだった。俳優のドン・アメチーに似た顔つきで、殺人者タイプじゃないが、そのあたりの断言はできない。

「卵はこの枕の下だ」

まだぼくは幸運に見放されてなかった。ネイグルは一度も卵を見てない。ピンクの斑点のついた例の卵を見せると、彼の顔はぱっと明るくなり、卵を手のひらにのせた。

「そうっと扱ってくれよ」ぼくは半狂乱の目つきでいった。

「たのしかったぜ」そういいながら、彼は卵をタオルにくるみ、医者のカバンにしまいこんだ。「この一件が落着したら、チェスのひと勝負でもやるか」

「望むところ……」

ガツン。脳天を思いきりどやされて、ぼくはベッドから半分飛びだしそうになった。大観覧車がいくつか、いろんなスピードで回転している。このぼくも糸巻きのように回転しながらころがった。そのあと、もう一回の衝突。グシャッという音。濡れた感じ。そこで目がさめた。

「バイバイ。かわいそうに」シンシアがぼくの毛布を持ちあげ、破壊の跡をながめている。

「なんだ、なんだ、どうした？」

「ハロルド、こうするしかなかった。あの専門家もいってたよ。あなたに必要なものは完全休養だけだって。いくら自由な世界でも、あの卵には日の光を拝ませないほうがいい。あなたが若死にするよりは」

シンシアはそのべとべとのなかにあるセロハンテープに気づかなかった。自己満足に浸りきっていた。

それからの何日かは、平穏に過ぎていった。

マーナはぼくのグラックを預かっている。シンシアはだれとも分かちあわないたのしみをかかえている。ネイグルは宿望を果たし、自分の卵を抱いている。フォンクル夫人はぼくを疫病神のように避けている。フォンクル氏は、妻から国外追放のファルーク王なみの扱いを受け、ぼくの部屋へカードを持ちこんで、ふたりでゲームをする毎日だ。

マーナは自分の約束と、ぼくの安静の必要性を尊重し、そうっとやってきては、グラックの近況報告だけをしていった。いまや卵は小さい音を立てながら、そこらじゅうを跳びまわっているという。その音は、彼女によると、チョークが黒板をこする音に似ているらしい。もしヒーコフがその音を聞けたら、どんなに喜んだことだろう。いや、ひょっとすると、天国の彼にはその音が聞こえているかも。

マーナがグラックを温める一方では、シンシアがハロルドを温めた。ぼくの回復に関する彼女のヴィジョンに、節制の観念はないらしい。

ぼくにとって唯一の居心地のわるさは、フォンクル夫人からくるものだが、それはさして気にならなかった。ある疑惑にかられた夫人は、ふたりの娘に強烈なにおいのするガーリックやオックス・テールなどの料理と、唇がくっつき、保護的けいれんを起こすような、グルテン状の料理をあてがっていた。ぼくはベッドわきにタムやクロレッツのミントガムを常備することにした。

三月は最高のラム肉のように過ぎていった。窓の氷が溶けた。電線の上で小鳥がさえずりはじめた。そろそろ移動を開始して、計画を立てなおさないと。

チョーサーはこれをなんといったろうか。ひさかたの卯月《うづき》の雨ぞ降りつづく。弥生《やよい》ひでりに貫かれたる、草の根分けて美酒《うまざけ》そそぎ……。まあ、そんな調子。ぼくはクロッカスのように芽吹いた。

いよいよお別れの日がやってきた。シンシアとは別れやすく、その別れやすさに心が痛んだ。月が変わってから、シンシアは家柄のいい足病治療医と知りあったのだ。人生の見通しが明るくなった。ぼくたちの対決の場に、彼女は編み物持参で現れた。緊迫ムードのなか、彼女は工場なみに編みつづけた。新しい恋人へのセーターを。

「連邦政府に呼びもどされたよ」とぼくは切りだした。「処罰を受けるために」

「え、処罰？」

「だいじょうぶ。たいした苦痛はない。むしろ叱責に近いな」

ぼくが処罰されると聞いて、シンシアは別れがいいやすくなったらしい。あの卵が割れて以来、彼女が前とおなじでなくなったのはたしかだ。ぼくが自分で卵を割らなかったことが不満だったんじゃないか。だれに女心の深みがわかる？　話をするうちに、彼女はぼくを足病治療医と比較し、むこうが上と判断したらしい。新しい運命の神秘。

「この苦しみを長びかせる理由はない。ぼくはいつもきみのことを思いだす。ふたりでいっしょになにをしたか。きみがどんなふうにぼくを支えてくれたかを」

シンシアは編み針をとり落としそうになったが、さっとつかんだ。彼女の反射神経は、ぼくと知りあって以来、スピードが増していた。

　ほっそりしたマーナと別れるのは、もっとつらかった。

「あなたが行かなきゃならないのはわかってる。わかってるから、愁嘆場はぬきね。ここへもどってくるつもりは？」

「ぼくの人生は疑問符だよ」と正直に答えた。「ぼくになにがいえる？」

「あなたと卵がいなくなったら、もう前とおなじじゃないわ」

「ぼくにとってもだ。永久に」

「卵が孵ったら知らせて。手のこんだものでなくても。ハガキ一枚でいいから」

　最近慈善活動に力を入れはじめたフォンクル夫人は、あっさりとさよならの言葉を口にした。威厳と魅力的なポーズにみちみちていた。なんという自尊心。

　フォンクル家を去る日は、うららかな上天気になった。ぼくが手にさげた新品のスーツケースは、ずんぐりしたエグゼクティブ・タイプ。グラックにはじゅうぶんな広さだ。その卵はいまやボウリングのボール大になり、いつはじけ割れるかしれない。タクシーに乗りこむぼくを、フォンクル一家は一団となって見送った。ぼくは手をふり、この家族の幸運を祈った。胸がいっぱいになり、目がうるんできた。ここのみんなには、ぼくも、卵も、ひとかたならぬお世話になったのだから。

　いまわれわれの住んでいる世界は、人と人との距離だけをべつにすると、すべての距離がどんどん縮んでいく。ぼくのような人間でも、バスと飛行機を使って、ニューヨーク州ユーティカからラブラドルまで、百二十ドル三十五セントで行けるのだ。その事実にぼくはうっとりとなった。ユーティカからラブラドルまで。世界の果てまで、ほんの数時間しか隔たっていない。

ラブラドルへ行くには、まず旅行代理店。そこで、ラブラドルへの旅を希望する。係員は眉ひとつ動かさない。

「どこですか」とむこうはいう。「グースベイ？」

「いや」とぼくはいう。地図とパンフレットは調べてある。「ミーリー山脈とか」

「ミーリー山脈なら特別観光コースがありますよ」とむこうはいう。

「それとも、メルヴィル湖」とこちらはいう。「フィッシュ・コーヴ岬、ホワイト・ベア、ミザリー岬、マリス港、アンガヴァ湾のチドリー、ペティツィカパウ湖、ニピシッシュ、ツヌンガユアルクか、それともグレーディか。まだ決心がつかない」

「グースベイへ行きなさい」と係員はいう。「あそこからならどこへでも行けます」

「カンガラックシオルヴィク・フィヨルドへ行けるかな？」

「トーンガト山脈の？」と彼はいう。「もちろん」

ぼくは直感にものいわせ、わがグラック誕生の地として、すでにカンガラックシオルヴィク・フィヨルドを選んであった。カナダの公民権がたやすく得られるという理由ではなく、カンガラックシオルヴィクという名前がぴったりきたからだ。

「景色のいいルートですよ」係員はチケットにスタンプを押しながらいった。「シラキューズ行きのグレーハウンド・バスが午前十時五十分ユーティカ発、午後〇時五分シラキューズ着。シラキューズ発が午後二時三十分で、モントリオール着が午後十時二十分。そこで食事と映画見物。午前四時にエア・カナダ便が出発、午前七時二十分にグースベイ到着。旅費はエコノミーの航空運賃を含めて、百二十ドル三十五セントと前金が少々」

「それから？」

「それからグースベイで照会して飛行機をチャーターすれば、カンガラックシオルヴィクまでひとっ飛び。この季節のトーンガトはすごくきれいです」

係員から保険屋をやっているという叔父さんを都合よく紹介され、一万ドルの旅行保険に加入した。保険金の受取人は、マーナとシンシアに半々。そうあって当然だろう。ヒーコフ像をきちんとポケットにおさめ、グラックのはいったスーツケースを片手にさげ、ついにぼくはターミナルに向かった。義務履行のほうもらくな下り坂になり、たのしく時間を過ごすことができた。

バス旅行は、ぼくの場合、性交と大差がない。子供のころから振動には平気で、あっさり眠気がさし、いつもおなじ夢を手渡される。夢のなかで、ぼくは洗濯桶に乗って銀色の池を漂流していた。その池は驚くべき生物たちでいっぱいだった。むこうはさまざまの色彩と光に輝き、ぼくをたのしませようとやっきになっている。ぼくはこの夢に会うのが、旧知の友人に会うようにたのしみだった。

バスの夢はほじまってふくらみ、ぼくのグラックもそこに含まれた。バスがガタンと揺れたり、急カーブを切ったりするたびに、夢の池から三つ頭のトカゲが現れ、鼻と鼻をすりよせてくる。トカゲの三重の笑い声で、はっと目がさめた。手を伸ばしてグラックの無事をたしかめてから、安心してまた眠った。

バスは順調に走りつづけ、エア・カナダへの乗りかえも順調に終わった。

ぼくのグラックがこの飛行をどう受けとめるか、という不安はあった。とりわけ、他力で飛ぶとなると。しかし、問題はなかった。離陸時をべつにして、卵は小揺るぎもしなかった。空席がたくさんあったので、ぼくはグラックを隣の席にシートベルトで固定し、自分のシートの背を倒した。銀色の池の夢は自動車専用で、飛行機に乗ったときは墜落の夢しか見ない。

東カナダ上空の雲海のなかでは、なんの休息も得られなかった。うしろの席には、世界旅行中のカップルがすわっていた。さっき空港で見たこのふたりの手荷物に、ラベルがべたべた貼ってあったのだ。いま、ラブラドルへの旅の途中で、ぼくはふたりの会話から、このカップルにとっては行く先がもう種切れなのを知った。サスカチェワンの先には、もうなんにもなし。

「ほら、この小さい活字」男がガイドブックを見せながらいった。「ここの説明によると、ビャルニという案内人が、九八六年にラブラドルを発見したらしい。ヘルヨルフの息子のビャルニがだ。ほら、ここ。ビャルニは自分の船を探検家のレイフ・エリクソンに売り、のちにエリクソンはそれと同型の船を自分の探検に使った」

「どうしてわかるの?」

「ここをごらん。ガイドブックの。ヘルーランド、石の国」

「どこ?」

「魚と毛皮がふたつの主要産業だって」

「まあ」

その話からすると、ラブラドルもそうわるくない。まず、樹木。ガイドブックによると、針葉樹、カバノキ、ポプラ、トウヒ、地衣類、コケ類、赤いツツジ、青いリンドウ、白いランまである。それに、コガラ、ガン、カモ、レミング、オオヤマネコ、オオカミ、オコジョ、テン、カワウソ、キツネ、アザラシ、クマ、フクロウ、赤いカモメ、それにパタゴニア種のアジサシ。また、漁師たちに撃たれなかったエスキモー人も住んでいる。アルゴンキン族、ナスカピー族、英国人、スコットランド人。

鳥にとってはわるい場所じゃない。活動、仲間、小競り合い。亜北極地方のすてきなコミュニティだ。

その朝は霧が出ていた。石の国のヘルーランドも、魚も、毛皮も、その他もろもろも、ぼやけたひとつの塊だ。旅客機が降下を開始した。テンも白いランも見えない。見えるのはグースベイ空港の煙と光のまだらだけ。ビャルニが船を処分したのもふしぎはない。

「ほんとに一度もここへこなかった？」と女がきいた。

「あそこをごらん」と男が答えた。「たしかに見おぼえのある感じだな」

見おぼえのある感じ。自分の潜在意識を虫干ししてるような気がする。グースベイはすてきな土地なのかもしれない。よくわからない。空港の男子トイレで卵を調べてみた。卵の殻にひびがはいっている。ごく小さな亀裂。シシリー地震の物語に出てくるような、お婆さんたちをのみこむタイプではなく、ひとすじの髪の毛に近い。だが、まぎれもない亀裂がそこにある。もしぼくが初産、いわゆる初妊娠《プリミグラヴィダ》の女性で、すでに破水しているなら、これ以上にまずい立場はないわけだ。

目についた最初のラブラドル人をつかまえて、ぼくは大声でわめいた。カンガラックシオルヴィク行きの飛行機をチャーターしたい。

「そういえば、いまその飛行機が出発するぜ。パイロットはル・グランフって名前だ。やつはいま喫茶店でコーヒーを飲んでる。ばかでっかい男だから、すぐにわかる。それに片腕だし」

ぼくは喫茶店でル・グランフを見つけた。見まちがいようがない。赤と黒のマッキノー・コートを着たところは、SFもどきのチェッカー盤だ。頭と、胸と、腹と、両脚との積み木細工、なにもかもが四角形。バケツなみにでっかいブラック・コーヒーのカップを、一本の腕が支えていた。

「ル・グランフさん？」

「そう《ヤス》」フランス人らしく二重母音を単母音化した返事だった。「あんただれ？　カジモドか、ノートルダムの鐘つき男の？」

「ぼくはハロルド・ノース」

「そりゃ大ニュースだな。自由ケベック万歳」

　この当てにならない母音推移の末裔め。こんちくしょう。あんたの飛行機か。

「あんたがパイロットですよね。カンガラックシオルヴィク行きの飛行機の」

「行き先は世界のへどだぜ」

「ぼくはそこへ行かなきゃならない」

「なぜ？　アザラシをからかいにか？」

「理由はこっちの勝手でしょう」

「たしかにな。カンガラックシオルヴィクのこのブームはどういうわけだ？　先客がひとりいるぜ。よし、百ドルで乗せてやろう」

「了解」

「この汗の素を飲みおわったら、すぐ行くからな」

　ル・グランフはコーヒーを一気に飲みほし、われわれはそこを出た。格納庫まで歩くと、その前になにかがとまっていた。かつて飛行機だったことのあるなにかが。

「クラレットを紹介しよう。古手の夜鷹だ」とル・グランフはいった。「おれのおんぼろ特急。大空のあばずれ。どうだ、気が変わったか？」

「いや」

「まぬけめ。もうひとりの客はまだこない。なかで待とう」

われわれはクラレットの腹部へ乗りこんだ。四人分の座席がある。制御装置の前にふたつ、そのうしろにもうふたつ。

「クラレットは咳がひどくてな」とル・グランフ。「チューブが心配だぜ」

彼がボタンを押すと、プロペラがまわりだした。機首から煙がぱっぱっと吹きだす。咳がはじまった。短い空咳。

「うへっ。こりゃまずい」

ぼくはそっちに注意をはらうのをやめた。ル・グランフのもうひとりの乗客が到着したからだ。ダッフェル・バッグをさげたネイグル。おたがいの姿を見た瞬間、双方とも古いドアが閉まるような音を立てた。

「お知り合いか」とル・グランフ。「おもしろい昔話が聞けそうだな」

ぼくはル・グランフの隣にすわっていたのだが、ネイグルが乗りこんできたのを見て、分別をきかせ、うしろの席、ネイグルの隣に移動した。彼はダッフェル・バッグを収納庫に入れ、そこにぼくのエグゼクティブ用スーツケースがあるのを見てとった。

「拳銃は？」とぼくがいった。

「おい、妙なジョークはよしてくれ」とル・グランフ。

「この友人にたずねたんだよ」とぼく。

「そうか」

「もちろん持ってない」とネイグル。「ここでなにをしてるんだ、ハロルド？」

「きみとおなじさ。きみとおなじ」

「だが、卵はおれが持ってる」

「あれはヒヨコ」

「わかったぞ」とネイグルがいった。「ゴールライン前の観客席か。おまえの執念には敬服するよ、ハロルド」

「きみが持ってるのはヒヨコだ、ネイグル」

「わかったよ、ハロルド。おれが持ってるのはヒヨコだ」

「そのヒヨコはどこだ?」とル・グランフ。「おれも話の仲間に入れてくれ」

「さあ、どうぞ。彼に話せよ」とぼく。

ル・グランフがひらいた窓から管制塔に向かって、離陸準備完了と大声でどなった。つぎにクラレットが持病の気管支炎と闘い、ゆっくりと機は動きだした。

「さあ、上昇するぞ」ル・グランフがいった。「面白い話を聞かせてもらおうか」

クラレットはいちおう上昇し、ネイグルはル・グランフにグラックの物語を聞かせた。まあ、これだけは認めてやりたいが、彼は自分の目から見たすべての出来事を、できるだけ客観的に、バランス感覚をたもって語りすすめた。

「なるほどな。じゃ、ひとりはヒヨコ、もうひとりはグラックを持ってるわけか?」ぼくがこみいった部分を説明しおわると、ル・グランフはそういった。「すばらしい」

ぼくは奇妙な症状におそわれはじめた。激しいさしこみ。ほてり。胃がふくらんでくる。洞察のひらめき――ヒーコフゆずりのそれ――のなかで、こうさとった。出産の徴候だ。ぼくのような主情的タイプにはよくあることだが、それでもきまりがわるい。

「じゃ、教えてくれ」とル・グランフがいった。「ふたりのパパのうち、どっちが本物の父親だ？　そいつを知りたいね。どんな種類のインテリが、羽のある友とあれする気になるのか」

「だれも羽のある友とあれなんかしてない」とぼくはいった。

「愛は愛さ」とル・グランフ。「だが、鳥とは恐れいったな」

「飛行機の操縦に専念してくれよ」苦痛で体を二つ折りにしながら、ぼくはいった。

ル・グランフはブランデーのボトルを見つけ、それを回し飲みにした。

「たしかに、オーロラのもとでふしぎな話はいろいろ聞かされたさ」とル・グランフはいった。「しかし、ふたりの男がおんなじハトにのぼせあがるとはな。いやはや！」

「この男になにをいわれても気にするな」とネイグル。

「教えてくれ」とぼく。「どうしてカンガラックシオルヴィクを選んだ？」

「〝ガラック〟って部分かな。グラックと似てるじゃないか」

「それは気がつかなかった」

「なのに、ヒヨコの物語だけをたよりに、ここまでおれを尾行してきたのか、ハロルド？　そのうちにおまえが切り札を使うことは予想してたよ。着陸まで待ってから、おれの後頭部をぶんなぐろうという魂胆か？」

「きみを尾行？　なぜきみを尾行しなくちゃならない？　きみがあのバッグに入れてるものはオンドリか、でなかったらメンドリか。とにかく、グラックじゃないぞ」

「ハロルド、いつかそのうちに、おれもそんな友だちを見つけたいよ。おまえがヒーコフにつくすほど、おれにつくしてくれる友だちをな」

エレベーターのような上下動をくりかえしながら、クラレットは青い氷の平原を越えて、われわれを凍りついた冬の心臓まで運んでいく。

ネイグルとぼくは黙りこみ、物思いにふけった。苦痛のなかで、ぼくはヒーコフのことをとぎれとぎれに思いだした。世界の彼方、時間の彼方、焦点の彼方で、通りすぎるパレードへ吹き矢のように母音を投げつけているヒーコフ。ヒーコフも、やはり食べ物で炎をかきたてられ、なにかの妊娠にかかわっていたのか？ ヒーコフも、やはり自分のおなかに子供がいる、なにかの種類の胎児を宿している、と感じていたのか？ あのでっかいヒーコフのうめきも、やはり透明胎児をはらんだ陣痛の訴えだったのか？ グラック。あれは一種の息子、一種の娘だ。すくなくとも、ヒーコフの永続妊娠の産物だ。

ル・グランフが、カリブーとカンジキウサギの登場する春歌をいくつか披露した。旅の退屈しのぎには役立った。

「風が吹いてるぞ」とル・グランフ。「下を見ろ。なんにもなし。そうだろう？」

低空飛行中のクラレットがいっそう高度を下げ、ル・グランフは着陸場所を探した。目的地は小さな村落らしいものの左手だ。機は旋回し、降下し、横に傾いた。

ネイグルとぼくはめいめいの手荷物をひっつかんだ。どちらも顔がほてっていた。真実の瞬間に燃えあがる炎。

「ネイグル」とぼくはいった。「かわいそうにな。まもなくきみはあごまで雪に埋まって立ち、勝利の瞬間にはっと気づく。自分がはるばる北極近くまで運んできたのは、フライの材料だったのか、と」

「おいおい、ハロルド。おれをぶんなぐるつもりか？」

「暴力はふるわない。暴力はご用ずみだ」

ル・グランフが着陸場所を見つけた。森のなかの伐採地。まるでが四柱式寝台に体を休めるように、クラレットはそこへ落ちついた。みごとなワン・ポイント着陸だった。

ル・グランフには、機内で待ってもらうことで話がついた。

ネイグルの持ってきた卵も、グラックの卵とおなじく孵化が近づいていた。あと数分だろうと、ふたりともが予想していた。外は極寒の世界だ。ネイグルもぼくもスカーフを顔に巻きつけた。それから大切な手荷物を木立のそばへ運んでいった。

「ここでいい」とぼくはいった。

まるでふたりの決闘者のように、ぼくたちは背中合わせに立った。めいめいのバッグの上に腰をかがめた。グラックの卵が、ぴょんとぼくの両手のなかへ飛びこんできた。マフィンのように温かい。いまでは卵の殻に新しいひびが走り、刻々とその数を増している。卵というよりも編み細工だ。

ル・グランフは、節度をたもって、飛行機のそばに立っていた。われわれがどれほど真剣なのかを見てとって、結婚行進曲をハミングしていた。

卵がぼくの両手のなかで割れた。

ぼくがつかんでいるのは、さかんにまばたきをする、すじばった生き物だった。まだ翼も生えそろわず、脚がやけに太い。

「やあ、グラック」とぼくはいった。

「やあ、グラック」と、ネイグルも自分のヒヨコにいった。

ぼくの温かい手と、暖炉のような愛情が、まだ生後六十秒そこそこのグラックにもなにかの意味を持つ、と思うのがふつうだろう。だが、ちがう。すでにグラックは必死に逃げようともがき、その目つきは、まるでぼくをナチと勘ちがいしているようだった。

ぼくはグラックを凍った草地の上にそうっとおいた。グラックは予想どおりの行動をした。よたよたと歩いては倒れ、滑り、よろめき、とまり、伸びをして、しわがれ声で**グラック**と鳴いた。

ピー、とネイグルのヒヨコが鳴き、彼がこういった。「いまのを聞いたか?」

知ったことか。ぼくのグラック、いや、唯一無二のグラックというべきか、それがいまこの世界を検分中だ。グラックは森のほうへ一歩踏みだし、そこでためらった。

「もどってこい、グラック」とぼくは荒野に呼びかけた。

グラック。

ピー。

グラックはもどってこない。森のほうへと幼い一歩を踏みだした。そしてまた一歩。

ぼくはそのあとを追ったが、そこで立ちどまった。エルジー・ムーニッシュの名言が、その石の国から聞こえてきたのだ。所有をともなわない愛、所有しない行動。

グラックぬきのぼく、ぼくぬきのグラック。どちらも自立した生き物だ。かわいそうなグラック。すでにそいつはぎくしゃくした動きであたりを見まわし、同類の姿を探しもとめている。仲間がいるのか? 仲間が見つかるのか? われわれはこの疲れきった生き物に恩恵をほどこしたのか、それとも最大の虐待をなしとげたのか?

「あばよ、おれのグラック」とネイグルがいった。彼のヒヨコも、やはり散歩をはじめたところだ。ネイグルは記録のために、スナップ写真をとりはじめた。ぼくには記録の必要がなかったし、ヒーコフの手紙にもポラロイドの必要性は書いてなかった。

「グラック」とぼくのグラックが鳴いた。前にもまさるしわがれ声。しかも、ヒーコフのしわがれ声そっくり。まぎれもなく母音推移以前の。

ネイグルはパチパチ撮影をつづけている。偽グラックを、黄色いふわふわちゃんを。

やがて、二羽の新生児が出会った。グラックとヒヨコはおたがいを手さぐりし、肩をすくめ、身ぶるいし、ラブラドルを見わたしてから、いっしょに原生林へと歩きだした。

「グラックとヒヨコ」ぼくは撮影中のネイグルにいった。「たいしたチームだ。すくなくともニワトリは絶滅してない。グラックも自分たちの領分をそうやすやすとは手放さないだろう。ひょっとしたらこの雪のなかに希望の花が咲くかも」

二羽のひな鳥はどんどん去っていく。ぼくになにがいえる？ どんな知恵を与えてやれる？「毎週金曜日に遊びにおいで」とでも？ 「ポール・ギャリコの『スノーグース』を読んで、クリスマスにはお礼をいいにこいよ」とでも？ いえることはなにもない。鳥の新生児は、人間でいえばティーンエイジャーだ。そこには決定的なコミュニケーションの断絶がある。

「もどってこい、頭のへんなおふたりさんよ」とル・グランフがいった。「クラレットがガソリンを漏らしてる」

最後まで礼節を守って、ネイグルとぼくは飛行機の入口で先をゆずりあった。ふたりとも放心状態。ル・グランフがおんぼろエンジンをスタートさせた。

「ちょい待ち」ぼくはそういうと、もう一度外に出て、さっきの育児所まで駆けもどった。卵の殻がふたつ、割れた世界のように横たわっている場所まで。

「このバカ。もどってこい」とル・グランフ。

ぼくはヒーコフ像を地上におき、原生林のほうを向かせた。

グースベイにもどってから、ぼくはル・グランフにいった。「ムッシュー、あんたはカモシカの乳房だ」反応なし。

ぼくはいった。「だんな、あんたは茶番だ」当惑。

ぼくはいった。「ピエール、あんたのなくした腕が、悪魔をカンチョーしてるぞ」彼ははっとこっちを見た。

ぼくはいった。「ラヴァル、あんたはおんぼろ飛行機のへぼパイロットだ」

彼はぼくの頭を一発ぶんなぐった。そんなふうにル・グランフを利用するのは本意ではなかったが、このショックがほしかったのだ。ぼくは気分がよくなった。洗い清められたように、すっかり気分がよくなった。助けおこしてくれたのはネイグルだった。

「ネイグル、きみのこれからの計画は？」とぼくはたずねた。「ぼくはどこかパイナップルの育つ土地へ行きたい。太陽が大皿みたいに見える土地へ。そこで口のなかを塩水でいっぱいにしたい」

まだふらつきながら考えた。ぼくをいちばん必要としてるのは？　い、い、い、い、い、い、い、い、
E・ムーニッシュ」ニューヨーク州シラキューズ」健康ナ気候プラス・プラス無料御招待」大量ノ蜂蜜アリ」着払ニテ返信乞フ」愛ヲコメテ」ハロルド・ノース
その電報を打ってから、ぼくはネイグルと一杯飲みにでかけた。酒がまわりかけたところで、ちょ

っと失礼してトイレにはいり、裸電球のもとで《最後に》を読んだ。

親愛なるハロルド、

きみに祝福と健康あれ。それと、ありがとう。ハロルド、千ドルの小切手を同封する。詩を書きたまえ。ついでに、グラックのグランド・ローストのレシピを書いておく――

フライパンにグラックを入れ、バターとオレンジの薄切りでおおう。スパイスはガーリック塩。それにパプリカとコショウを少々。フライパンのまわりにロースト用ポテトと、やわらかいオニオンを敷きつめる。フライパンを二百三十度に加熱したレンジへ。一ポンドにつき三十分の割合で焼く。熱いうちに賞味すること。ワインは、生きのいいグンポルスキールヒナーの五九年物がおすすめ。

敬具

デイヴィッド・ヒーコフ

「珍味、珍味」とぼくはヒーコフに向かってさけんだ。「まったく、あんたのユーモアのセンスはへんてこだよ」

ヒーコフ、r音の巻き舌使い、太鼓腹の大食漢、両極端のジャグラー、ボウリング・ボールの亡霊、ア・エ・イ・オ・ウ、いまこそ安らかに眠れ。

というわけで、ぼくは産褥についた。これは分娩後の回復期、出産後の上機嫌な時間を意味する婦人科用語だ。誕生を果たした生命の時間だ。

編者あとがき

浅倉久志

英米のユーモアSF、そのなかでも翻訳紹介される機会のすくない中篇を主体にしたアンソロジーを組む、というのが当初の企画だった。もちろん、なにか一貫したテーマがあったほうがいい。そうだ、一九四〇年代からの作品を年代順にならべ、このジャンルの進化の跡を展望できるものにしては？　かりにそうした場合、トップにおくべき作品は？

とつぜんながら、ここで話は前世紀にさかのぼる。

むかし、〈SFマガジン〉一九七四年十一月号の《なんせんすSF特集》の解説で、編者の伊藤典夫さんが披露したこんなエピソードがある――

むかしむかし、まだ〈SFマガジン〉もこの世に存在しなかったころ、SF同人誌〈宇宙塵〉のコラムで矢野徹さんがある海外SFを紹介した。太陽系のかなたから一羽の巨大な鳥、惑星をひとのみにしそうなほどでっかい鳥が飛んできて、地球上は大騒ぎ――というところからはじまる、めちゃくちゃな発想のホラ話。しかし、伊藤さんは、この紹介を読んで、あほらしいと思うどころか、大きな感動をおぼえたという。そのあたりの説明をつぎに引用すると――

「(……)なぜこんなバカな小説に魅力を感じるのか、さっぱりわけがわからなかった。今でもわからない(わかったら身もふたもないような気がする)。しかし、その後いろいろなSFを読んでいくうち、はっきりしてきたことがいくつかある。SFというものは、どれほど科学考証をこらし、まことしやかに書かれていても、どこかにいくつかバカな要素があり、ぼくがSFに惹かれるのはまさにそういう要素があるのだということだった。俗にいう本格SFは、それらがすべて一定の飛躍のレベルのなかにあり、リアリスティックな理論づけによって違和感が隠蔽されているにすぎない。したがって、理論づけが稀薄になり、飛躍のレベルの異なる要素が多くなればなるほど、その作品はナンセンスSFの様相をおびてくるわけである」

なるほど、そういうことだったか、と思わず膝を打ちたくなる卓見だ。さて、〈宇宙塵〉の例会でも大きな話題になったというこのホラ話の作者と題名は、特集のすこし前に伊藤さんが矢野さんにたずねてみたが、もう記憶にないという返事で、その正体は長らく謎とされていた。ところが、それから十五年後に〈SFマガジン〉が《奇想SF特集》(八九年七月号)を組んだとき、編者の大森望さんが、解説のなかに前記の伊藤典夫さんの文章を引用した上で(つまり、今回の引用は孫引きに当たるわけ)、謎のバカSFについてこんなデータを発表したのだ——

「当時、作者もタイトルも不明とされていたが、その後、倉田卓次氏からのお便りで、ネルスン・ボンド“And Lo! The Bird”だったことが判明している」

このあたりのいきさつは、ぼくの衰えた記憶にもかろうじて残存していた。そうだ、あれがあったっけ。さいわい——いや、悲しいことに——この作品は未訳のままだ。収録短篇集 *No Time Like the Future* (1954) も手許にある。初出が一九五〇年というのが少々ひっかかるが、二十世紀最後の年が二〇〇〇年であるならば、一九五〇年を一九四〇年代の最終年とみなすことになんの問題もないだろう。よし、これに決めた。もう一篇を四〇年代から選ぶとすれば、ヘンリー・カットナーの〈ギャロウェイ・ギャラハー〉シリーズの未訳作品かな。こちらはまぎれもない四〇年代の作品だし、当初の企画にそった中篇でもある。

つづく一九五〇年代は、SFのゴールデン・エイジと呼ばれ、ユーモアSFの分野でも従来とは見ちがえるように洗練された作品群が登場した時代だが、あいにく——いや、喜ばしいことに——この時代の代表選手だったブラウン、シェクリイ、テンなどの作品は、すでにあらかた雑誌に翻訳され、短篇集にまとめられている。といって、未訳の傑作中篇を探しだす根気はない……。そこでこういう身勝手な屁理屈をこねあげた。ユーモアSFも、洗練の度が増すにつれて、さきほど引用した伊藤さんのコメントにある〝バカな要素〟がすくなくなり、そのぶん独特のパワーが弱まるのではなかろうか。ページ数の関係もあるし、じゃ、この時代はざっと通りすぎることにして……。ということで、既訳の短篇を三つ復活させることにした。既訳といってもいまでは入手難で、はじめて目にする読者の方も多いだろうし、それに五〇年代SFのファンとして出発したぼくにとっては、どれも愛着のある作品ばかりだ。

さて、いよいよしめくくりの十年間。といっても、一九六〇年代前半の英米SF界は、五〇年代の尻尾をひきずった沈滞の時代と評されるほど活気がなかったが、やがてイギリスでマイクル・ムアコック編集の〈ニュー・ワールズ〉を中心としたニュー・ウェーヴ運動が盛りあがり、その影響がアメリカの作家たちにもおよぶにつれて、後半では見ちがえるように様変わりした。日本では翻訳のタイムラグもあり、紹介がやや遅れたが、〈ＳＦマガジン〉が六九年十月号、七〇年二月号、七二年九月号と三度の《新しい波特集》を組み、山野浩一さん編集の〈ＮＷ―ＳＦ〉が七〇年に創刊、七八年七月にはサンリオＳＦ文庫も発足して、熱気あふれる新鮮な作品がぞくぞくと紹介された。かくいうぼくも、ジュディス・メリルに感化されたのか、よくわからないながらにいくつかのニュー・ウェーヴ作品を読んだり、訳したりして、けっこう充実した気分を味わったものだ。

そのニュー・ウェーヴ系ＳＦからユーモア作家を選ぶとしたら、これはもうジョン・スラデックをおいてほかにない。この時期のスラデック作品は短いものが多いが、そのなかで量、質ともに群を抜く代表作といえば、やはり「マスタースンと社員たち」だろうか。翻訳で苦労するのは目に見えているが、とにかくこれでひとつは決まり。あとひとりの作家を選ぶとすれば、Ｒ・Ａ・ラファティというのが妥当な選択だが、六〇年代のラファティ作品はほとんど翻訳ずみだ。さあ、どうする？　そこで頭にひらめいたのは、ハーヴェイ・ジェイコブズという名前だった。この人の「浮世離れて」（六八年）という短篇を、メリルの『年刊ＳＦ傑作選7』で訳したことがあるし、短篇集も手許にある。六〇年代ＳＦのもうひとつの特徴は、ＳＦと一般小説の境界が薄れたことだが、ジェイコブズはまさに一般小説からＳＦへの越境者といえる。そこで短篇集の表題作「グラックの卵」を読みはじめたところ、これが抜群のおもしろさ。四〇年代のバカＳＦの迫力と、五〇年代の都会的ＳＦの洗練された味を兼ね備えた感じがする。よかった、やはりユーモアＳＦはりっぱに進化していたのだ！　しかも、物語の主役を演じるのは、「見よ、かの巨鳥を！」とおなじく、鳥の卵ではないか。これで起承転結がついたぞ！　というわけで、あとは編者お気に入りのウィル・スタントンとロン・グーラートの短篇を加え、ここにめでたく作品選定作業は終了した。

　この間、編集部の樽本周馬さんには、小著（この言葉が使いたかった！）『ぼくがカンガルーに出会ったころ』にひきつづいて、企画の段階からいろいろのアイデアを出してもらい、データや疑問点のチェックでもお世話になって、とてもたのしく仕事ができた。ここに記して感謝を捧げたい。

　それでは個々の作品と作家の紹介に移る——

●ネルスン・ボンド「見よ、かの巨鳥を！」"And Lo! The Bird" (Blue Book Magazine, Sep. 1950) 本邦初訳

　冒頭で紹介した謎の作品がこれ。今回訳してみて、ストーリーの奇想天外さもさることながら、文章のタッチが意外に落ちついた新聞記者物の感じなのに驚いた。だからこそ、いっそう奇想が映えるのだろうか。ところで、アーサー・C・クラークの『楽園の日々』（早川書房）の第十四章に、ジャック・ウィリアムスンの「太陽から生まれたもの」"Born of the Sun" (1934) という中篇が紹介されている。これも太陽系の巨鳥の話なので気になったが、趣向はメロドラマ、作品の狙いがまったく異なるようだ。

　ネルスン・ボンド（一九〇八〜）は、三七年アスタウンディング誌からデビューした作家で、その作風はフレドリック・ブラウンやロバート・ブロックに似たユーモア系。野田昌宏さんの『SF英雄群像』で紹介された〈ランスロット・ビッグス〉シリーズ（三九〜四三年。不精者の航宙士を主人公

にしたスペース・オペラ）は、その後岩崎書店から『宇宙人ビッグスの冒険』の題名で出版され、日本でのデビュー作となった。現在のボンドは百歳近い高齢のはずだが、ネットのホームページがあるのにはびっくり。ラジオやテレビの仕事のかたわら書いてきた短篇は、二百五十篇以上にのぼるらしい。このうち四篇が翻訳されている。

●ヘンリー・カットナー「ギャラハー・プラス」"Gallegher Plus" (Astounding, Nov. 1943) 本邦初訳

のんだくれのギャラハーは、あまり技術的素養がないのに、泥酔すると潜在意識が解放されて驚異の新発明をなしとげる。だが、一夜明けるとなんの記憶もなく、自分の大発明の用途さえわからない……。こういう困った科学者を主人公にした〈ギャロウェイ・ギャラハー〉シリーズ中の一篇。このシリーズはぜんぶで五篇あり、うち三篇はすでに雑誌や短篇集で紹介されているので、ご存じの方も多いと思う。シリーズ最初の「うぬぼれロボット」（四三年）では、事実上の副主人公で、ジョーまたはナルキッソスと呼ばれる自己陶酔型ロボットの来歴が物語られるが、その製作目的は、まさにのんだくれの科学者が思いつきそうなもの。

ヘンリー・カットナー（一九一四～五八）は、ラヴクラフト風のホラー短篇でデビューしたが、四〇年に名作「シャンブロウ」（三三年）の作者C・L・ムーアと結婚したのが大きな転機となった。やがて、カットナーのアイデアとムーアの筆力を生かした共作が、多数の筆名のもとに、多数の雑誌に掲載されるようになる。なかでもルイス・パジェットという筆名は有名で、この〈ギャラハー〉シリーズもいちおうパジェット名義で発表されたが、カットナー単独の仕事らしい。カットナー＝ムーアの

チームの作品は多数翻訳され、日本編集の短篇集も三冊刊行されている。

●シオドア・コグスウェル「スーパーマンはつらい」"Limiting Factor" (Galaxy, Apr. 1954) 初訳〈SFマガジン〉六八年十月号 (『救命艇の叛乱』〔文化出版局、七五年〕に収録)

五〇年代の軽妙なユーモアSFの典型。超能力者集団が、宇宙飛行が可能なまでに念動能力を開発したのはいいが、そこで生まれた悩みとは……という皮肉な小品。

シオドア・コグスウェル(一九一八～八七)の本業は大学の英語科教授で、友人のSF作家たちにすすめられ、五〇年代にSFを書きはじめた。作品集が二冊あり、その片方の表題作である中篇「壁の中」(五三年)のほか、十数篇が翻訳されている。洗練された、たのしい作品が多いが、「壁の中」は魔法の通用する小世界で育った少年が、外の広い世界を発見するまでの感動的な物語だ。

●ウィリアム・テン「モーニエル・マサウェイの発見」"The Discovery of Morniel Mathaway" (Galaxy, Oct. 1955) 初訳〈SFマガジン〉六七年八月号

グレニッチ・ヴィレッジに住む売れない詩人が語りだす奇妙な物語。彼の友人のマサウェイは箸にも棒にもかからないへボ絵描きだったが、ある日、その部屋にふしぎな光の箱が出現、なかから登場したのは……。いまも評価の高い代表作のひとつ。この作品に寄せた作者の回想によると、テン自身が四〇年代末から十数年間グレニッチ・ヴィレッジで暮らしていたし、高校時代は画家志望だったという。

ウィリアム・テン(一九二〇～)は、五〇年代最高の諷刺作家といわれる。作風はシェクリイに比

べてもうすこしコクがあるというか、苦味のきいた感じ。『世界ユーモアSF傑作選2』（講談社文庫）収録の「地球解放」（五三年）のブラック・ユーモアはすごい。創元推理文庫から出た『ウィリアム・テン短篇集1・2』にも注目。今年八十六歳のテンはすこぶる元気で、今年十一月のSF大会Los-conにゲスト・オブ・オナーとして出席の予定らしい。

●ウィル・スタントン「ガムドロップ・キング」"The Gumdrop King"（F & SF, Aug. 1962）初訳『世界ユーモアSF傑作選1』（講談社文庫、八〇年）

森へ遊びにでかけたちびっ子のレイモンドが出会ったのは、空飛ぶ円盤で宇宙のかなたからやってきたちびっ子国王だった、というところからはじまる、かわいいが、ぴりっとワサビのきいたファンタジー。ウィル・スタントン（一九一八〜）はSF作家名鑑のたぐいにも名前の出てこないマイナーな存在だが、五一年から六三年にかけて十一の短篇をSF雑誌に発表している。これまでにぼくの読んだものはどれも愛すべき小品という形容がぴったり。大好きな作家のひとりだ。

●ロン・グーラート「ただいま追跡中」"To the Rescue"（F & SF, Jan. 1966）本邦初訳

失踪した大金持ちの令嬢の捜索をたのまれた私立探偵ビルは、彼女の行方をつきとめ、ロボ・クルーザーで救出に向かうが……。調子はずれのロボットや機械を描かせたらディックの右に出るかもしれないグーラートの小品で、省略のきいた場面転換から生まれるスピード感がすばらしい。

ロン・グーラート（一九三三〜）は広告代理店勤務のかたわら、かずかずの筆名を使いわけて、あらゆるジャンルの小説やノベライゼーションを書きつづけ、いまなおエネルギッシュな活動をつづけ

ているベテラン作家。コミックスとパルプ・マガジンの研究家としても有名。三十もの短篇が翻訳されている。PRをさせてもらうと、ぼくの訳した連作短篇集『ゴーストなんかこわくない』（扶桑社ミステリー）が最近刊行された。

●ジョン・スラデック「マスタースンと社員たち」"Masterson and the Clerks" (New Worlds, Sep. 1967) 本邦初訳

ニューヨークのマスタースン・エンジニアリング社の経営者と、九人の事務社員の物語。経費節減しか念頭にないマスタースンと、面従腹背の社員たちをめぐる超現実的なエピソードが、いろいろな手法や言葉遊びを駆使して語られる。六七年に〈ニュー・ワールズ〉に発表されて注目を浴びたあと、八二年にスラデックが自分の短篇集におさめるまで入手難だったという幻の名作。あるインタビューで作者が明かしているところでは、ジョーゼフ・ヘラーの影響があるという。

ジョン・スラデック（一九三七〜二〇〇〇）は、「六〇年に大学を離れ、作家その他の不適応者から一般に連想される一連の職業についた――軽食堂のコック、テクニカル・ライター、鉄道の転轍係、カウボーイ、合衆国大統領」というのが、著書のジャケット裏に書かれた自己紹介の一節。六六年に親友のトマス・ディッシュといっしょにニュー・ウェーヴの本拠イギリスへ移住したことでも有名。以来、多数の作品を発表したが、慢性の肺疾患のため、六年前にミネソタで死去した。長篇『遊星よりの昆虫軍X』（八九年、ハヤカワ文庫SF）、『スラデック言語遊戯短篇集』（七七年、サンリオSF文庫）をはじめ、長篇ミステリ三冊と、十数篇の短篇が翻訳されている。初期の二つの長篇（*The Reproductive System*〔1968〕と *The Müller-Fokker Effect*〔1970〕）については、『ぼくがカンガルーに出会

ったころ』にあらすじの紹介があるので、ぜひお読みください。

●ジョン・ノヴォトニイ「バーボン湖」"The Bourbon Lake"（Esquire, Jan. 1952）初訳〈SFアドベンチャー〉八二年四月号

スラデックの中篇のあとの軽い息抜きに、と思って選んだ理屈ぬきに楽しいファンタジーで、しかも手放しのアルコール礼賛小説。

冒頭で、相乗りのバカンス旅行にでかけた二組の夫婦が道に迷い、車内で奥さんふたりがロードマップをひろげ、いまどこを走っているのだろうかと話しあうくだりがある。本文に訳注を入れるのもヤボなので、ここで説明しておくと、プロヴィンスタウンはボストン東南方から鉤形に大西洋に突きでた半島の先端にあるコッド岬の近くの町。トレントンはニュージャージー州の州都で、ペンシルヴェニア州との州境に近い。ストラウズバーグは、ペンシルヴェニア州にはいって、さらに百キロほど北の町。まあ、日本でいえば、車で東京からやってきて、いま長野付近を走っているのに、地理オンチの奥さんたちが道路地図の上で、銚子だの、前橋だのを指さしているようなもの。アメリカ人なら、このくだりを読んでゲラゲラ笑うのだろうが、翻訳となると、こうやって説明しても、クスッとでも笑ってもらえるかどうか。しかし、そこから先の面白さは保証する。

作者のジョン・ノヴォトニイも、スタントン同様に経歴不明。五〇年代の〈F&SF〉に六篇、姉妹誌の〈ヴェンチャー〉に二篇のファンタジーを発表した。本作品は男性向きの高級誌〈エスクワイア〉に発表、三年後に〈F&SF〉に再録されたもの。

●ハーヴェイ・ジェイコブズ「グラックの卵」"The Egg of the Glak"(F & SF, Mar. 1968) 本邦初訳

大学で警備員をつとめるノースは、変人の言語学者ヒーコフ教授と親しくなるが、教授は心臓病で死去。死後開封のこと、と記されたノース宛ての手紙には、奇妙な依頼がしたためられていた。公式には絶滅とされた珍鳥グラックの卵が、実はひとつ存在している。それを買い取り、故郷のラブラドルで孵化させてやってほしいというのだ。そこからはじまる冒険は、ギャグ満載でお色気たっぷりの爆笑大傑作。

ハーヴェイ・ジェイコブズ(一九三〇〜)は、キャッツキル山中のホテルを舞台にした普通小説なども書いていて、作風の幅は広いが、鋭い皮肉を持ち味にしたマジック・リアリズム系の作家というところ。なぜか〈ニュー・ワールズ〉をはじめとするSF雑誌と縁が深く、いまなお元気で〈F&SF〉にも新作を寄せつづけている。九四年発表の長篇 *Beautiful Soup* は、だれもが誕生の瞬間にバーコードを大マザー・コンピューターに登録されてしまう未来世界で、誤って缶入りスープに分類されてしまった主人公の物語。これはぜひとも読んでみたい。

というわけで、巨鳥の卵から始まり、珍鳥の卵で終わるこのユーモアSFアンソロジーがめでたく孵化した。あとは読者のみなさんにたのしんでいただけることを願うだけ。

ジョン・スラデック　John Sladek
1937年アイオワ生まれ。ミネソタ大学で英文学と機械工学を学んだ後、66年トマス・M・ディッシュとともにイギリスへ移住。以後ニュー・ワールズ誌を中心に活躍、《ニュー・ウェーヴSF》を盛り上げる。長篇に *Roderick*（80）『遊星よりの昆虫軍X』（89）、短篇集に *The Steam-Driven Boy*（73）など。SFの他、ミステリ（『見えないグリーン』［77］）、ゴシック・ロマン、オカルト本など幅広く執筆、ディッシュとの共作で『黒いアリス』（68）がある（トム・デミジョン名義）。2000年死去。

ジョン・ノヴォトニイ　John Novotny
経歴正体一切不明。50年代、雑誌で短篇をいくつか発表している。邦訳作品は本書収録の「バーボン湖」のみ。

ハーヴェイ・ジェイコブズ　Harvey Jacobs
1930年ニューヨーク生まれ。米ABCテレビのワールドヴィジョン・ネットワークに勤めながら「プレイボーイ」「エスクワイア」などで短篇を発表。鋭い皮肉を持ち味にしたマジック・リアリズム系作家として知られる。短篇集に *The Egg of the Glak*（69）、長篇に *Beautiful Soup*（94）など。

編訳者　浅倉久志（あさくら　ひさし）
1930年生まれ。大阪外国語大学卒。英米文学翻訳家。訳書にディック『アンドロイドは電気羊の夢を見るか？』、ラファティ『九百人のお祖母さん』、ティプトリー・ジュニア『たったひとつの冴えたやりかた』（以上ハヤカワ文庫SF）など多数。著書に『ぼくがカンガルーに出会ったころ』（国書刊行会）がある。

著者　ネルスン・ボンド　Nelson Bond
1908年ペンシルヴェニア生まれ。37年“Down the Dimensions”でデビュー。ラジオ・TV脚本家としても活躍しつつ、250篇以上の短篇と7冊の短篇集を刊行している。代表作に〈ランスロット・ビッグス〉シリーズなど。

ヘンリー・カットナー　Henry Kuttner
1914年ロサンジェルス生まれ。36年「墓場のねずみ」でデビュー。40年に作家C・L・ムーアと結婚、ルイス・パジェットという共同筆名で「ボロコーヴはミムジイ」(43)「トォンキイ」(42) などの傑作を多数発表。多彩なレパートリーを書き分け、ウィットとユーモアに富んだ作風で知られる。シリーズ作に〈ギャロウェイ・ギャラハー〉〈ホグベン一家〉など。日本編集の短篇集に『ご先祖様はアトランティス人』(84)『世界はぼくのもの』(85) などがある。58年死去。

シオドア・コグスウェル　Theodore R. Cogswell
1918年ペンシルヴェニア生まれ。52年“The Specter General”でデビュー。本業は大学の英語科教授。短篇「壁の中」(53) は多くのアンソロジーに収録されている代表作。短篇集に *The Wall around the World* (62)、*The Third Eye* (68) がある。共著に『スター・トレック　救世主の反乱』(76) など。87年死去。

ウィリアム・テン　William Tenn
1920年ロンドン生まれ（その後ニューヨークに移住)。作家・大学教授フィリップ・クラスの筆名。46年「囮のアレグザンダー」でデビュー。50年代最高の諷刺作家として名高い。代表作に「クリスマス・プレゼント」(47)「生きている家」(48)『ウィリアム・テン短編集1・2』(65、68) など。

ウィル・スタントン　Will Stanton
1918年生まれ。経歴の詳細は不明。50年代に10あまりの短篇を発表した。邦訳作品は本書収録の「ガムドロップ・キング」の他、「バーニイ」(51)「それいけ、ドジャース」(57)。

ロン・グーラート　Ron Goulart
1933年カリフォルニア生まれ。52年“Letters to the Editor”でデビュー。広告代理店勤務のかたわら、さまざまな筆名でSF・ミステリ・ファンタジー・コミックス原作等々の作品を執筆。70年代にフルタイム作家となり、著書は200冊以上におよぶ。コミックスとパルプ・マガジンの研究家としても有名で、*The Encyclopedia of American Comics* (90) などの著作がある。短篇集に『ゴーストなんかこわくない』(71) など。

未来の文学
FUTURE/LITERATURE

グラックの卵《たまご》

2006年8月26日初版第1刷発行

著者　ハーヴェイ・ジェイコブズ他
編訳者　浅倉久志
発行者　佐藤今朝夫
発行所　株式会社国書刊行会
〒174-0056　東京都板橋区志村1-13-15
電話03-5970-7421　ファックス03-5970-7427
http://www.kokusho.co.jp
印刷所　明和印刷株式会社
製本所　株式会社ブックアート

ISBN 4-336-04738-3
落丁・乱丁本はお取り替えします。

国書刊行会SF

未来の文学

第Ⅱ期

SFに何ができるか――
永遠に新しい、不滅の傑作群

Gene Wolfe / The Island of Doctor Death and Other Stories

デス博士の島その他の物語

ジーン・ウルフ　浅倉久志・伊藤典夫・柳下毅一郎訳

〈もっとも重要なＳＦ作家〉ジーン・ウルフ、本邦初の中短篇集。「デス博士の島その他の物語」を中心とした〈島３部作〉、「アメリカの七夜」「眼閃の奇蹟」など華麗な技巧と語りを凝縮した全５篇＋ウルフによるまえがきを収録。ISBN4-336-04736-7

Alfred Bester / Golem100

ゴーレム100

アルフレッド・ベスター　渡辺佐智江訳

ベスター、最強にして最狂の伝説的長篇。巨大都市で召喚された新種の悪魔ゴーレムをめぐる、魂と人類の生存をかけた死闘が今始まる――軽妙な語り口と発狂したタイポグラフィ遊戯の洪水が渾然一体となったベスターズ・ベスト！　ISBN4-336-04737-5

アンソロジー〈未来の文学〉

The Egg of the Glak and Other Stories

グラックの卵

浅倉久志編訳

奇想・ユーモアＳＦを溺愛する浅倉久志がセレクトした傑作選の決定版。伝説の究極的ナンセンスＳＦ、ボンド「見よ、かの巨鳥を！」、スラデックの傑作中篇他、ジェイコブズ、カットナー、テン、スタントンなどの抱腹絶倒作が勢揃い！　ISBN4-336-04738-3

The Ballad of Beta-2 and Other Stories

ベータ2のバラッド

若島正編

ＳＦに革命をもたらした〈ニュー・ウェーヴＳＦ〉の知られざる中篇作を若島正選で集成。ディレイニーの幻の表題作、エリスン「プリティ・マギー・マネーアイズ」他、ロバーツ、ベイリー、カウパーの野蛮かつ洗練された傑作全６篇。ISBN4-336-04739-1

Christopher Priest / A Collection of Short Stories

限りなき夏

クリストファー・プリースト　古沢嘉通編訳

『奇術師』『魔法』で現代文学ジャンルにおいても確固たる地位を築いたプリースト、本邦初のベスト・コレクション。「ドリーム・アーキペラゴ」シリーズを中心にデビュー作、代表作を全８篇集成。書き下ろし序文を特別収録。ISBN4-336-04740-5

Samuel R. Delany / Dhalgren

ダールグレン

サミュエル・R・ディレイニー　大久保譲訳

「20世紀ＳＦの金字塔」「ＳＦ界の『重力の虹』」と賞される伝説的・神話的作品がついに登場！　異形の集団が跋扈する迷宮都市ベローナを彷徨し続ける孤独な芸術家キッド――性と暴力の魅惑を華麗に謳い上げた最高傑作。ISBN4-336-04741-3 / 04742-1